MEMORIAS DE UN HOMBRE DE PALO

ANTONIO LÁZARO

MEMORIAS DE UN HOMBRE DE PALO

© 2008, Antonio Lázaro Cebrián
© De esta edición: 2009, Santillana Ediciones Generales, S. L.
Torrelaguna, 60. 28043 Madrid
Teléfono 91 744 90 60
Telefax 91 744 92 24
www.sumadeletras.com

Diseño de cubierta: Nitidos Diseño

Primera edición: enero de 2009

ISBN: 978-84-8365-101-8
Depósito legal: M-51613-2008
Impreso en España por Dédalo Offset, S. L. (Pinto, Madrid)
Printed in Spain

A Fidel García-Berlanga Martí,
que me habló de los Juanelos por primera vez.

Al abogado José María Lázaro, mi padre,
que defendió los derechos de los regantes.
In memoriam.

Índice

I. Baraja española... 11
II. Espadas... 55
III. Copas.. 109
IV. Oros.. 273
V. Bastos.. 333

Epílogo. Las memorias 403

I
Baraja española

Ingenios del agua de Juanelo

Toledo, febrero de 1586

Juan de Herrera se enfundó en su capa castellana de terciopelo azul forrada de raso blanco, mientras emprendía el descenso desde la explanada de los alcázares al río, del que subía un relente helado. Pero eso no evitó que estornudara con estrépito. Casi siempre le hacía estornudar la proximidad del agua, lo que era particularmente fastidioso pues a menudo su trabajo de aposentador y matemático del rey le obligaba a trabajar cerca de ella. Muchas veces, junto a ese mismo río, el Tajo, que fluía súbitamente torrencial por debajo de él, una vía fluvial considerada de alto interés estratégico desde que la idea de hacerla navegable entre Aranjuez y Lisboa había sido elevada a asunto de Estado por Su Católica Majestad.

Era el arquitecto un hombre maduro pero todavía jovial. Pensó en Juanelo Turriano, que acababa de morir, y en el inmenso vacío que dejan los grandes amigos que mueren, sobre todo si además de grandes amigos son también grandes hombres. Como ese lombardo único y genial, con el que había jugado al ajedrez en las lentas tardes de Yuste y con quien había colaborado en el asunto de las campanas de El Escorial.

Cuando dos personas juegan al ajedrez, se decía, se produce el máximo de distancia entre ellas y, a la vez, el máximo de afinidad. Al tiempo que se planea la destrucción del adversario, se admiran algunas de sus decisiones y se acompasa el propio ritmo respiratorio al suyo. ¡Cómo añoraba aquellas partidas con Juanelo Turriano bajo el cielo azul y limpio de la alta Extremadura!

Escoltado por un secretario y por uno de los alguaciles de la gran obra de reconstrucción del Alcázar toledano, devastado por un terrible incendio en la época del César y por las injurias del tiempo, Herrera cumplía su misión de visitar las obras de reconstrucción y los ingenios de Juanelo de cara a redactar el oportuno informe.

Mientras evocaba la imagen del perdido amigo —gran cabeza senatorial de ondulado cabello, cerrada barba, rasgos de fauno, cuerpo no muy alto pero de un vigor insólito para su avanzada edad—, en su recuerdo resonaban los términos y frases del encargo real que lo había llevado a Toledo:

Además de visitar las obras del Alcázar y la diligencia y cuidado con que se continúan y el orden que llevan..., se ha de informar del recaudo que los oficiales de ellas tienen puesto en la provisión de los materiales y de todo lo necesario para que se prosigan sin perder tiempo... Se ha avisado que los ingenios con que se sube el agua al Alcázar están acabados y el señor Juan de Herrera los ha de ver particularmente y satisfacerse si están del todo acabados y con la perfección que conviene...

El alguacil era un hombre de edad indefinida, grueso y sanguíneo, que resoplaba tratando estérilmente de caminar al paso de Herrera y de su secretario. Éstos se preguntaban, reprimiendo sendas sonrisas, cómo se las arreglaría aquel hombre tan lento y pesado para alcanzar y reducir a los muchos vagabundos y ladrones que trataban de aprovechar la confusión de las obras para hacerse con madera, latón o simples cubos de agua. El agua que los artificios subían a los aljibes y fuentes del palacio, pero que, en contra de lo inicialmente pactado en el acuerdo a tres entre el monarca, la ciudad y Juanelo Turriano, no salía del recinto fortificado de los palacios del Rey. Ni saldría nunca, pensó con fatalidad el aposentador regio.

Desde el límite de la explanada, Herrera contempló el castillo de los ingenios o «castillo del agua», como se le llamaba popularmente. Impresionaba más que desde abajo. Como un gigante de ladrillo y aparejo, la construcción trepaba oblicua desde el salto de agua bajo el puente de Alcántara donde Juanelo había decidido instalar la gran rueda que daba fuerza motriz a las cadenas sucesivas que iban subiendo en cazos, con precisión casi total, agua del Tajo. El ingenio primitivo estaba enteramente protegido por la edificación. El segundo ascendía adosado a ésta, con la estructura de madera, las cadenas y los cazos expuestos a la vista en algunos de los tramos.

A Herrera se le antojaron representaciones de dos gigantes: uno revestido de espectacular armadura y el otro descarnado, en el puro esqueleto, como una sombra del primero: unos titanes benéficos que se esforzaban por besar los pies del monarca representado por uno de sus más espectaculares alcázares.

A un silbido del orondo alguacil, que acompañó con un enérgico gesto al aire de su vara, el artificio se puso en acción. Juan de Herrera ya había asistido varias veces al funcionamiento del ingenio, tanto en el periodo de su alzado, cuando Juanelo le había pedido su opinión en las primeras pruebas, como después de su inauguración. A pesar de ello, le volvió a parecer un espectáculo impresionante, único. Ahora sí daba la impresión de que el titán descarnado trataba de incorporarse y de ponerse a reptar desde el río hasta la ciudad, tal era la cadencia de los movimientos sucesivos, la armonía de ruedas, canales, cadenas y cazos. Tan sólo sonaba un leve crujido con dejes alternativos de metal y madera; el ingenio transmitía una sensación de maquinaria tan inmensa como silenciosa.

«Como cuando hacía el Cristalino, en esta obra humana Juanelo vuelve a tratar de reproducir la armonía de los cielos y sus astros», pensó Herrera.

La demostración fue, sin duda, favorable. En su informe posterior el aposentador lo redactaría en la jerga burocrática de la corte:

Delante de los susodichos se hizo el examen del agua que cada uno de los ingenios podría subir cada día y se halló que el ingenio nuevo vació en una hora común de reloj ochenta cántaros de agua de cuatro azumbres cada uno...

Y aún podría vaciar bastante más, quizá hasta los noventa cántaros por hora, si no se hubiera roto una de las cadenas en el transcurso del experimento.

—El maestro Jorge aprendió todos los recursos de Juanelo. Si no fuera por él, no tendríamos modo de poner en marcha el ingenio —explicaba jadeante el alguacil mientras lamentaba que sus señorías tendrían que conformarse con ver en acción el segundo de los ingenios, pues el primero estaba en reparación a causa de la rotura de uno de los rodillos en que iban trabadas las cadenas.

En opinión del delegado de Su Majestad, la prueba bastaba y sobraba para informar favorablemente de la continuidad en el aprovechamiento de los dos ingenios. Si bien el mantenimiento, claramente se veía, era su punto débil, el talón de Aquiles del artificio ideado, diseñado y construido por Juanelo.

Lo que pudo constatar Herrera es que era mejor la idea inicial del lombardo, más metal y menos madera, postergada por motivos presupuestarios. Así que sobre ello escribiría en su informe:

Parece que los tirantes de hierro que el dicho Juanelo comenzó a usar en los dichos ingenios son mejores y de menos embarazo y de mayor duración y que traen consigo menos reparos que no los de madera, y que los ingenios andarían con ellos con más suavidad y menos costas de reparos y así de aquí en adelante será bien como se vayan envejeciendo los tirantes de madera de manera que no puedan servir más, se irán poniendo en su lugar otros de hierro...

Herrera casi agradeció que la prueba se limitara al ingenio nuevo. Estaba impaciente por llevar a cabo la segunda parte de su misión regia en la ciudad de Toledo: visitar la vivienda-estudio de Juanelo Turriano a pie de obra, en el mismo edificio. Si bien la casa familiar, donde su hija Bárbara Medea sacaba adelante una prole incesante de nietos y sobre todo de nietas, estaba situada no lejos del convento de carmelitas, en un extremo del arrabal próximo al río y perteneciente a la parroquia de San Isidoro, el relojero tenía su taller dentro del edificio del ingenio. Desde él dirigía la fábrica y su funcionamiento, y en él custodiaba y reparaba la colección de relojes del monarca. De hecho, para prevenir robos o sabotajes al ingenio, que no obstante se habían producido con demasiada frecuencia, y para vigilar los valiosísimos relojes de los Habsburgo, Turriano había pernoctado a menudo en su gabinete, en una austera cama adosada a la pared más opuesta al río.

Una ráfaga de emoción acompañaba al aposentador del Rey al dirigirse, dando un rodeo por el convento carmelitano, hacia la cornisa y después por el camino en pendiente recientemente adobado que abocaba al estudio del lombardo. Por eso no prestó demasiada atención a las excusas que, entre resoplidos y jadeos, profería el alguacil acerca de la rotura del rodillo y lo presto que sería subsanada la avería, una vez llegaran piezas de madera procedentes de las obras de Aranjuez. Una escalera de piedra, breve pero empinada, conducía a la puerta en arco del habitáculo de Juanelo.

Herrera, con un gesto cordial pero autoritario, hizo ver al alguacil que prefería entrar solo. El secretario no pudo reprimir un mohín de contrariedad al tener que quedarse también fuera. Pero se trataba de la parte, sin duda, más delicada de su misión. Las instrucciones eran claras y precisas:

> Reconocerá todos los papeles del dicho Juanelo y los instrumentos y otras cosas que dejó, y lo que pareciere que pueda ser de importancia para el servicio de Su Majestad lo hará inventariar y ponerlo en cofres, trayendo las llaves consigo, para que cuando Su Majestad mandare, se pueda enviar por ello y llevarse a donde fuere servido; y lo que tuviera valor se hará tasar para que se pague a los herederos del dicho Juanelo por haber quedado tan pobres.

A pesar del poco tiempo transcurrido desde la muerte de Juanelo, ya el polvo empezaba a adueñarse del lugar. Herrera abrió la ventana y volvió a sumergirse en el mundo de su amigo Juanelo. Aquello parecía, a primera vista, un espacio fabril y menestral, un taller más como cualquier otro. Sólo que enseguida se descubría un sinfín de maravillas. Sobre unas baldas acristaladas, la colección de relojes del Rey, cuya ideación y mantenimiento le había dado fama internacional a Juanelo. En un rincón, bajo una sábana que Herrera descorrió algo teatralmente, el magnífico planetario, una obra maestra para medir el tiempo y los movimientos de los astros cuya culminación había costado al cremonés más de veinte años de trabajos y desvelos. En la mesa de trabajo, en medio de cierto desorden que parecía indicar que nadie había entrado allí desde su muerte, había papeles, planos, dibujos y anotaciones de Juanelo sobre la marcha y los reparos del ingenio. Alineados frente a ellos, algunos de los pequeños autómatas que le habían granjeado cierta fama de cabalista y nigromante. La bailarina, el jinete, los pajaritos volanderos y cantores, el soldado piquero... Herrera los recordaba a casi todos de los años de Yuste, cuando, gracias a ellos, Juanelo había alegrado los últimos días del César Carlos.

El aposentador hizo un rápido escrutinio de los papeles. Luego abrió un cajón y extrajo un grueso tomo manuscrito, encuadernado en sobado y amarillento pergamino español. Eran los libros de los ingenios y máquinas, una especie de compilación de todas las invenciones del maestro italiano. Examinó su contenido: aparentemente estaba todo, pero él sabía por las revelaciones de su difunto amigo que uno de los libros se refería a ciertos prototipos de autómata desarrollados por el relojero. Esa parte del manuscrito no estaba. Al examinar con atención el tomo, pudo comprobar que las hojas habían sido seccionadas con extrema meticulosidad, casi a ras de lomo. Así pues, alguien había entrado antes que él.

Naturalmente, en su informe omitiría toda referencia al posible asalto y a la consiguiente desaparición del manuscrito. Los espías acechaban en los despachos de los Consejos y en todas las dependencias de palacio. Mentalmente, empezó a componer los términos y frases formularias de su informe oficial:

Se han reconocido todos los papeles, libros e instrumentos matemáticos que dejó el dicho Juanelo; todo ello se ha tomado por inventario y metido en cinco arcas de pino que para este propósito se han hecho, las cuales se pondrán liadas y cerradas en un aposento del Alcázar, donde se pondrán también los relojes de Su Majestad. No se ha hecho todavía la tasación de estas cosas porque hay mucho que considerar en ellas, pero se podría pagar a cuenta de ellas a los herederos de Juanelo Turriano alguna cantidad de dinero, mientras Su Majestad resuelve, porque mueren de hambre y es grande lástima y compasión por la necesidad que tienen y la que padecen.

Herrera, tras dejar los papeles, recorrió las otras dependencias del modesto aposento de Juanelo como si buscara algo. Abrió armarios y hurgó en trasteros. Al fin, en un balconcillo que daba al río, pero que también procuraba una buena vista de la ciudad alta, encontró lo que buscaba. Parecía una persona tomando plácidamente el sol anémico del invierno. Sólo que no lo era; se trataba de un autómata.

El arquitecto respiró aliviado. Si se hubieran llevado también a don Antonio, eso habría sido preocupante de verdad.

El Hombre de Palo, bajo un hábito que le daba un cierto aire de ermitaño o predicador, pareció alegrarse de su presencia, intensificando su permanente sonrisa bajo unos ojos de rasgos orientales. Herrera lo cubrió cuidadosamente con una sábana y lo tomó entre sus brazos. Pesaba, aunque era mucho más ligero que un hombre de verdad.

Había decidido llevarse personalmente al autómata. Naturalmente, éste quedaría completamente fuera de su informe.

Capítulo

2

Toledo, invierno de 1560

Es recio el invierno de Castilla, despiadado el frío y frecuentes los hielos. En Toledo el abrazo del Tajo añade un inconveniente más: la humedad provocada por la vecindad de un río tan determinante, el de mayor longitud de toda la península Ibérica y el segundo más caudaloso.

Todo esto lo sabía bien Juanelo, Juanelo Turriano, matemático mayor y relojero de cámara de Su Majestad, que había visitado Toledo unas cuantas veces con ocasión de algunas de las numerosas Cortes allí convocadas y celebradas por la cesárea majestad de Carlos V, a cuyo servicio había permanecido, hasta el postrer aliento de Yuste, por espacio de tres intensas décadas. Muerto el César Carlos, las Cortes que en esos días se celebraban allí correspondían a la majestad de su hijo, don Felipe II, que las hacía corresponder con su reciente boda.

Deambulaba, fornido sesentón, por los alrededores del Alcázar, fugitivo por un rato de los protocolos y sumisiones de la corte, y contemplaba con fascinación y duda el abrupto barranco que separaba la ciudad imperial del Tajo, su río, tan próximo y a la vez tan divorciado de ella. Siempre que había visitado la capital histórica del Reino se había preguntado si sería posible inventar un artificio capaz de acarrear parte de esa agua para beneficio de la ciudad, tantálica urbe cuyos labios besaba constantemente esquivo como un furtivo galán su propio río.

Cualquiera que lo viera desconfiaría de ese hombretón malencarado de gran cabeza, cuello de toro, pelo crespo y revuelto y aspecto fiero, embozado en rústica capa, que parecía hechizado por la magia del río y muy capaz de arrojarse en cualquier momento al fosco rodadero para poner fin a sus cuitas en la helada sierpe del Tajo.

Harto de los corsés del protocolo y de la queja interminable de los cortesanos —que si los aposentos de las casas toledanas no estaban hechos a propósito para la corte, que si el carbón escaseaba y costaba a dos reales el carro, que si las calles retorcidas, en cuesta y embarradas eran de lo más incómodo, que si el laberinto toledano era peligroso y muy propicio a emboscadas de ladrones y sicarios...—, había buscado un rato de soledad para pasear a sus anchas, anónimo, como dicen que gustaba de hacerlo Su Majestad. Claro que él lo hacía sin la compañía de otros grandes y caballeros que solían disfrazarse para sus correrías; él caminaba en completa soledad.

Tras bordear la fachada oriental del Alcázar, la más antigua y parecida a un castillo medieval con elementos que databan de Alfonso X y que el César había ordenado respetar en su reconstrucción, el relojero se asomó a la muralla superior sobre el río. Transcurría gélido y silencioso abajo, a varias decenas de metros de distancia, como ajeno a los estragos de su reciente crecida. Sólo los troncos desquiciados en las márgenes y el barro que todo lo había salpicado recordaban la reciente crecida del Tajo a causa de las muchas lluvias y nieves caídas en otoño y en el arranque del invierno.

Decían que la madre del río, ese otro río que va por debajo del que se ve, trajo mucha más agua que éste, de manera que el caudal desbocado había anegado el Mesón del Rey, alcanzando la Huerta del Rey, hasta la Venta de Trigueros, sin dejar tapia ni casa en pie y arramblando con toda la madera de los aserraderos. Por milagro no se perdieron vidas, aunque sí innumerables haciendas. «Dios nos libre de la furia del agua porque es elemento que no tiene reparo cuando viene de súbito». Eso pensó el cremonés y, al instante, se arrepintió de su pensamiento pues un ingeniero tiene la obligación, antes de abandonarse a la divina provisión, de tratar de idear ingenios y artilugios que sujeten la tendencia a los desastres en las fuerzas de la naturaleza.

Aquella noche de calma helada, con un imponente Tajo circunvalando las altas peñas de la ciudad, Juanelo supo que su destino se vinculaba a Toledo, al reto de subir el agua de su río, de devolver a la vieja ciudad una modernidad que se le escapaba hacia el Atlántico junto a las verdeantes aguas de su río... Con un pie en la vejez, pero todavía pleno y vigoroso y, lo que valía más, entusiasmado, empezaba a vislumbrar el proyecto del artificio, el gran proyecto de su vida. La relojería, que había entusiasmado a su padre, no interesaba apenas a Felipe; relegado a misiones auxiliares en el campo de la ingeniería: supervisión de ciertas presas, estudio de pasos difíciles de cara a la posible navegación del Tajo hasta Lisboa, Juanelo no veía imposible que Su Majestad autorizase su dedicación a un proyecto que, antes que nada, significaba acarrear agua a su palacio más emblemático, el Alcázar de Toledo.

Juanelo alzó la mirada al cielo: el Carro, la Osa, Venus, la fría polar, una esquiva luna nueva, cual femenina silueta moruna insinuándose tras una celosía... El cielo de Toledo parecía querer bajar y ser uno con la ciudad y con su gran río fugitivo. Alguna lejana luminaria y ecos de algazara que el viento traía de las parroquias y de los arrabales recordaban que Toledo seguía siendo, ¿por cuánto tiempo?, el centro del Reino y del Imperio: a unas Cortes duraderas y de hondo calado unía el ser la sede principal de la celebración de la boda de Felipe con Isabel, hija del rey de Francia, que desde el reciente enlace, celebrado en el palacio del Infantazgo de Guadalajara, era ya también Reina consorte de todas las Españas. Toledo, sí, volvía a ser el centro del Imperio. Podía decirse que por espacio de aquellos meses Toledo era la capital del mundo.

Juanelo contempló el cielo, siempre cambiante y siempre el mismo, al que con tantas dificultades trataba de atrapar mediante sus complejos cristalinos o relojes astronómicos, una de sus especialidades y la que dio ocasión a su primer encuentro en Bolonia con el Emperador y a su ingreso ulterior como servidor vitalicio de la corte hispano-flamenca. Y miró la abigarrada silueta torreada de Toledo, con la mole del Alcázar justo a sus espaldas. Su atención se centró en el torreón norte de la fachada oriental. Su cabeza y su mirada hicieron un movimiento casi en semi-círculo desde ese punto al hondo valle por donde transitaba el río.

—Sí, ése podría ser el lugar —le habría oído decir para sí alguien que circulara en ese momento a su lado.

Después descendió bordeando el muro oriental, trazando mentalmente recorridos y considerando los obstáculos naturales y urbanos al discurrir del imaginario acueducto, pues su mente ya estaba visualizándolo. Había que aprovechar el rápido del río, la propia energía del agua, para activar la gran rueda; arrancaría desde luego unas pocas decenas de metros aguas abajo del gran puente de Alcántara. Y no era preciso que el ingenio llegase a lo más alto. La esquina noreste de palacio era, efectivamente, el enclave más adecuado. Una vez el agua allí, bastaría con adosar una torreta al gran bastión en esquina. Nunca como entonces había tenido tan clara la certeza de que su destino, lo que de vida le quedaba, iba a estar vinculado a esa ciudad.

No a Bruselas, Gante, Madrid, Yuste o El Escorial. Siempre tuvo una sensación especial en Toledo de entre todas las ciudades que había conocido. Tras Milán, ciudad en la que había residido dos décadas largas, con vivienda y obrador de relojería en la parroquia de San Benito, junto a la Puerta Nueva, y donde había diseñado y ejecutado el maravilloso astrario prometido al Emperador, del que era ya relojero mayor aun residiendo fuera de la corte; y naturalmente, tras su querida Cremona natal, en ningún sitio se sentía tan en su casa como en Toledo. Siempre lo había sabido, presintiendo que el destino le reservaba algo muy especial en esa antigua ciudad. La baraja estaba ahora en el tapete. Su gran órdago lo iba a lanzar en Toledo.

En el Alcázar había signos evidentes de actividad. Y no se trataba sólo de las labores de acondicionamiento del mismo como aposento regio durante las Cortes, labores comenzadas en octubre del pasado año de 1559. Con un séquito reducido de caballeros, a cuyo frente figuraban el conde de Benavente, el duque de Arcos y don Luis de Haro, el Rey se había desplazado personalmente de incógnito desde Aranjuez. Se decidió hacer, y se hicieron a renglón seguido, un sinfín de cosas en materia de puertas, chimeneas, atajos, escaleras, cocinas y almacenes para leña. Aunque dañado en algunas de sus partes por incendios y otros estragos, el Alcázar toledano era una de las mejores casas que Su Majestad tenía en todos sus reinos y se trataba de ofrecer aposento de excelencia a reyes y príncipes para las Cortes que se avecinaban.

El relojero comprendió que podría vincular su proyecto de un ingenio hidráulico a la culminación de la fábrica del Alcázar. El César había encargado en su día los planos de la remodelación del palacio a Luis de Vega y a Alonso de Covarrubias, sus arquitectos, siendo el segundo el director de la misma, auxiliado por Francisco de Villalpando, Gaspar de Vega y Hernán González. A sus órdenes trabajaron artistas de la categoría de los maestros Egas. Entre todos habían restaurado y reinventado cada una de las cuatro fachadas de la inmensa mole, todas distintas. A la muerte o decrepitud de algunos de estos artífices, se decía que el Rey se proponía encomendar a Juan de Herrera la culminación de la fachada sur.

Con Herrera Juanelo había coincidido en Flandes, en Yuste y en El Escorial. Habían jugado innumerables partidas de ajedrez. Se respetaban y admiraban mutuamente. Herrera ofrecería un acabado magnífico al palacio del monarca; él, por su parte, una obra única que surtiría de agua los jardines y aposentos del más querido por Su Majestad de sus reales alcázares. Ambos proyectos eran no sólo compatibles sino, además, complementarios.

Juanelo bajó la cuesta en dirección a Zocodover. De repente, había sentido la necesidad de recorrer la ciudad, de mezclarse con sus gentes, de escuchar el suave castellano con una elle que parece chistar de las mujeres y el deje abrupto, como los barrancos del Tajo, del habla de los hombres. Los regocijos y luminarias indicaban que aquella jornada, la del 13 de febrero de 1560, había sido memorable y digna de feliz recuerdo.

Capítulo
3

Sin dejar de pensar en cómo superar el reto de acarrear agua del Tajo a Toledo, el viejo relojero comenzó a evocar escenas de aquel día inolvidable. Acostumbrado durante más de tres décadas a fastos y ceremonias cortesanas del más alto nivel, debía reconocer que nunca había vivido una jornada tan espectacular como la de aquel día de febrero en la vieja capital española.

De buena mañana, la Reina había entrado por la Vega vestida a la española con una saya de tela de plata y un chapeo de copa alta, salpicado como aquélla de infinita pedrería y perlería. El besamanos, de la máxima solemnidad, se había producido en la plaza del Marichal, junto a la puerta de Bisagra. Todos los estamentos: el Cabildo, Consejos Reales, la Santa Hermandad Vieja, la Casa de la Moneda, la Universidad, la Santa Inquisición y la Ciudad misma, habían participado con sus mejores galas de él.

Precediendo a la Reina, desfilaron danzas de mozos con tamboriles, danzas de espadas, gitanas, una boda aldeana abulense y máscaras cómicas, que se abrían paso a duras penas entre la chusma venida de todos los pueblos y lugares de La Sagra, de La Mancha y de los Montes. En los cuatro carros triunfales, alternaban las estridentes folías, los armados cupidos y la danza de indios que jugaban a la pelota con una llamativa esfera hecha de cuartos de colores. Como curiosidad, desfiló una capitanía de niños con tanto orden como si fueran soldados viejos.

Todos los oficios y gremios toledanos quisieron mostrarse para acoger a su Reina y así procesionaron las banderas de boneteros, el más señalado de la ciudad; la de sastres, calceteros, jubeteros y roperos; la de carpinteros, albañiles y yeseros; la de armeros, espaderos, malleros y amoladores de espadas; la de zapateros, chapineros, agujeteros, zurradores y oficiales del cuero; la de los herreros, caldereros, cerrajeros y latoneros; la de arcabuceros y piqueros. Junto a los oficios, habían desfilado las banderas de las villas de Sonseca y de Camarena. En total, unos seis mil soldados aguardaban a la Reina en la Vega.

Una escaramuza de ciento dos hombres a caballo, distribuidos en ocho cuadrillas cada una con sus propios colores en sedas y en brocados, recibió a la bellísima Reina francesa de los españoles, que había pasado en la Venta de Lázaro Buey de su litera a una hacanea blanca. El marqués de Sauces, corregidor de Toledo, llevaba la voz mandante en esta escaramuza. Juanelo sabía que el marqués había trabajado mucho en la coordinación de los festejos. Dominando un brioso corcel reluciente y oscuro, Juanelo divisó a un hombre joven todavía pero ya en la edad madura, de rasgos firmes y severos. Un hombre enérgico y poderoso que, en su momento, tendría a buen seguro mucho que decir y que decidir sobre su proyecto.

Tras el besamanos, la Reina entró bajo palio en la ciudad a través de la puerta de la Herrería. Recorrió el Torno de las Carretas, San Nicolás, la Ropa Vieja, el Mesón del Lino, Adarve de los Husillos, San Vicente y la Inquisición.

A la puerta de la Inquisición destacaba un cadalso con grandes figuras alegóricas: Taciturnitas se llevaba el dedo a los labios; Integritas tenía las manos cortadas. Querían representar los atributos máximos de la Inquisición: el secreto y la integridad. Sintió un escalofrío Juanelo al observar aquel alarde. No le gustaba la Inquisición, no se fiaba de sus procedimientos. Sigilo, integridad... ¿No era acaso hipócrita representar así a un mecanismo de delaciones anónimas que destruía famas, vidas, familias y patrimonios, a veces sin más base que la envidia o el odio?

Prosiguió el cortejo por la plazuela del Conde de Orgaz, donde se había plantado en horas veinticuatro todo un bosquecillo de olivos, laureles, encinas y madroños. Dentro del bosque había una ermita y a su puerta, la figura de una mujer desnuda que parecía mirar a Su Majestad y extendía una mano hacia ella.

Al paso por la cárcel real, sesenta presos, condenados por crímenes en que no habían parte, fueron liberados. Prosiguió la parada por el cobertizo del conde de Cifuentes y por la calle del Canónigo Mariana hasta la plazuela del Salvador. Allí se alzaba otro cadalso: una gran estatua de yeso, que representaba a España, aparecía sentada en un trono, con un globo terráqueo en la mano y un ángel sobre él; por debajo otra figura representaba a las Indias. Pasada la portería de la Trinidad, a la puerta de la cárcel de corte fueron sacados muchos presos puestos en unas gradas con grillos y cadenas, y daban gritos y desgarradoras peticiones a Su Majestad. De ahí a la plaza del Ayuntamiento sólo quedaba un paso.

La Reina entró sin palio a la Iglesia Mayor por la puerta del Perdón. Una apoteosis de campanas rubricó su triunfal entrada. Con la procesión del clero todo, hubo danzas de gigantes, de portugueses y de folías. La catedral parecía a punto de hundirse a causa de la infinita gente que se hacinaba en sus naves. Por la puerta del Reloj salió el cortejo a la Lonja y a las Cuatro Calles. En la puerta del Alcaná se alzaba un cadalso con la figura de Lucrecia la Romana, donde se podía ver cómo se metía el cuchillo por entre los pechos.

Era el tramo final de la magnífica parada, cuya ruta había estado totalmente entoldada y adornada con los mejores tapices de los telares flamencos: Calcetería, Lencería y calle Ancha, la de los guarnicioneros. Un soberbio arco triunfal había sido alzado por el gremio de tejedores a la entrada de Zocodover. Era una muestra de arquitectura efímera alzada a lo romano, con muchas historias y figuras esparcidas por toda ella. Atravesada la gran plaza, en la subida hacia la explanada de la puerta Norte de los alcázares habían dispuesto tres estatuas de gigantes: Hércules, Gerión con sus tres caras y Baco. Una leyenda refería que en la remota edad de los gigantes ellos fueron los que habían tiranizado a España.

* * *

En su deambular nocturno Juanelo recorría los lugares del desfile, desiertos ahora y llenos de desperdicios. Sólo grupos de rufianes, borrachos tambaleantes y alguna furtiva buscona atravesaban a esas horas las plazas y rúas todavía adornadas con tapices, flores y un sinfín de monumentos efímeros. Al pasar cuesta abajo por la puerta de la Herrería, reparó en un arco triunfal que le había pasado desapercibido a la plena luz del día. Destacaba en él una gran figura antropomórfica pero con hechuras de dios que de una enorme vasija no cesaba de verter un gran chorro de agua. A la escasa luz de la luna y de alguna antorcha no lejana, el relojero de corte leyó con asombro e íntimo gozo que aquella figura, aquel dios o alegoría, representaba al Padre Tajo, al río de Toledo.

—Ya puedo decir que he visto al río Tajo escanciando agua sobre los muros de Toledo. Es toda una premonición —se dijo.

En una extraña asociación de ideas, aquella alegoría del agua lo condujo al recuerdo de la ceremonia del traslado de la copa de oro del Rey, con su sobrecopa, a las casas del marqués de Villena. Éste había incorporado a sus títulos el marquesado de Moya y, en razón a los grandes servicios prestados para la unidad del Reino a sus abuelos los Reyes Católicos por «el buen vasallo», cuando el monarca coincidía en una ciudad o corte con ese título le hacía agasajo de su copa personal.

Viéndole desocupado y quizá hasta aburrido, el Rey le había pedido a Juanelo que formara parte en lugar prominente del séquito que trasladaría la copa hasta las casas del marqués. Naturalmente, Juanelo agradeció ser distinguido con tan alta misión y se incorporó al cortejo presidido por don Luis Méndez de Haro, privado de Su Majestad, y formado por varios miembros de la Guardia Real con acompañamiento de trompetas, atabales y ministriles.

Con gran solemnidad, se llegaron a las casas del marqués, que sobrevolaban el río en un confín de la vieja judería toledana. Eran casas viejas y maltratadas que el marqués, con ocasión de unas Cortes en que pensaba jugar un papel destacado, había aderezado con ricas tapicerías y aparadores deslumbrantes.

El marqués recibió a la comitiva en el palacio de sus casas. Con gran solemnidad, se quitó la gorra, tomó la copa y bebió largamente de ella. Después la besó y la puso sobre su cabeza, donde la mantuvo un buen rato en que un ángel de silencio selló los murmurantes labios de los hombres y criados que un instante antes discutían sobre si esa copa de oro valía o no los trescientos ducados que se había dicho.

Tras ese rato de arrobamiento en que el marqués pareció una insólita carta de un tarot inédito, éste hizo un breve parlamento en el que vino a decir que besaba los pies de Su Majestad por la merced que le hacía en querer guardarle prerrogativas y preeminencia, y que esperaba hacer a Su Majestad servicios por los cuales, sin ser marqués de Moya, Su Majestad le hiciese mercedes.

Algunos cortesanos quisieron ver y vieron efectivamente en estas palabras una especie de crítica solapada, de alusión a que la honra al ancestro no vale tanto como la honra o premio a los méritos actuales y presentes.

Pero no eran las sutilezas palaciegas lo que hacía evocar a Turriano el incidente de la copa que había podido presenciar en primera fila.

Fue la asociación con el agua. Las copas eran el instrumento, el recipiente capaz de subir el agua hasta la escarpada ciudad de Toledo. Un artilugio de copas o cazos en movimiento tan perfeccionado que ni una sola gota se perdiera en ese escarpado y azaroso recorrido de decenas de metros desde la fosca orilla hasta el ameno jardín de la explanada del Alcázar.

Curiosamente, Juanelo tuvo la premonición durante la ceremonia en la casa del marqués de Moya y en particular de una tramoya de madera y metal elevando cientos de grandes copas que vertían el agua en sentido ascendente de unas a otras.

Sumido en estas cavilaciones y recuerdos se hallaba Juanelo cuando, desde detrás de la figura alegórica que representaba al dios Tajo, escuchó un gemido:

—Favor, caballero, quien quiera que seáis...

Dobló la estatua de cartón piedra y sintió al pasar cómo el agua helada salpicaba ligeramente su rostro y sus manos. Tirado con la cabeza apoyada en uno de los coturnos del dios, había un hombre de rostro cordial aunque congestionado por el alcohol. Su desabrochada camisa estaba empapada de restos de un vino granate y denso. Hacía intentos de levantarse pero no podía. Sus largas piernas no acertaban a enderezar un redondo corpachón demasiado adicto a los excesos de la mesa. Tendría diez o doce años más que el propio Juanelo, todo un viejo en suma, mas su gesto, quizá a causa de los efectos de la euforia provocada por el vino, parecía corresponder a alguien más joven o, por lo menos, jovial.

Mientras le ayudaba a incorporarse, el hombre trataba de explicar su lamentable estado:

—Se me fue la cabeza con estos fastos y es que, a menudo, doy en olvidarme de mi edad y me junto con los jóvenes sin reparar en que mi cuerpo ya es el de un viejo. Toda la culpa fue de esa fuente de Baco junto al Hospital de Afuera, ¿no la vio todavía vuestra merced? Muy digna es de verse y más de beberse, pues no cesa de manar chorros de buen vino, dicen que de Yepes. ¡Qué ocurrencia del demonio! Darle al pueblo del bueno y gratis por demás. A estas horas, todo el arrabal estará borracho, sin distinción de sexo o edades.

Al fin, si bien tambaleante, el hombre se puso en pie. Ofrecía una estampa ciertamente cómica. Era alto, más que Juanelo, y parecía una gran bola de carne sujeta por dos finos alambres largos. El zancudo, agradecido, dijo llamarse Aurelio y estuvo a punto de caerse al hacer una complicada reverencia al hombre que le había ayudado a incorporarse y a estar en condiciones de reanudar así su camino.

Un azacán, con sus lustrosos cántaros a lomos del enjaezado burrillo, acertó a pasar por allí, procedente sin duda de la puerta del Vado. Hacía frío pero no por ello dejaba de apetecer el agua en aquella noche de luminarias y festejos. Aurelio aceptó la invitación de Juanelo, alegando, eso sí, preferir el vino. Ambos bebieron de sus rebosantes jarras frente a la mirada inquisitiva del aguador. Antes de separarse, el hombre de la gran barriga y las patas largas le dijo a Juanelo:

—Me llamo Aurelio pero todo el mundo me conoce por el Comunero. Le estoy muy agradecido por el favor que me ha dispensado.

Lo de la fuente de Baco, de la que manaba un gran chorro de interminable vino, había picado la curiosidad de Juanelo. Algo había oído al respecto, pero el hecho de haber tenido que permanecer durante todo el besamanos en el estrado de la plaza del Marichal, alejado del Hospital de Afuera donde se había montado la curiosa fuente, le había impedido ver tan bizarro ingenio. Así que, tras despedirse de Aurelio *el Comunero* con un recio y fugaz abrazo, se dirigió a la gran explanada que era como la antesala de la gran ciudad de Toledo.

Numerosos grupos y corros de gente deambulaban aquí y allá, animados sin duda por la proximidad de la fontana. Muchos de ellos habían acudido de los pueblos vecinos —Bargas, Nambroca, Camarena, Torrijos, Fuensalida, Sonseca...— y habían decidido prolongar la fiesta, combatiendo el frío con hogueras y vino, mientras cantaban y contaban y compartían los pedazos de pan, el queso y las tajadas que con previsión habían portado consigo.

Nobles y plebeyos, españoles y extranjeros se entremezclaban en aquella Babel nocturna, que parecía un verdadero carnaval pues las máscaras, folías y guerreros de las carrozas y paradas diurnas no se habían despojado de sus disfraces y andaban alegres bajo ellos de un lado para otro.

Al fin Juanelo alcanzó la famosa fuente. Estaba donde la algarabía de la gente alcanzaba su punto álgido, en un rincón a la sombra del inmenso mausoleo que se mandó hacer el cardenal Tavera, casi como un faraón de los tiempos modernos. No le había engañado el bueno de Aurelio. Cuando consiguió atravesar el espeso bosque de borrachos y borrachas a los que el vino tintaba el rostro, los cabellos y las capas, divisó una enorme figura que representaba al dios Baco, escanciando inacabable vino tinto en medio de una selva hecha de ramas.

Le apeteció echar un trago, más que nada por ahuyentar el relente húmedo que congelaba sus viejos huesos y, qué caramba, por vivir más a fondo la experiencia de esa fuente efímera, que desaparecería y sería leyenda y relato o sueño de borrachines viejos. Los bebedores y bebedoras iban y venían con neumática fluidez, sin ansiedad, con esa muelle movilidad que da la bebida cuando se ve que no escasea y que hay para todos.

Por eso le sorprendió el empujón. Mientras caía desequilibrado y se daba de bruces con un gran charco de vino sucio y pisoteado a los pies de la fuente, acertó a ver a una ninfa y a un cupido de folía. Se trataba en realidad de dos rufianes jóvenes cuyos morenos y velludos brazos emergían de los delicados disfraces. Tras ellos, un caballero embozado en manteo negro les urgía con un acento extranjero que él, extranjero a su vez, no supo precisar. Podría ser alemán, quizás alsaciano, o una lengua eslava...

—Rrrápido, buscad entre sus rropas.

A pesar de morder el polvo, más bien vino pisoteado, Juanelo reaccionó dando un vigoroso manotazo que hizo tambalearse a la falsa ninfa, alcanzada en una de sus pantorrillas. El cupido, por su parte, le propinó a él una patada en el hígado que le dejó sin aliento unos instantes. Mientras cerraba los ojos para combatir el dolor, notó unos dedos fríos y furtivos como culebras, que hurgaban por los adentros de su capa y de su sayo, y que osaban entremeterse en su jubón.

Sin embargo, la talega con las monedas que pendía de su cintura no pareció suscitar el menor interés para esos dedos reptiles. ¿Qué es lo que en verdad buscaban aquellos dos sicarios? ¿Quién era y para quién trabajaba el embozado de la capa negra?

Todas esas preguntas martilleaban su cabeza mientras las dos máscaras le impedían alzarse: uno lo mantenía aplastado contra el charco de vino pisoteado, el otro hurgaba desesperadamente en busca de algo que evidentemente no encontraba y que no era desde luego la bolsa del dinero. Junto a la fuente, la chacota de la gente llegaba a lo más alto y las escaramuzas, bromas y peleas por la disputa del gran chorro del néctar de Baco daban lugar a escenas cómicas y hasta ridículas, sin que faltara el refulgir ocasional de las navajas.

De manera que a nadie llamó la atención el que aquel viejo extranjero y borracho, pese a no haber todavía catado el vino, se revolcara con dos rufianes de arrabal a los pies del gran dios de la embriaguez. Juanelo llegó a pensar en su indecible angustia que a un gesto del embozado, del que le llegó una acerada mirada de halcón y el breve fulgor de un colmillo plateado, podrían quitarle la vida y dejarlo degollado allí mismo mientras su sangre se mezclaba sin llamar la atención con el sucio vino que la fuente desparramaba por el suelo. La gente diría:

—Otro que se pasó con el vino.

Y seguiría su chanza y su camino.

Cuando la espalda parecía a punto de rompérsele y la halitosis del cupido, cuya cara revoloteaba alrededor de la suya como un satélite, le empezaba a resultar francamente insoportable, harto de desgañitarse pidiendo socorro estérilmente, oyó una voz impetuosa que le resultó vagamente conocida a pesar de los nuevos matices autoritarios que ahora exhibía:

—Dejad a ese hombre, locos, ¿queréis que vuestras cabezas cuelguen mañana de la picota de Zocodover? ¿No veis que forma parte del séquito del mismísimo rey de las Españas?

La presión sobre su espalda desapareció al instante, al igual que el espeso aliento del rufián. En cuanto a la silueta inquietante del oscuro embozado, se había difuminado como fantasma y tan sólo parecía el recuerdo de un mal sueño.

Aurelio *el Comunero* lo estaba rescatando con sus brazos fuertes y cargados de una sorprendente energía de aquel charco de vino sucio que empezaba a parecerle a Juanelo una anticipación de los castigos infernales.

—Arriba, italiano, está visto que somos nuestros respectivos ángeles de la guarda. Sabía que os debía una pero no pensaba poder devolvérosla tan pronto.

El Comunero, al verlo pálido y espantado, le preguntó si es que no había llegado a catar el vino, y le sugirió compartir un trago. Alguien le prestó un cazo de madera limpio pues el Comunero parecía ser de todos conocido, apreciado y respetado, si no temido.

—Creo que a los dos nos vendrá bien un trago.

Compartieron el espeso vino que rebosaba el cazo de madera. Y se alejaron de la fuente y de su bulla, buscando la tranquilidad de la Vega.

—Toda la grandeza europea está representada estos días en Toledo. No sólo los caballeros y notables de estos reinos, que han venido por las Cortes, sino también extranjeros como vos, llegados para los fastos de la boda real. Italianos, flamencos, franceses, alemanes, bohemios, portugueses, ingleses, hasta el hijo del Gran Turco dicen que para estos días en Toledo... —Aurelio hizo un alto en su parlamento para concentrar su atención en el rostro de Juanelo—. Bueno, parece que el vino os ha devuelto la color, os han dado un buen susto... Decía que tan alta concentración de nobles y gente rica ha provocado que los ladrones y delincuentes, como los roedores, hayan salido de sus agujeros y que incluso de otras grandes ciudades se hayan desplazado en legión hasta Toledo delincuentes y prostitutas dispuestos a hacer su agosto. Esos dos buscaban vuestro dinero. ¿Es mucho lo robado?

—No eran dos sino tres —respondió Juanelo—; en cuanto a mi bolsa, está intacta: no es lo que buscaban.

Aurelio miró en una ráfaga de desconcierto y alarma a los ojos de Juanelo, y preguntó:

—Pues si no buscaban dinero, ¿qué demonios buscarían esos tunantes?

Nada respondió Turriano y la pregunta de Aurelio quedó flotando en el relente de la noche, que ya avanzaba hacia la helada. Los dos hombres se alejaron instintivamente de la gente. Desde el circo romano, las ocasionales luminarias proyectaban espectrales imágenes fugaces de la ciudad, que exhibía variaciones de su espectacular silueta festoneada de torres.

Juanelo le preguntó entonces a Aurelio acerca de su apodo.

—Es como lo del caballo blanco de Santiago, ¿no os parece? Me empleé a fondo en el bando comunero. En realidad, esta ciudad fue mayoritariamente comunera, quizá la que más. Yo era joven e iluso y debí de revelar buenas dotes de mando. Así que llegué a liderar algunas operaciones militares. Un día os contaré el desastre de Olías. Allí fue donde se perdió la Comunidad. El caso es que la represión de los imperiales, dura como bien sabréis, casi acabó con mi vida. Fui indultado con un pie en la horca, pero inhabilitado para ejercer cargos públicos. De poco me han servido mi título de bachiller y mis años de estudio en Alcalá.

* * *

Los dos hombres se pusieron enseguida al corriente el uno del otro, guiados de una empatía natural y espontánea. Se habían ayudado mutuamente: nada se debían y, sin embargo, se debían mucho.

Aurelio era viudo, tenía una hija y sobrevivía trabajando en lo que surgía, últimamente haciendo servicios a los eclesiásticos de la Iglesia Mayor: pequeños portes, recados, mensajes urgentes a diferentes puntos de la diócesis y a Madrid.

Juanelo le contó que era el relojero del Rey, al igual que antes lo había sido del Emperador, y que su esposa e hija residían en su casa de Madrid. Al ver que el Comunero torcía el gesto con un mohín de disgusto a la sola mención del César, Juanelo explicó:

—Los mecanismos y urgencias del poder conllevan situaciones muy conflictivas y la necesidad de decisiones extremas, que pueden repugnar a quien las toma. En el escarmiento dado a Toledo no hubo nada personal por parte del César, que amaba a la ciudad. Por un lado, fue la ciudad más pertinaz en el apoyo al bando comunero. Y además, había intereses y pugnas dentro del bando señorial, tanto civil como eclesiástico, que obligaron a Carlos V a emplearse en un escarmiento ejemplarizante.

—Y tanto —asintió Aurelio—, un día os mostraré cómo quedaron mis lomos tras la prisión padecida, y soy de los afortunados que viven para contarlo...

—Cierto, la amnistía fue generosa y muchos comuneros de los tres estados se beneficiaron de ella...

—En Olías, ocasión y batalla que viví en primera línea y que os contaré, según ya prometí, otra vez que nos veamos, se perdieron los fueros y libertades de las viejas ciudades de Castilla. La economía entró en crisis igualmente y, de ser emporios exportadores, estas ciudades han pasado a ser ágora de pícaros, fulanas y mendigos, que sobreviven como pueden, o sea, malamente. A pesar de los fastos de esta corte, donde Baco no escatima su néctar, como acabamos de comprobar, el porvenir de Toledo es bastante incierto...

Al decir esto, Aurelio detuvo su marcha y se puso a contemplar con gesto preocupado la silueta de Toledo, sobrevolando la Vega como un águila con las alas desplegadas.

—¿A qué os referís? —preguntó Juanelo—. Toledo es la ciudad imperial, un real sitio incuestionable. Otra cosa es que las necesidades de atender al Nuevo Mundo hagan que se hable de la conveniencia de radicar la capital permanente del Reino en otro punto, preferiblemente con salida al mar.

—Efectivamente, la bendición de Toledo, que es su río, es al tiempo su maldición. Más que darle una salida a la ciudad, la retiene atrapada y sedienta. Todos los inventos que se ensayaron para subir sus aguas fracasaron.

Y no sabemos en qué quedará la navegación del Tajo hasta Lisboa...

—Puedo deciros con la garantía de mi puesto de matemático mayor en la corte que la navegación del Tajo es asunto de Estado que va bien avanzado. En cuanto a lo del «invento» para subir agua, puede que sea una realidad bien pronto...

—¡No me digáis que os ocupáis del caso, mosén Juanelo! Ésta es una gran noticia. No obstante, insisto en que preveo incierto el porvenir de esta antigua ciudad.

—¿Y eso?

—El clero. Ahora que trabajo para él, sé de las diferencias y pugnas sordas que mantiene con el poder civil. La monarquía es católica, sí, pero no siempre comparte los mismos intereses que la Iglesia. En política exterior, ésta acata los intereses del Vaticano y en Italia, por ejemplo, están en abierta contradicción. No hace falta que os recuerde el famoso saqueo o *sacco* de Roma a cargo de los imperiales de vuestro querido César, que humillaron al Papa hasta extremos indecibles...

—No hace falta que me lo recordéis. Yo ya era todo un hombrecito en aquel momento y, además, soy italiano, de Cremona...

—Toledo es la sede primada española, una potente sucursal de Roma, una especie de corte eclesiástica. El Rey nunca se sentirá enteramente seguro ni confiado dentro de sus murallas.

El Comunero recordó el hecho de que las juntas solemnes de las Cortes en marcha se estuviesen celebrando no en los alcázares del Rey ni en el palacio de la ciudad sino en las casas del arzobispo, en su salón de concilios, donde los acuerdos de grandes, procuradores representantes de las ciudades y Corona parecían ser fiscalizados de algún modo por el alto clero y sus agentes.

—Es cosa que recuerda demasiado a los concilios de los godos —apostilló Aurelio—, y ya sabéis en qué desastre abocó aquella monarquía...

En estos coloquios andaban Aurelio y Juanelo, poniendo los cimientos de una amistad cordial, firme y expansiva, mientras Toledo se adentraba en la noche y los ecos de la algazara y alguna luminaria, cada vez más espaciada, les llegaban amortiguados y distantes. Juanelo contempló el alto cielo salpicado de frías estrellas y dijo:

—He viajado lo mío y estudiado el cielo, donde creo que se escribe el libro secreto del mundo. Para el planetario que me encargó el César, tardé casi dos décadas en observar el movimiento de los astros, intentando reflejarlo con fidelidad. Pero os aseguro, Aurelio, que en ningún lado el firmamento se muestra tan claro y próximo como en Toledo.

Recorrían las tumbas moriscas y los alfares arruinados que salpicaban las desgastadas gradas del antiguo circo romano. Por aquellos desolados parajes de la Vega, donde en época romana habrían sido martirizados no pocos herejes cristianos, en el tiempo de Aurelio y de Juanelo se quemaban en carne y hueso o en efigie, previo degollamiento o en plenitud de una horrorizada consciencia, a decenas y aun centenares de disidentes de la ortodoxia imperante: judíos, luteranos —muy en boga en aquellos días de mediados del siglo XVI—, hechiceras, sodomitas...

Aunque no se conociera que ese lugar era el brasero de la Inquisición en Toledo, y ambos lo sabían, una inevitable aprensión hacía que el viandante lo atravesara fugaz. El tufo de la carne humana chamuscada parecía adherido a los rodaderos, a las anémicas matas, a los escuálidos árboles de la zona.

Pero en aquel momento una insólita escena llamó la atención de los incipientes amigos. Un cortejo de muchachos y muchachas empujaba con gran solemnidad, puesta sobre un tosco carrito rodante, a una hierática figura. Sus ojos, debajo de dos arqueadas cejas y de un cráneo rasurado por completo, ofrecían rasgos chinescos. Vestía una especie de túnica o hábito de una orden irreconocible. Aunque un aparatoso rosario se enredaba en una de sus muñecas, su mano izquierda sujetaba un escudo mientras que la derecha soportaba una talega de madera.

De vez en cuando, alguno de los críos —el mayor no pasaría de los trece años— presionaba el escudo del estático monje, se alejaba de un brinco y evitaba el talegazo que éste daba al aire a continuación.

Eran críos arrabaleros, desaliñados y sucios. Imitaban las procesiones que seguían a los autos de fe, acompañando a los reos condenados a la hoguera desde los cadalsos y tribunas de Zocodover por la cuesta de las Armas y la puerta de Bisagra hasta el quemadero de la Vega. Caminaban solemnes y rítmicos y de trecho en trecho rompían en burlas y chanzas, mofándose del monje de palo, que en ningún caso perdía la compostura ni el hermetismo de su chinesco semblante. Algunos gritaban mientras caminaban:

—Judío..., hereje..., luterano..., alumbrado...

De repente, un haz de luz lunar iluminó con su chorro plateado la faz de la figura. Juanelo Turriano la reconoció y no pudo dejar de exclamar:

—¡Don Antonio!

Don Antonio era un muñecón fijado a una base de madera que solía estar puesto en la esquina de la calle de la Lonja con la del Nuncio, a pocos pasos del palacio arzobispal. Parecía una especie de cancerbero que vigilase el tránsito desde los zocos y corredurías al ámbito sagrado de la catedral, frente a uno de cuyos ángulos se alzaba.

Don Antonio, con su hierática mirada oriental y su hábito de monje, era una atracción permanente para los transeúntes de la calle de la Lonja, tanto toledanos como forasteros, particularmente para la chiquillería, ávida siempre de novedades y sorpresas.

Consistía el popular don Antonio en un hombre de palo armado con un escudo en su lado izquierdo y con una talega de arena en el derecho. Si se accionaba el escudo, automáticamente respondía dando un talegazo al que pasaba. Esto daba lugar a situaciones cómicas y, no pocas veces, a engorrosas travesuras que derivaban en peleas y escaramuzas de todo tipo. Aquel fraile de madera era todo un espectáculo: una de las atracciones permanentes de la gran ciudad de Toledo.

El Comunero explicó que, como quiera que la intemperie y el continuo uso y abuso del artilugio lo tenían descolorido, macilento y astillado, la Ciudad había decidido retirarlo de cara a los fastos del casamiento del Rey y de las grandes Cortes que ese año se celebraban en Toledo. Se veía que los muchachos se habían hecho con el muñeco caído en desgracia y se entretenían haciendo un auto de fe a su costa.

—Los chicos hacen juego y chanza, imitando aquello que ven y les llama la atención, incluso lo más trágico —dijo Aurelio—. Se cuentan por decenas los autos de fe que acaban en este brasero. Últimamente, son los acusados de pertenecer a la secta de Lutero los más asiduos a la hoguera. Toledo es ciudad cosmopolita pero los flamencos, franceses y alemanes que residen en ella no pueden bajar la guardia: están bajo sospecha permanente.

Juanelo se dijo que él era lombardo y Lombardía, una de las regiones septentrionales de Italia que había tenido una fuerte penetración reformista, quedaba demasiado cerca de Centroeuropa. ¿Sospecharían también de un lombardo? Una miasma de dolor y de pánico emponzoñaba aquel lugar y el relojero deseó retirarse, volver a encontrarse en su aposento intramuros de la ciudad. Pero ni él ni Aurelio pudieron evitar el verse atrapados por el espectáculo de la gran hoguera que aquella pandilla de muchachos había hecho arder con diligencia.

Don Antonio, que tanto había hecho por entretener a los chiquillos, moría a manos de ellos de la forma más ignominiosa y terrible, como los más réprobos de entre los réprobos. La pintura de sus finas cejas al derretirse provocaba lágrimas negras alrededor de sus rasgados ojos y el crepitar de la madera ardiendo parecía un sordo lamento casi humano en la noche rumorosa.

La bulla de los chicos había cesado en aquellos momentos en los que agonizaba el fraile de palo, dejando paso a una especie de supersticioso respeto. El Comunero recordó que no siempre don Antonio había sido don Antonio.

—Cuando yo era joven, hace tanto que casi me mareo de pensarlo —explicó—, el fraile fue instalado en el mismo lugar pero con otra finalidad. Entonces, no llevaba escudo ni talega, sino una hucha o alcancía. Se proyectaba en aquel tiempo el Hospital de los locos o Inocentes, promovido por el nuncio, y para costear la obra los viandantes de la Lonja, entonces llamada calle de las Asaderías, podían depositar limosnas en la hucha del muñeco.

El fraile chamuscado acabó su rápida combustión y en pocos minutos la causa de tanta sorpresa y alegrías, el muñecón que alegrara la esquina de la Lonja, fue pasto de las llamas y reducido a un montón de cenizas humeantes.

—Así de inconstantes y fugaces transcurren las cosas humanas —se dijo Juanelo—, y, sin embargo, vale la pena estudiar el tiempo, que nos hace y nos deshace pero que también nos rehace. Medirlo, emplearlo bien, luchar contra él si es preciso. Ésa es la gran servidumbre pero al tiempo la mayor grandeza de los hombres.

Mientras la muchachada inquisidora se alejaba de vuelta a la puerta de Bisagra, con la alegría y la chanza recobradas tras la parodia del auto de fe y la inmolación de don Antonio, Juanelo se enfrascaba en meditaciones sobre la fragilidad humana y sobre su propia fragilidad.

Sintió pena por el fraile quemado. Había visto algunas veces en acción a don Antonio. Le pareció injusto y desmedido su final, pero había presenciado ya tantas injusticias...

Él era viejo, como don Antonio, aunque sentía la energía de un joven, una especie de rabia contra el rácano tiempo, y una claridad y firmeza de resolución que nunca había experimentado hasta esa noche. Una resolución que lo vinculaba a esa ciudad y al mayor desafío de toda su carrera. La construcción del gran reloj astronómico del Emperador le había llevado veinte años y le había hecho velar y llorar en más de una ocasión. Pero por su envergadura y por sus dificultades objetivas el artificio que subiría agua hasta la arriscada ciudad era algo sólo comparable al alzado de una pirámide egipcia o al de una catedral gótica, con la duda añadida además de si la tecnología empleada iba a funcionar o no.

Eso sólo al final podría saberse.

Mientras retornaba en silencio junto a su nuevo amigo rumbo al arrabal, Juanelo Turriano se dijo que todos los palos y colores de esa su baraja española estaban ya a punto de desplegarse sobre el tapete.

Las espadas del proyecto, ese batirse de despacho en despacho, de gabinete en gabinete hasta conseguir los imprescindibles apoyos y autorizaciones. Las copas del artificio, el complejo sistema de cazos que levantaría el preciado líquido desde el fondo del barranco hasta los amenos jardines del Alcázar. Oros si el ingenio funcionaba: beneficios para la ciudad, que quizá lograran reengancharla con la modernidad, manteniendo intacta su antigua grandeza, y beneficios para él y su familia, que ya incluía los dos primeros nietos que le había dado su querida hija Bárbara Medea.

Volvió a ver en el recuerdo a las dos máscaras que le habían zarandeado en la fuente de Baco y le habían hecho beber el vino pisoteado y sucio. Y al siniestro embozado vestido de negro que dirigía la operación. El pasado es obstinado y, como el tiempo es circular y no lineal, vuelve cíclicamente. Volvió a ver a los niños inquisidores que quemaban sin piedad al pobre don Antonio que tanto había alegrado el cruce del Alcaná. Los bastos también estaban en la baraja y sus naipes formaban, qué duda podía caberle, parte del juego.

Al pie de la fachada, clara y ancha, de la iglesia de Santiago, Juanelo y Aurelio se despidieron con un caluroso abrazo, prometiéndose volver a verse en un futuro próximo. Los arcos triunfales y los soberbios graderíos, que sólo unas horas antes relucían de fasto, de gentes y de poderío, parecían a esas horas de la madrugada tramoya arrinconada de una comedia vieja.

Cada cual siguió su camino en la noche helada. Y no hubo más por el momento.

II

Espadas

Capítulo

1

Toledo, 17 de abril de 1565,
Martes Santo

Por las rúas del Toledo de los conventos, sólo el ronco toque de un tambor lejano alteraba un silencio de sepulcro, un silencio casi del más allá. Arrimados a los altos muros ciegos de los conventos, los espectadores de la procesión parecían estatuas sobrecogidas por el frío pero también por el impacto del Cristo agitanado y de los nazarenos descalzos que desfilaban por las retorcidas callejas. Era el espectáculo de la Pasión crudo y desnudo, sin adherencias meridionales festivas y sincréticas, lo que allí se ofrecía.

En una esquina de la calle de los Buzones, Juanelo Turriano asistía, sobrecogido también, a la procesión. Estaba ya para acostarse en el cuarto alquilado en la Posada de la Sangre, junto al Zocodover. Pero la ansiedad interior que sentía le estorbaba conciliar el sueño y había decidido salir a la calle, tratando así de relajar un poco su cuerpo y su ánimo.

Al día siguiente, Miércoles Santo, todo estaba preparado para que Juanelo firmara en documento público con la Ciudad y con la Corona su compromiso de construir un ingenio hidráulico que garantizase el suministro permanente de agua hasta la explanada del Alcázar.

Tumbado en su lecho de lana recién vareada, habían acudido a su mente imágenes de los cinco años de trabajos y de gestiones sin fin que habían abocado a la firma del día siguiente. El proyecto en sí, su ideación —planos, anotaciones, cálculos, dibujos, maquetas y prototipos, todo eso—, con resultar trabajoso, no era lo que más esfuerzo le había costado. Lo más duro habían sido las numerosas audiencias y reuniones a las que había tenido que acudir para tratar de conseguir que el Ayuntamiento otorgase, sin gran entusiasmo por el momento, su aprobación al proyecto. A la mañana siguiente conocería los términos del acuerdo que permitiría, al fin, la ejecución efectiva de su ingenio.

Ésa era la causa de que se hubiera desvelado y se hubiera puesto a repasar mentalmente el vértigo de los cinco últimos años. El relojero e inventor se preguntaba si valía la pena el reto asumido, el gran desafío de alzar hasta Toledo el agua de su río. Convencido de su proyecto, le atormentaba la idea de un fracaso o que el suministro efectivo de agua no alcanzase las previsiones estipuladas y pactadas. En cierto modo, comprendía las reticencias de los patricios de la municipalidad toledana: las dificultades objetivas eran obvias y estaban demasiado recientes los sonados fracasos cosechados por los sucesivos artificios ensayados en la época del César.

Pero lo que en verdad le quitaba el sueño al lombardo era su familia. Su esposa, abnegada y frágil, que se apagaba lentamente por algún humor que ningún médico acertaba a diagnosticar. No lo decía pero no aprobaba la decisión de Juanelo de embarcarse en la aventura del ingenio. Con una sólida posición en la corte, casa propia en Madrid y una reputación internacional como relojero e ingeniero a toda prueba, ella pensaba que, dada su edad, era el momento de asentarse, de dejar de recorrer ciudades y naciones y de dedicarse a disfrutar tranquilamente de las rentas acumuladas, rodeados de su hija y de sus nietos. Aunque tuviera que seguir ocupándose del mantenimiento de la colección real de relojes, que parecía interesar bien poco, por cierto, a Su Majestad, o aunque fuera comisionado, cada vez más espaciadamente, para asesorar sobre grandes obras de Estado como presas, puertos o fortificaciones.

El entorno de Su Majestad había apoyado desde el comienzo la propuesta de Juanelo. Además de asignar una ocupación consistente al relojero áulico en la que se aprovecharan sus grandes dotes para la invención y la ingeniería, la colosal fábrica redundaría en el prestigio y la gloria internacionales de la monarquía católica. Si El Escorial era la «catedral» de los Austrias, su magna aportación a la arquitectura religiosa, el castillo del agua toledano significaría un logro incomparable en el campo de la tecnología. Demostraría, en contra de los infundios que se propalaban en las monarquías rivales, que España y su Imperio estaban al día en materias científicas y técnicas, que, lejos de desdeñar el progreso, apostaban decididamente por él. Conseguir subir el agua hasta la ciudad imperial era un reto, por lo abrupto del barranco y por la gran distancia que había que salvar desde el lecho del río hasta el palacio y el caserío. Esto lo sabía todo el mundo porque todo el mundo tenía noticia de Toledo a través del testimonio de embajadores, comerciantes y viajeros. Tal era su fama y su prestigio.

Pero además otros argumentos habían favorecido el apoyo del monarca al proyecto de Juanelo Turriano. El Rey tenía una relación dual, una especie de relación amor-odio, con Toledo, ciudad comunera y clerical. Por un lado, las cicatrices de la represión imperial, dirigida por su padre el César Carlos, aún escocían en la ciudad y lo hacían en todos sus estamentos, pues todos anduvieron en mayor o menor grado complicados con la revuelta, con el alzamiento y con la pertinaz resistencia que lideró Toledo. Por otro lado, a pesar de ejercer de paladín del catolicismo y de ejercerlo efectivamente, los intereses de la Iglesia no siempre coincidían con los del Rey. Incluso, en ocasiones eran antagónicos. Toledo era la archidiócesis primada de España y una activa y fidedigna representación de la estrategia papal.

Felipe era amante de la caza y de la pesca y se había criado en el palacio de Bruselas, rodeado de bosques. No había bosques próximos a Toledo, una ciudad estrangulada por su arriscado río y sus no menos arriscados barrancos y rodaderos, con la pelada llanura de La Sagra desparramándose hacia el norte, por donde transcurría precisamente el camino real hacia Madrid.

Por el contrario, en esta ciudad, mucho menos desarrollada que Toledo, los palacios brotaban prácticamente en medio de un tupido bosque plagado de venados y jabalíes; un monte que, de hecho, permitía desplazarse directamente desde los reales aposentos hasta las cumbres nevadas del Guadarrama sin necesidad de atravesar población alguna.

De manera que por una y otra razón el Rey había decidido instalar su corte fuera de Toledo aunque no lejos, en Madrid. Pero no deseaba que su decisión se interpretara como un desprecio a la legendaria capital de los godos, a la inexpugnable medina cuya reconquista supuso el comienzo del fin del islam en España, a la capital bienamada a pesar de todo por su difunto padre. Promover una obra hidráulica que reconciliase a la ciudad con su río y que fuese motivo de atracción y asombro para el resto del mundo se interpretaría como una muestra de apoyo y de afecto del monarca hacia la vieja ciudad.

Sin embargo, pensó Juanelo mientras las altas paredes conventuales agigantaban monstruosamente las sombras de los crucificados, de las vírgenes y de los capuces nazarenos, existía otro argumento que había inclinado decisivamente la balanza a favor de su proyecto por parte de la Corona. De hecho, el propio Juanelo lo había utilizado después de percibirlo claramente en su visita a la ciudad con ocasión de las últimas Cortes celebradas en ella y de los fastos de la boda del monarca. Éste poseía en Toledo uno de los más grandiosos y espectaculares alcázares de entre todos los que se alzaban en todas sus posesiones y reales sitios. Sólo que ese gran palacio estaba medio devastado y requería una reconstrucción en toda regla. Su padre había consolidado política y militarmente la monarquía austriaca en España; a él le tocaba la misión de engrandecer su patrimonio arquitectónico, de edificar una imagen perdurable de ella.

¿Cómo justificar la construcción de una pirámide al lado de otra pirámide? Poniéndola al servicio de ésta. Las obras del Alcázar demandaban un ingente y constante suministro de agua. Llenar los aljibes implicaba contratar un sinfín de carros rebosantes de cántaros. Lo que significaba una importante partida en los millones asignados a un proyecto que tenía consideración de asunto de Estado.

Juanelo garantizaba un suministro muy superior mediante su artificio, que se comprometía a acabar en un plazo de dos o tres años. Este argumento, por encima de los anteriores, había sido determinante para la aprobación de su ingenio por parte del entorno del Rey.

Ya las imágenes y los penitentes habían doblado la esquina de la trasera de Capuchinas y embocaban la plaza de los Mercedarios, dejando un rastro de cera quemada y un eco de pisadas desnudas al ritmo de cetros y de maderos. Juanelo retrocedió por los cobertizos rodeado de personas y de grupos familiares apesadumbrados y silenciosos tras revivirse la pasión de Cristo. El relojero no podía dejar de pensar en su proyecto y en la importante reunión que había de sostener el día siguiente con los máximos responsables de la ciudad.

Desde los tiempos del desmoronado acueducto romano, que traía el agua de los manantiales del Castaño y del Roble (situados en la distante sierra de Los Yébenes) y salvaba el barranco mediante un imponente puente de fábrica hasta la puerta de los Doce Caños o Cauces, ligeramente aguas abajo de donde Juanelo planeaba su ingenio, los toledanos no habían dejado de buscar medios para subir parte del ingente caudal que aportaba su propio río sin necesidad de tener que buscar el agua tan lejos.

En el dilatado periodo de dominación musulmana, más de tres siglos, todo el mundo coincidía en que esa cultura, acostumbrada a manejar el agua desde la mayor escasez, habría puesto parcialmente en funcionamiento el acueducto de los romanos. Éste conducía el agua por espacio de siete leguas desde la presa de Majarambroz hasta los aljibes de San Ginés, en el corazón de Toledo. O bien, habían alzado algún ingenio propio ya que eran maestros y grandes artífices en lo tocante a la tecnología y los usos del agua. Y aun puede que idearan una solución intermedia: un artificio capaz de subir agua del río al acueducto ya existente. A ello podía referirse El Edrisi cuando escribió:

Se divisa en Toledo un puente curiosísimo compuesto por un solo arco, por debajo del cual corren las aguas con gran violencia, haciendo mover una máquina hidráulica que las eleva a noventa codos de altura, y al llegar a la del puente corren sobre él y entran enseguida en la ciudad.

Lo que nadie discutiría es la raigambre islámica del oficio de azacán. El gremio de azacanes era el encargado de subir el agua desde el río a la ciudad. Sus vistosos y adornados borricos, cargando las anchas cántaras, formaban parte del paisaje toledano. Ellos mismos, con sus coloristas atavíos, alegraban el ambiente de las sedientas rúas, plazuelas y adarves de Toledo. El nombre mismo de azacanes indicaba ya la ascendencia arábiga del oficio.

Quizá los azacanes bastaron para abastecer a la ciudad en los siglos medievales. Pero casi un siglo antes, hacia 1485, el comendador de San Juan había propuesto subir el agua del río hasta Zocodover. En 1526, el marqués de Cenete, camarero de Su Cesárea Majestad, había traído a Toledo a dos ingenieros alemanes para que bombeasen agua del Tajo desde los molinos de Garci Sánchez, al lado del puente de Alcántara. Unos batanes se ocupaban de elevar el agua a través de tuberías de metal hasta la explanada del Alcázar. Algún agua consiguió subir el invento, pero fracasó y cayó pronto en desuso. La distancia era inmensa para que la salvaran unos rudimentarios batanes.

Con cierto agrado Juanelo percibió que estaba bostezando. Al fin el dios Morfeo se mostraba clemente con él. Tanta ansiedad y tanta lucha llevaban desvelándole demasiadas veces a lo largo de los últimos cuatro o cinco años. Si bostezaba, quería decir que estaba listo para el sueño. Y necesitaba dormir lo mejor posible para afrontar con garantías y confianza el decisivo encuentro del día siguiente con los representantes de la ciudad.

Así que, sorteando a viandantes y a penitentes con los pies descalzos que se salían de la procesión, aceleró el paso hacia la posada, procurando avanzar en dirección contraria al cortejo. Las imágenes reaparecían por las esquinas y en los recodos de los adarves, intensificando la sensación de laberinto y de irrealidad propia de la noche toledana.

Caminaba cerca de San Román cuando unos gritos se superpusieron al monótono toque del tambor que acompañaba a los pasos del desfile. Un nazareno de gran estatura y corpulencia, esgrimiendo con autoridad un cetro de argentinos destellos, impedía la entrada en la plazuela. Juanelo se vio atrapado en la pequeña aglomeración que se formó. Por detrás, la procesión transcurría a través de la calle perpendicular inmediata. Donde estaba, no se podía ni avanzar ni retroceder.

De repente, el inconfundible fragor del acero entrechocándose se impuso a cualquier otro sonido de la noche, incluyendo al silencio, quizá el rasgo más sobresaliente de la Semana Santa toledana. Juanelo divisó, entre las cabezas que lo rodeaban, dos siluetas batiéndose con feroces acometidas de sus respectivas espadas. Estaban al fondo de la plaza y tan pronto emergían de la penumbra como regresaban a la sombra y desaparecían de la vista.

—Parece duelo o desafío.

—Lance será de amores.

—O de desamores.

—¡Desalmados! Batirse mientras Nuestro Señor va camino del Calvario...

—Nada se respeta hoy día.

—¿Y los corchetes? Ya parece que tardan demasiado.

—Estarán en la taberna, hartándose de vino.

—Siempre aparecen cuando no se les precisa; y cuando se les precisa, ya se ve...

En aquella forzada aglomeración, la gente hablaba mientras trataban de avizorar, con notoria expectación, los lances de un duelo que, a pesar de la proximidad, no distinguían claramente. Los contendientes se medían en silencio y tan sólo, a veces, llegaban de ellos ecos de jadeos y de pisadas, así como el rítmico choque del metal de sus espadas.

Juanelo empezó a sentirse atrapado. La idea de que estaba perdiendo un tiempo precioso para defender su proyecto con energía al día siguiente empezaba a agobiarlo. Las personas que lo rodeaban, chicos o mayores, parecían arrobados con el espectáculo de aquel lance imprevisto, que añadía emoción al desfile procesional, de por sí emocionante aunque previsible.

En cuanto a Juanelo, sólo deseaba una cosa. Escapar de aquella ratonera, seguir su camino hasta poder acostarse en paz en su cuarto de la Posada de la Sangre. Presionando con los codos, logró alcanzar la primera fila del grupo. Allí, actuando como un implacable cancerbero, el nazareno del cetro impedía el paso y ocupaba con su gran volumen y su brazo extendido la estrecha embocadura del callejón.

—Señor, tengo verdadera precisión de reanudar mi camino —le dijo Juanelo cortésmente.

Sin voltearse, el nazareno, cuyo capuz morado sin capirote le tapaba el rostro por completo, replicó con contundencia:

—No hay manera de salir por acá hasta que la pendencia acabe o se resuelva. Pruebe vuesa merced por otro lado.

Juanelo giró la cabeza en todas direcciones. En ese momento, la imagen de la Virgen de las Angustias estaba detenida en el cruce posterior inmediato. Con destellos de perla refulgían, a la luz de las antorchas, las lágrimas de sus mejillas. No se veía ningún callejón ni adarve en ese tramo de la calle.

—Tranquilizaos, amigo. Un hombre de vuestras canas y de vuestra experiencia sabrá de sobra lo conveniente que es refrenar la impaciencia.

Fue entonces cuando el nazareno de imponente presencia se giró y cuando Juanelo percibió la mirada de rapaz de un ojo claro e inquisitivo a través de la abertura del terciopelo. Y fue entonces cuando tuvo la sensación de que todo aquello era farsa, tramoya y ficción. Una comedia de capa y espada añadida a la teatralidad de por sí propia de los desfiles de Semana Santa. Por alguna razón recordó el suceso que le había ocurrido tres años antes en la fuente de Baco, cuando los fastos de la boda del Rey Católico. Automáticamente, en su mente y en su mirada la falsa ninfa velluda y el cupido de pega se superpusieron a los dos espadachines que seguían intercambiando sus espadas al fondo de la plaza.

Juanelo Turriano era un hombre de ciencia, avezado en el cálculo de proyectos y acostumbrado a guiarse por los senderos de la razón. Pero también valoraba la fuerza de la intuición; de hecho, en la resolución de los grandes desafíos que se habían cruzado en su carrera de relojero y de inventor, casi siempre una especie de fuerza positiva previa a la deducción y al experimento le había hecho presentir que se hallaba trabajando en la dirección correcta. Esa fuerza mágica, la intuición, es lo que le había convertido en el relojero más famoso de su tiempo. Por eso la respetaba y creía con gratitud en ella.

Sabía que esa clase de pendencias, duelos o desafíos entre espadachines eran algo demasiado común en el siglo; una belicosa costumbre que había sido trasladada a las comedias de los corrales y que desde éstos había regresado a las calles nocturnas de las ciudades intensificada y convertida en moda. Pero había algo en aquel embudo que no lo convencía. El enigmático nazareno como un cancerbero, vetando la salida de la angosta rúa. Los dos espadachines que se batían e increpaban sin pasión, mecánicamente, como siguiendo un guión. Supo que debía llegar a su cobijo en la posada cuanto antes. Miró una vez más hacia atrás y hacia delante. La procesión seguía obstruyendo la salida posterior.

Ahora, un cristo de tez cenicienta y rasgos agitanados desfilaba en medio de un silencio total, sólo alterado por el ritmo monótono de un tambor, que se expandía al rebotar por los altos muros conventuales desprovistos casi por completo de ventanas.

Fue entonces cuando vislumbró un portal abierto. Toledo, como todo laberinto, ofrecía desusadas y sorprendentes alternativas, atajos imprevistos. Tal vez el portal abierto de esa casa fuera uno de ellos.

Sigilosamente, se internó en la casa, atravesó un húmedo zaguán y cruzó un patio con dos tiestos y un brocal de pozo a uno de los lados. Y, efectivamente, comprobó que una puerta accesoria abocaba a otro callejón estrecho, uno de esos codos que a veces unen las arterias principales del callejero de la ciudad.

Una vez liberado del embudo, trató de reorientarse. Esquivando la ruta procesional, bordeó la Iglesia Mayor, subió por la calle de los Pescaderos y, a toda prisa, dejando de lado la Magdalena, se internó en el barrio del Rey y desembocó finalmente en Zocodover. De ahí a su hospedaje había dos pasos.

En el zaguán de la Posada de la Sangre un corro de arrieros habían formado timba y apostaban con pasión a un juego de cartas. Un huésped de rostro obeso y congestionado dormía con la cabeza apoyada en una mesa, al lado de una frasca de vino semivacía.

Juanelo corrió a su aposento, casi exhausto y sin aliento, y nada más entrar en él comprobó lo que se temía. Su valija estaba abierta y tirada sobre las baldosas. La ropa aparecía esparcida aquí y allí en medio del mayor de los desórdenes. El cartapacio con los planos, dibujos y proyectos se veía descompuesto y desparramado encima de la rústica tabla adosada a uno de los muros. No parecía faltar nada pero le llevaría media hora larga recoger y reordenar sus cosas.

Lo que quiera que buscasen sus perseguidores, una vez más, no lo habían encontrado.

Capítulo

2

En el palacio de la ciudad reinaba una febril actividad. Aunque el alejamiento de la corte y el progresivo desplazamiento de los núcleos productivos hacia los puertos y la periferia habían ido provocando un cierto estancamiento en las grandes ciudades exportadoras de Castilla, como la propia Toledo, eran muchas las licencias, negocios y propuestas que se movían en ella, tanto al servicio de intereses mercantiles particulares como de la Iglesia, los nobles, la Corona o la municipalidad misma. Bastantes extranjeros —flamencos, italianos, franceses...— residían en la ciudad, gestionando determinadas industrias y servicios o bien representando intereses bancarios o a firmas de importación-exportación de sus respectivas ciudades.

Juanelo había dormido mal. Por segunda vez desde que concibió el proyecto del ingenio de las aguas, había sufrido un ataque en Toledo. ¿Se proponía alguien disuadirlo de la empresa, desanimarlo? ¿Qué habían esperado encontrar entre sus ropas la ya lejana noche de la fuente de Baco o entre sus papeles en la posada la noche anterior? Sentirse amenazado y de una forma difusa, sin rostro preciso, es algo terrible pues todo rostro, aun el más familiar, puede, examinado a la luz de la sospecha, devenir potencialmente culpable, nimbarse de una sombra de peligro.

Poco amigo de lujos y de afeites cortesanos, se había puesto sus anchos ropones, que le permitían a su notable corpulencia desenvolverse con comodidad tanto en el taller como en la vida cotidiana. A pesar de ello, se había igualado minuciosamente la barba arriscada y rebelde, se había peinado con agua lo que quedaba de su antaño leonina cabellera y había incorporado a su indumentaria un chaleco de ante que nunca antes se había puesto. Además se había dado unos toques de un perfume que le había regalado para la ocasión Bárbara Medea.

Tanto su hija como su esposa habían ponderado la importancia del paso que iba a dar. Él había argumentado que todo estaba decidido. Toledo estaba sedienta, harta de ver pasar de largo el agua de su río. En el último siglo todos los proyectos para subirla hasta la ciudad habían fracasado. El suyo añadía a la contundencia de la mecánica la sutileza de la relojería, un mecanismo de precisión que —siempre que la fuerza motriz no faltara— nunca fallaría.

Si a la fiabilidad de su proyecto se unía la firme decisión de la Corona de apoyarlo para, primero, disponer de suministro constante de agua durante las obras de reconstrucción y, segundo, plantearse un futuro jardín de recreación bien regado, era muy improbable pensar que la municipalidad pudiera ir en contra de sus propios intereses y que, al tiempo, osara oponerse a la voluntad del Rey.

* * *

Las dos mujeres más influyentes en la vida de Juanelo Turriano replicaron que más valían los acuerdos de grado y por las buenas que los forzados y con un fondo de recelo. Que éstos, a la larga, estallan cuando menos se espera.

Así que el lombardo, más aseado y acicalado que de costumbre, había hecho el trayecto entre la posada situada en el arco de la Sangre hasta el palacio municipal. Después de atravesar la Correduría y el Alcaná, donde la animación de los tratos y trajines comerciales sólo estaba desperezándose por lo temprano de la hora, cruzó la esquina de la Lonja con el Nuncio y no pudo evitar entonces acordarse de don Antonio, el muñecón ataviado de fraile que se había alzado antes en aquel lugar y al que él había visto arder con Aurelio *el Comunero* en una parodia infantil de los autos de fe años atrás en el brasero de la Vega.

En el suntuoso zaguán que daba paso a la escalera principal del Consistorio, Juanelo leyó, inscritos en lujosas letras capitulares, los versos del antiguo corregidor don Gómez Manrique acerca de la equidad y la justicia que deben presidir todo buen gobierno:

> *Nobles, discretos varones*
> *que gobernáis a Toledo,*
> *en aquestos escalones*

desechad las aficiones,
codicias, amor y miedo.
Por los comunes provechos
dejad los particulares.
Pues vos fizo Dios pilares
de tan riquísimos techos,
estad firmes y derechos.

Se preguntó si en aquella casa esos buenos deseos eran práctica habitual consolidada. Deseó que así fuera.

—Más nos vale a mí y al proyecto que llevo debajo del brazo —se dijo mentalmente.

Cuando el empavonado ujier que lo guiaba a través de aquel dédalo de corredores y despachos, frente a los que bostezaban solicitantes que parecían esperar audiencia desde hacía meses, abrió las puertas de la gran sala de juntas y anunció su llegada, más de una veintena de ediles toledanos interrumpieron su coloquio y examinaron al italiano con inquisitiva expectación. Excusados ausentes y enfermos, la prolija enumeración de los señores justicias, regidores, jurados y alguaciles hizo resonar bajo los altos muros de aquella sala del palacio del Ayuntamiento a los más ilustres apellidos toledanos, conectados con las estirpes castellanas más preclaras: los Carrillo de Mendoza, Montoya, Vázquez, Ayala, Silva, Guzmán, Luna, Franco, Daza, Salazar...

Presidía el corregidor, marqués de los Sauces, el diestro caballista que había dirigido la escaramuza fingida en la plaza del Mariscal cuando la Reina entró en Toledo por primera vez.

Juanelo Turriano se sintió analizado por aquellos ojos escrutadores y percibió una mezcla de desconfianza y de recelo. Parecían pensar: «¿Y este viejo desastrado va a ser quien nos suba el agua tan necesaria para la ciudad?».

Al tiempo, la hercúlea complexión de Juanelo, la energía de su rostro y la firmeza de su busto, que evocaba el de un emperador de la antigua Roma, solían infundir una sensación de respeto que acababa dominando sobre la primera impresión. Afortunadamente, esta vez parecía estar sucediendo lo mismo.

Fue el corregidor quien habló primero. Juanelo, viejo y experto, avezado en interpretar a las personas por detrás de los formulismos y cortesías más o menos hipócritas del ritual cortesano, percibió cierta dualidad en las palabras del marqués, una extraña mezcla de admiración y de desprecio. Pero sabía que ilimitada como un vasto desierto es la extensión del alma humana y que es capaz de albergar los humores y sentimientos más dispares y sorprendentes.

—He aquí, señores de la ciudad, a Juanelo milanés, matemático mayor de Su Majestad y antiguo relojero de cámara del César Carlos, que Dios tenga en su gloria. Es un honor para Toledo que le hayáis dedicado vuestro tiempo y vuestra ciencia para resolver mediante cierto ingenio el viejo problema que nos aflige en relación con el abastecimiento de agua...

Juanelo, fiel a las reglas de la cortesía áulica, empezó a corresponder, diciendo que el honor era suyo, por poder contribuir al buen gobierno y servicio de una de las más insignes ciudades de España y del mundo, pero el marqués reanudó su parlamento. Era un hombre en la edad mediana, frisando apenas la cincuentena, pero vigoroso y atlético. Se le veía avezado en el mando y en los ardides de la política. Pero, a la vez, cierto brillo febril en la mirada revelaba que añadía a su pragmatismo algunos rasgos propios del iluminado o del soñador.

—Muy apoyado venís por la Casa Real, cosa que no es de extrañar para alguien que tan valiosos servicios y tan dilatados en el tiempo le ha prestado. Sin embargo, debéis ser consciente de que a esta corporación le ha sido impuesta, por utilizar un término rudo pero realista, vuestra solución al ancestral problema del suministro del agua.

—Os doy mi palabra de que el ingenio es viable y factible y de que será una gran obra que beneficiará a la ciudad y le dará prosperidad y fama. La Corona ha sido generosa con Toledo al aprobar mi proyecto y proponerlo a la corporación. Ello demuestra la gran afección y preferencia que siente por ella de entre las otras grandes e insignes ciudades de sus reinos...

El sol entraba a raudales en la sala por los altos vitrales y por una ancha claraboya en el techo, formando una cortina dorada que difuminaba los rasgos de las caras y permitía ver siluetas en una especie de negativo. Una voz que Juanelo fue incapaz de asociar con ninguno de los rostros irrumpió en el diálogo:

—¡Por eso se lleva la corte a Madrid! ¡Ésa es la alta estima en que tiene el Rey a Toledo!

—¡Silencio! —ordenó el marqués—. No convirtamos esta sala en una taberna. Es notorio que hemos de otorgar nuestra aprobación a la propuesta regia. Sí o sí, por expresarlo de un modo plástico. Pero nos gustaría hacerlo con algún entusiasmo, sabiendo los límites y términos reales del acuerdo. Conociendo al hombre que va a liderar el trabajo de la misma forma que fue capaz de idearlo. Aprobarlo, en resumen, de grado y no forzados.

Los ojos del marqués, desde la cátedra que ocupaba en un estrado, lo seguían escrutando con el inquebrantable interés de un ave de presa avizorando a su inminente víctima en el fondo de un valle. Juanelo tenía que decir algo y lo dijo. Un mero formulismo porque bien sabía que aquello era un interrogatorio en toda regla y que él era el sospechoso.

—Estoy a la entera disposición de Su Señoría y de los regidores de la ciudad, aquí presentes, para lo que me sea requerido.

—Para empezar —el corregidor ojeó un papel donde parecía llevar sus anotaciones—, vuestra edad. Una obra de la envergadura de la que vais a acometer no parece propia de, perdonadme la franqueza, un viejo. No sólo existe el riesgo de una enfermedad o inutilidad sobrevenida sino, Dios no lo quiera, el de la muerte, que a todos nos acecha pero particularmente a los más viejos. ¿Qué garantías tenemos de que culminaréis una fábrica que, según proyecto, ha de durar un mínimo de tres años? Por no hablar de su futuro mantenimiento y reparos. ¿Acaso pretendéis ser eterno, burlaros de la muerte?

—Soy casi un viejo, lo sé, pero gozo de una salud de hierro, que espero dure al menos lo bastante como para realizar este proyecto. En cuanto al futuro mantenimiento y gestión del artificio, cuento con un buen equipo técnico y tengo familia, sobrinos y nietos, a los que instruiré en el oficio. —Como el espeso silencio que siguió hizo flotar en la sala un gran signo de interrogación, Juanelo se vio obligado a añadir algo más—: La ilusión es casi tan importante como la salud o como los años para que uno acometa empresas que parecen excederle. Desde que visité Toledo la primera vez, y conozco la ciudad desde hace bastantes años, soñé con resolver su problema del agua y alzar un gran mecanismo de relojería capaz de llenar sus sedientas fuentes. Amo la relojería pero, una vez acabado el gran reloj astronómico que me encomendó Su Majestad el difunto César, sentí una especie de vacío, la necesidad de acometer otro proyecto de gran envergadura. Algo que me sobreviviera a mí, que diera gloria a estos reinos, a esta ciudad y a nuestro monarca.

—Y a vuestra misma persona —añadió el marqués.

Durante unos segundos intensos, los dos hombres midieron sus miradas en pie de igualdad. La cortina de sol deslumbrante se había desvanecido, quizá por el paso de una nube, quizá por un simple cambio de luz a causa de la rotación del sol. Era como si el marqués hubiese descendido del estrado y se hubiera plantado frente a él.

«Casi se puede sentir su aliento», pensó Juanelo.

Algunos le habían tildado de cabalista y nigromante, particularmente desde los tiempos del retiro imperial, tras la abdicación, en Yuste. Allí había entretenido los ocios del Emperador y los tiránicos dolores de sus llagas y de su gota con los ingeniosos autómatas que tanta fama le habían dado. Casi más que sus relojes, a decir verdad. Algunas personas, y no sólo los sirvientes y menestrales sino también altos funcionarios y gente de la Cámara, murmuraban que tenía hechos pactos con el diablo y que ofendía a Dios creando vida en miniatura.

Todo eso no eran más que supercherías y maledicencias. Pero Juanelo tenía el don de leer en las personas, en lo que decían y callaban, en cómo lo callaban o en cómo lo decían. Y leyó muchas cosas en aquella frase del marqués y en la mirada mutua que la siguió.

Por debajo de esa frase, el marqués debió de pensar:

«Vos, Juanelo, haréis con nuestra aprobación y nuestros reales un ingenio que os reportará gloria y fama, por no hablar de dinero. Y nosotros, los regidores que damos la aprobación, que hacemos posible el proyecto, seremos olvidados. Nadie dirá: "El artificio de las aguas de Toledo, el artificio de la Ciudad o el artificio del marqués". Seremos olvidados. Nuestros nombres yacerán sepultados en los libros de actas del Archivo municipal. Sin embargo, hasta las piedras de las calles vocearán vuestro nombre por los siglos de los siglos: el ingenio de Juanelo, el artificio de Juanelo, Juanelo, Juanelo, Juanelo...».

Sin embargo, el relojero del Rey se limitó a decir:

—Señoría, puedo aseguraros que no me mueve la vanidad. Pero, claro, sólo contáis con mi palabra.

—Dejemos estas nonadas, maestro —cortó el marqués—. Sé por cierto que sois hombre de palabra. He revisado vuestra ejecutoria. Disteis vuestra palabra al Emperador de que construiríais un astrario mejor y más eficiente que aquel que le fue ofrecido en Bolonia cuando su coronación y lo cumplisteis, si bien tardasteis veinte años. ¿Tardaréis lo mismo en alzar el ingenio de las aguas?

Un sarcástico eco de risotadas sofocadas subrayó la irónica pregunta del corregidor. Aquel coro de regidores le reía las gracias a su jefe.

—Tres, cuatro años a lo más: ése es el tiempo que costará construir el artificio. Luego habrá que revestirlo, construir el edificio o castillo propiamente dicho que lo envuelva y lo proteja. La intemperie acabaría destrozando la estructura de madera.

—No obstante —replicó el corregidor—, comprenderéis que la ciudad, dispuesta a acatar la decisión del Rey y convencida de sus beneficios, tome algunas medidas preventivas. Máxime tratándose de algo no usado y nunca visto como este ingenio vuestro de subir el agua hasta el Alcázar y... —El marqués tosió ligeramente y carraspeó, mirando a sus compañeros de consistorio y luego a Juanelo, en una pausa netamente retórica, premeditada—. Y esperemos que, inmediatamente después, a toda la ciudad, a sus fuentes públicas y a determinados aljibes particulares y municipales. —El patricio ojeó entonces los documentos que tenía en la mesa, frente a él. Y procedió a un rápido resumen del asunto—: De acuerdo con vuestro proyecto y con las capitulaciones ya acordadas..., «el dicho maestro Juanelo se obliga a subir y poner en la plaza que está delante del Alcázar de la dicha ciudad de Toledo el agua del dicho río, ininterrumpidamente dieciséis libras de agua por cuatro órdenes de caños... Este caudal de agua se depositará en el arca que Su Majestad o la Ciudad le darán ya hecha y desde allá se distribuirá a los aljibes del Alcázar y luego a las fuentes de la ciudad...». Comprenderéis que los ocho mil reales y la renta vitalicia que las partes contratantes asumimos a mitades con vos dependen del éxito del proyecto. Esto tiene dos consecuencias lógicas y evidentes. —La cortina de luz había restaurado la escenografía del poder en la sala y Juanelo volvió a sentirse empequeñecido, juzgado por un tribunal lejano y nimbado de irrealidad—. La construcción del edificio propiamente dicho que recubra el ingenio de madera y de cazos metálicos habrá de esperar a la demostración de que el artificio efectivamente funciona y suministra las cantidades prometidas de agua. Es decir, esos dos o tres años que aseguráis durará como máximo su alzado. Y segundo, y lo que más nos afecta, ni el monarca ni, desde luego, este Ayuntamiento pagarán un solo real hasta ver efectivamente cumplidas sus expectativas.

El corregidor, como un halcón en la distancia, parecía escudriñar signos de contrariedad en el rostro del milanés.

—Son condiciones harto draconianas, señor —respondió éste—, pero en su día ya suscribí las capitulaciones y sé que esta cláusula me obliga a asumir riesgos económicos muy grandes, a empeñar mi escasa fortuna y a asumir deudas enormes. Pero estoy tan convencido del éxito y de los beneficios del proyecto para todos que eso no va a arredrarme.

—De acuerdo, Juanelo, valoramos vuestra firme resolución. Pocas personas a vuestra edad darían un paso así y en tales condiciones. Señor secretario, recuérdenos el párrafo...

Tras aclararse la voz, un hombre delgado de barba gris, enfundado en un jubón negro que coronaba una golilla algo amarillenta, procedió a leer cierta página de un grueso cartapacio:

... Ítem que hasta poner y subir el agua en la cantidad y lugar y parte que dicho es, de manera que corra y se vea el dicho ingenio o instrumento ser cierto, no se le haya de dar ni dé al dicho maestro Juanelo por Su Majestad ni por la dicha Ciudad cosa alguna sino que el dicho maestro Juanelo haya de hacer y haga a su costa y que, no subiendo la dicha agua ni sucediendo el ingenio como lo ofrece, todo lo que hubiere gastado haya de ser y sea a su daño o pérdida del dicho maestro Juanelo sin que por ello se le haya por Su Majestad ni por la dicha Ciudad de satisfacer ni recompensar en todo ni en parte porque lo que se le ha de dar al dicho maestro Juanelo, así en lo que toca a las costas y expensas como en lo demás, se entiende que ha de ser subiendo el agua y no de otra manera... Ítem que...

—Basta, secretario, gracias.

A la voz imperiosa, inapelable del corregidor, el funcionario cesó bruscamente en su lectura de las capitulaciones entre el Ayuntamiento de Toledo y el ingeniero cremonés Juanelo Turriano.

—Mosén Turriano ha leído ya, suponemos que atentamente, cada una de las estipulaciones de este convenio. —Y, dirigiéndose a Juanelo, prosiguió—: Son ocho mil ducados que pagaremos a partes iguales el Rey y nosotros. Pero vos no hacéis todo esto sólo por dinero, ¿verdad?

—No, básicamente no. Se trata de proseguir la... obra. De no dejar de soñar. De aprovechar el largo tiempo que ya he vivido, al que he estudiado y medido sin cesar como relojero, pero sin dejarse vencer por él, sin arrojar la toalla...

—Obra, sueño, derrota del tiempo... Vuestro discurso recuerda el de los visionarios y nigromantes. Tened cuidado, no acabéis dando la razón a los que dicen que sois redomado mago y cabalista. La Santa Inquisición no cesa de incoar expedientes por cuestiones mucho menos trascendentes.

El marqués había mencionado a la Inquisición como una especie de broma pesada, acompañando la frase de una sonrisa. Sin embargo, un silencio aprensivo recorrió la luminosa sala y pareció ensombrecerla súbitamente. Nadie estaba enteramente a salvo del Santo Oficio. Pero aquello fue una ráfaga oscura que duró sólo unos instantes.

—Así pues, pongamos de nuevo los pies en el suelo. El dinero habéis de adelantarlo vos y la fábrica es inmensa. Por mucho que podáis haber ahorrado en vuestros largos años de servicios a la corte, nunca cubriría ni la centésima parte de un proyecto como éste, al que podríamos calificar como faraónico sin asomo de exageración. ¿Cómo pensáis financiarlo?

—Conozco algunos banqueros que confían en el proyecto. Son lombardos como yo. Representan a una firma de Milán y tienen agentes en Medina del Campo, en Madrid y en esta misma ciudad.

—Pero es que, una vez hecho el artificio y comprobado su rendimiento en los términos que contemplan las capitulaciones, aunque cobréis lo pactado y se os asigne una renta anual para vos y para vuestros herederos el día en que faltéis... —a un simple gesto del corregidor, el secretario de la golilla gastada le acercó el cartapacio y el marqués se puso a leer en voz alta uno de los párrafos—, a pesar de ello y con todo, «... quince días después de como corriere la dicha agua en la parte y lugar sobredicho, sea obligado el dicho maestro Juanelo a hacer a su costa los demás edificios de paredones y otras cosas que fueren necesarias para la guarda y conservación del dicho edificio e instrumento desde que comienza en el río hasta que viene a caer en la plaza del Alcázar...». Como veis, Juanelo —resumió el marqués—, son muchas e importantes las condiciones que impone la municipalidad, dispuesta a colaborar en todo lo tocante a la Corona pero obligada a velar por sus propios intereses.

—Lo comprendo, señoría.

—Y luego están los contratiempos que pueda Natura ocasionar.

El corregidor habló entonces del estiaje, cuando el nivel del agua bajaba ostensiblemente y quizá disminuyera la fuerza requerida para subir la cantidad de agua pactada. Habló de las furiosas crecidas del Tajo, cuando parecía enfadado con todo y con todos y no dejaba títere con cabeza a su airado paso. Y no dejó de mencionar tampoco el riesgo de incendio, siempre presente cuando la estructura, como en este caso, iba a ser de madera...

—He leído con gran detenimiento todas las cláusulas y capitulaciones. Se prevén tales supuestos y siempre se da un margen, de seis días al menos, para proceder al reparo de los daños y reanudar el abastecimiento sin merma de mis rentas y derechos.

—Bien, Juanelo, es admirable vuestra resolución, la firmeza con que a vuestra edad habéis decidido embarcaros en esta aventura. No advierto sombra de duda en vos. Pero llegamos al punto crucial. Procederé a leer uno de los párrafos.

Al instante, el secretario volvió a entregar el cartapacio al marqués. Éste se acopló en la nariz unas lentes de oro redondas y leyó:

... Ítem que de la cantidad y medida de la dicha agua conforme a lo arriba expuesto ha de tener Su Majestad, ha de ser para su Alcázar la séptima parte, para que de ella use y disponga a su libre voluntad, quedando las otras seis partes a la Ciudad para que la guíen y lleven a sus plazas y partes que les parezca, y que, proveídas las fuentes que acordaren, que se pueda vender del remanente que sobre en el arca y caja principal del Alcázar y en las mismas fuentes así a casas como a lugares particulares, y que el dinero que ello produjere sea para ayuda de lo que la Ciudad gasta y ha de poner en este negocio.

Un espeso silencio se hizo en la gran sala. La dorada cortina de luz se oscureció en un lienzo de puñales que se interpuso inquietante entre Juanelo y el sanedrín municipal.

—Estas capitulaciones vamos a firmarlas nosotros y vos, Juanelo lombardo. Por orden del Rey, que es la otra parte afectada pero que, como bien sabéis, no firma.

—No alcanzo a comprender lo que queréis decirme.

—Seré más explícito. Dadas las peculiaridades del acuerdo y el *soberano* impulso que lo rige, ¿son reales estas previsiones? Primero, ¿subirá el agua hasta la ciudad? Segundo, ¿serán ésas las proporciones efectivas y finales?, ¿será ése el reparto?

—Señor, el agua llegará a Toledo, esto puedo asegurarlo: tanto al arca y al aljibe que se ubicarán delante del Alcázar como a las fuentes públicas. Como mínimo, en las cantidades acordadas. Sinceramente, sobre la cuota final no soy yo quien debería pronunciarse. Eso lo habréis de negociar con la Corona.

Un nuevo silencio de puñales volvió a envolver la escena. Esa proporción de seis a uno era una propuesta del Ayuntamiento, un *desideratum*. Quizá no fuera exagerado, quizá era lo más justo. Pero él no podía cuestionarlo ni exaltarlo. Simplemente, no le correspondía. Sabía que no era real, pero tampoco le convenía destacarlo en aquel momento. Lo que importaba entonces era asegurar el proyecto.

El corregidor se quitó las lentes y cerró el cartapacio. Al levantarse él, el resto de ediles hizo lo propio con una sincronización contundente a la que acompañó un arpegio de ropas caras y de metales preciosos. Era notorio que aquella representación, aquel primer encuentro entre los patricios toledanos y el ingeniero lombardo que iba a alzar el ingenio del agua del Tajo, tocaba a su fin:

—Bien, Juanelo —concluyó el marqués—, comprendo vuestra prudencia y alabo vuestra franqueza. Al cabo, sois un hombre del Rey y a él os debéis...

—Espero demostrar que puedo trabajar también por esta ciudad. Espero merecer un día su afecto y llegar a ser tenido por uno de los suyos.

—Eso el tiempo lo dirá y a no tardar. Para bien o para mal, la suerte está echada. Toledo tendrá su castillo del agua y vos, Juanelo Turriano, sois el encargado de alzarlo.

Capítulo

3

La duda es buena cuando se refiere a cuestiones cons-
tructivas, positivas, luminosas por así decir. Un diseño, un artilugio, un proyecto. Estéril cuando se aplica a
las intrigas de los hombres. En tal caso, se decía Juanelo
pocos días después de su reunión con los dignatarios de
Toledo, no hay que dudar acerca de que tales intrigas,
conjuras y hasta maldades puedan producirse.

Se producirían, claro que se producirían, pero él no
podía dejar que eso le frenara; no podía, ni quería, permitirse el desánimo en relación con el asunto del ingenio de
las aguas del Tajo.

Por eso, argumentaba en el diálogo interior que constantemente mantenía consigo mismo, había sido a la vez
directo y evasivo en relación con el asunto del reparto
final de las aguas. El Rey buscaba sinceramente el bien de
sus súbditos toledanos, incluso en beneficio propio pues,
aunque la ubicación definitiva de la corte en Toledo estaba descartada, seguiría siendo por los siglos un real sitio,

depositario de la fabulosa tradición de los reyes godos, así como el entorno urbano de su Alcázar más majestuoso. Lo último por encima de todas las cosas.

Si los consejeros del Rey apoyaban incondicionalmente el proyecto, no era por darle una alegría al viejo relojero, al que más de uno desearía ver retirado en Milán, Gante o Madrid. Básicamente, el transporte de agua en carros desde la distante Huerta del Rey hasta la explanada del Alcázar en el apogeo de sus obras resultaba una de las partidas más caras y al tiempo ineludibles. El suministro permanente de agua al palacio, una vez reconstruido, lo convertiría en un lugar muy apetecible para reuniones y retiros del monarca desde una corte tan próxima como la de Madrid. Además, haría posible la realización de inmensos jardines de recreación que permitirían considerar a la monarquía católica como la cabeza del mayor imperio conocido desde la antigua Roma. En esa dirección precisamente se encaminaban los febriles trabajos de rehabilitación o de nuevo alzado que su amigo Juan de Herrera coordinaba con tino en Aranjuez, Madrid, El Escorial o La Granja.

Sin duda, habría pugna y discusión en lo tocante al reparto final de las aguas del ingenio. Sin duda, la proporción de seis a uno a favor del Ayuntamiento era quimérica por entero. Juanelo se dijo, con una sonrisa malévola que no fue capaz de reprimir, que acaso era bastante más probable el reparto inverso: de siete, seis partes para el Alcázar y una para la Ciudad. En todo caso, aunque esa cuestión afectaría a sus intereses, por el momento prefería centrarse en la realización del ingenio, que ya tenía luz verde de todas las partes implicadas. La prioridad era cerrar la financiación, muy avanzada ya, y dar los últimos retoques al proyecto.

* * *

En el distrito madrileño del Lavapiés la actividad era frenética. Los campesinos voceaban la mercancía de sus improvisados puestos y de las carnicerías del Rastro, tan próximo, llegaba el tufo de los despieces y entresijos. De las especierías y los puestos de perfumistas afluían gratos aromas que potenciaban el olor a cáscara de naranja de los puestos de aloja, de manera que el viandante disfrutaba de algunas treguas agradables al persistente olor a despojos cárnicos que la brisa transportaba desde el mediodía. A la sombra de los imponentes palacios que en torno a Atocha, la Santa Cruz y la calle de Toledo estaban alzando sin cesar los nobles y los Consejos de la Corona, una multitud de artesanos, escribanos y oficiales de todas clases habían alquilado o incluso comprado casas en el barrio del Lavapiés, hasta poco antes, e incluso en aquel tiempo todavía, uno de los cuarteles generales del hampa y de la prostitución en Madrid.

Juanelo se dirigía, en medio de aquel revuelo tan colorista como incómodo, a su casa de Madrid, en la que iba a reunirse con su familia, que no cesaba de crecer a causa de los continuos embarazos de su hija única Bárbara Medea. Lo cual era una bendición para él, que hubiera deseado ser patriarcal y prolífico aunque sólo había podido tener una hija. Pero, a la vez, comportaba una tremenda responsabilidad ya que la dirección general de la familia le correspondía en exclusiva a él.

No quería pensar en ello, pero estaba cansado. Y no tanto del viaje en sí ni de la decisiva reunión que tanto esfuerzo y energía le había absorbido, como del peso de la responsabilidad a que le obligaba un proyecto al que se había entregado en cuerpo y alma. Deseaba llegar cuanto antes, poder besar a su querida esposa Antonia, tan frágil y abnegada, a su hija, que había heredado todo el vigor de su padre, y sentirse rodeado de sus nietos y nietas que con risas y llantos inundaban de vida la casa del Lavapiés. Sólo esperaba no encontrarse con ningún contratiempo, que no hubiera pasado nada.

Y es que Juanelo no podía dejar de recordar los dos ataques que había sufrido. Ambos en Toledo. ¿Y si lo que buscaban, lo que quiera que fuese, no estuviera en Toledo sino en su casa de Madrid? ¿Y si los que lo buscaban, quienes quiera que fuesen, hubieran llegado a esa misma conclusión antes de su regreso?

Tras el penumbroso zaguán y la oscura escalera, Juanelo abrió la puerta de su casa de Madrid. Lo primero que reconoció fue el olor, «olor a casa», se dijo; el mismo olor de sus casas sucesivas, desde que decidió casarse y montar su propio taller de relojería y de ingenios: en Cremona primero, después en Milán, fugazmente en Bruselas, en aquélla de Madrid y pronto en Toledo, adonde, muy pronto, habría de trasladarse con toda su familia y cuanto antes mejor.

A continuación escuchó los llantos y las risas de la prole de Bárbara Medea procedentes de los cuartos del fondo. A través del pasillo, sigilosamente, el relojero atravesaba las dependencias de su hogar: sentada en el estrado, Bárbara daba el pecho amorosamente a la recién llegada, a la Turriano más joven; en el fuego bajo, bullía una gran cacerola con pasta y la poderosa nariz del lombardo identificó recuerdos de los campos de trigo cuando las nubes permiten salir al sol tras la tormenta; en su cuarto los nietos jugaban en el suelo sobre una gruesa alfombra vegetal. Sólo el orondo gato, *Balduino*, pareció apercibirse de la llegada del relojero y decidió acompañarle por el corredor hasta su gabinete.

Una vez en él, Juanelo suspiró aliviado. Nada estaba fuera de su sitio. Nada parecía faltar.

Sin embargo, el ingeniero creía saber cuál era el objeto de esos ataques. Era algo que los asaltantes, o quienes los habían enviado, juzgaban tan importante como para que Juanelo pudiera llevarlo permanentemente consigo. En una noche de fiesta, en un viaje de negocios. Algo tan valioso como para incorporarlo a su cuerpo, prácticamente como una segunda piel.

Mientras se despojaba de la capa y liberaba a sus hinchados pies de la prisión de los chapines, Juanelo decidió que nunca permitiría que aquellos diseños y proyectos cayeran en manos irresponsables. Incluso antes de la muerte del Emperador en Yuste los proyectos de artefactos militares no habían pasado de ser, en realidad, sino pasatiempos con que alegrar las postrimerías del anciano Rey del orbe, algo semejante al ajedrez o a los autómatas. Él había decidido pasar página, dedicarse íntegramente a sus máquinas de medir el tiempo y a obras de ingeniería estrictamente civil.

Pero en otros tiempos había sido muy distinto. El Imperio se sustentaba en la guerra. Para granjearse el favor del entorno imperial había propuesto, sin que nadie se los solicitara, planos sobre defensas de puertos, abastecimiento de agua a las plazas sitiadas y otras invenciones de carácter bélico. Algunas se habían llevado a efecto, otras fueron descartadas. Pero todas sirvieron para acrecentar su prestigio y la alta estima y reconocimiento de que llegó a gozar en el círculo más próximo al Emperador.

Habían sido muchas las guerras que habían rodeado su ya larga vida en aquel siglo de hierro que le había tocado vivir. Demasiado dolor, demasiado horror. Amigos y parientes habían perecido en ellas, dando sus vidas injustamente a destiempo en los campos de batalla como soldados o, lo que era aún más deplorable, en los pueblos y ciudades, durante los cercos o las salvajes orgías de represalia y pillaje que seguían siempre a las rendiciones de las plazas. Juanelo odiaba la guerra y no quería ser cómplice de ella.

Mas qué verdad tan grande, se decía, la de aquel adagio: por mucho que trates de dejar el pasado atrás, el pasado no dejará de caminar contigo.

Y una de esas escenas de su pasado acudió hasta él.

Sucedía en el monasterio de Yuste, en el aposento del Emperador. Éste, amarillento y desmejorado, con la parca próxima inscrita ya en su semblante, estaba sentado en su sillón de cuero cordobado. Su pierna izquierda, levantada y apoyada en un estrado almohadillado con fieltro, rezumaba un flujo blanquecino y maloliente que traspasaba la oscura calza.

Sobre una mesa alta y cuadrada, recubierta de terciopelo granate del tablero al extremo de las patas hasta casi rozar las baldosas del suelo, Juanelo había desplegado su repertorio de autómatas. Eran réplicas perfectamente proporcionadas a tamaño muy pequeño de acróbatas, músicos y bailarines. Para el Emperador eran los únicos momentos, fuera de sus ratos de recogimiento místico y de oración, en que algo conseguía distraerle de la tiranía incesante de sus dolorosas llagas en las piernas. Con la barba gris afilada hacia delante y su nariz igualmente afilada, los ojos vidriosos y replegados en estado de máxima alerta, parecía un cordial rapaz, la encarnación viviente del águila propia del blasón de su Casa y de su dinastía.

Aquel día, aprovechando un rato de asueto en sus trabajos y devociones, cinco monjes hacían compañía al César. Juan de Herrera departía a uno de los lados con el abad. Era tan vívido el recuerdo de la imagen que Juanelo parecía tenerla delante de sí, en su estudio madrileño, como si fuera un lienzo pintado con figuras animadas.

Entonces, como broche de la sesión, el relojero puso sobre el terciopelo de la mesa su última invención: los dos duelistas. Vestidos con sus jubones y calzas, cada uno de un color distinto, los minúsculos espadachines desenfundaron sus armas y, ante el asombro de los padres jerónimos y del anciano Emperador que acababa de renunciar a todo el poder que es posible acumular en este mundo, comenzaron a batirse en duelo. Lo que le encantaba a Juanelo era que, a pesar de estar cada movimiento previsto y medido, el azar también intervenía en el desenlace. Normalmente, el autómata que asestaba el primer mandoble era también el que daba el último: el ganador. Sin embargo, el reducido perímetro de la mesa hacía que en el transcurso del duelo cualquiera de ellos pudiera sufrir un resbalón a causa de una arruga del fieltro o una caída imprevista al aproximarse al borde de la mesa... Ello añadía emoción y justamente eso, emoción, era lo que traslucían en ese momento los rostros curtidos del César, de los monjes, del aposentador áulico y del propio inventor mientras aquellos minúsculos espadachines intensificaban su lid.

Tras el mandoble final, el espadachín perdedor cayó sobre el tapete con un gesto de dolor y unos párpados diminutos se desplegaron y velaron sus ojos; estos detalles añadían realismo, un toque de humanidad del que Juanelo se sentía especialmente orgulloso. Para conseguir dos gestos tan simples eran incontables los desvelos que le habían conducido a diseñar el complejo mecanismo de microrrelojería capaz de producirlos.

El público en general, aquellos doctos y santos varones de Yuste que habían renunciado a la vanidad del mundo, incluso el gran Herrera, no sentían sino un grato asombro, una alteración positiva del alma similar a la que se pueda experimentar ante un saltimbanqui o un músico callejero. Pero el Emperador, amante de la relojería y aficionado a las sutilezas de la técnica, estaba en condiciones de valorar las implicaciones de aquellos pequeños autómatas guerreros: todo el trabajo que había por detrás de ese divertimento, aparentemente ingenuo.

Nunca podría borrar de su retina aquella escena: el Emperador y el abad sentados frente a frente, con los pequeños autómatas en medio, como si jugaran los lances decisivos de una partida de ajedrez; por encima del hombro del abad, un monje tuerce la cara como para avizorar mejor el desarrollo del combate; a la derecha de éste, otros dos padres conversan sobre las incidencias del duelo; por detrás del abad, Herrera dialoga con otro de los monjes, un tanto ajenos al entretenimiento de los espadachines, quizá sobre algún reparo preciso para mejorar el tránsito del Emperador, cuya movilidad es ya casi nula y debe ser transportado en su sillón. Juan de Herrera, aprovechando que el abad está incorporado hacia delante para mejor ver lo que sucede sobre la mesa, tiene apoyada su mano izquierda en el respaldo del sillón de cordobán con tachuelas doradas; en las tenebruras del fondo de la sala, palidece el rostro de un mayordomo... Y, al lado del Emperador, el propio Juanelo apoya la mano sobre el tapete donde luchan incansables los autómatas, en un gesto que pudiera parecer arrogante y osado pero que sólo busca familiaridad con un viejo enfermo y atormentado, feliz de conseguir distraer al César de sus achaques siquiera por unos instantes.

—Gracias, Juanelo —exclamó el Emperador con indisimulado entusiasmo—. Después de treinta años, sois aún bien capaz de sorprenderme. Hoy me lo habéis demostrado una vez más.

A excepción del mayordomo, una máscara entre las sombras que no parecía ni respirar, todos —los padres jerónimos y Juan de Herrera— salieron de la estancia para regresar a sus ocupaciones. Juanelo se quedó para recoger los autómatas y guardarlos en sus cofres.

—¿Recordáis el prototipo que os encargué en cierta ocasión, un autómata de tamaño natural, para aprovisionar de víveres a la tropa? —preguntó el César.

—Cómo no, Majestad. Al final, tras tantos diseños y modelos, se quedó en agua de borrajas y no se aprobó su viabilidad.

—Ah, esos idiotas del Consejo, con sus miramientos tan cicateros para unas cosas y su derroche en fastos y representaciones diplomáticas que sirven para bien poco, por no decir para nada...

—Su Majestad sabe que compartí la idea de que ese recurso daría una enorme superioridad a las tropas imperiales en un escenario de varios frentes abiertos —dijo Juanelo.

—Lo sé, lo sé, buen amigo. Pero no volvamos a lo de ayer, que perdido está. Por desdicha, la guerra no es propia sólo de este siglo herrumbroso...

—Si Su Majestad me lo permite, le diré que fue de hierro el siglo mas también de luces, que se han visto invenciones, conquistas y maravillas como nunca se vieron desde los tiempos de nuestros antepasados de Roma, que nunca la belleza tuvo tantas manifestaciones ante la mirada pasmada de los hombres.

—No podría negarlo y, aun reconociendo mis errores en ese examen de conciencia incesante que practico, sé que si he sido uno de los mayores señores de la guerra del siglo, el mayor quizá, sólo la paz y la concordia anhelé en estos tiempos complejos...

—Pero no es de historia ni de política de lo que deseaba hablar Su Majestad, ¿no es cierto?

—Cierto es. Mi abdicación no significa que no pueda dar una recomendación a mi hijo el rey Felipe en orden a fortalecer la monarquía católica, tan amenazada en uno y otro mundo. Al ver a vuestros pequeños duelistas he tenido una idea, mejor una especie de visión...

—¿Y cuál era esa visión?

—He visto una armada de soldados autómatas: piqueros, arqueros, infantes. Guiados por una caballería humana con las enseñas de España y de los Habsburgo, esa vanguardia de soldados de relojería a tamaño natural aplastaba inexorable a la armada contraria. Eso es lo que he visto, Juanelo.

Al pronunciar la última frase, el Emperador había asido una de las muñecas del relojero para captar mejor la atención de éste, que erraba entre la manipulación de los cofres que contenían a los muñecos y la contemplación de los frondosos árboles que rodeaban el monasterio. Juanelo sintió la presión de unas manos huesudas y temblorosas, y supo, al cruzar su mirada con los acuosos ojillos azules del César, que éste era un viejo decrépito, con un pie ya en el estribo, si no los dos, pero que el águila imperial seguía viva a pesar de su retiro, dispuesta quizá a emprender un último vuelo apoteósico.

—Sí, cierto, sería complicado batir a un ejército de autómatas, pero carísimo construirlo.

—Sólo os estoy pidiendo un proyecto, algo para pasar a mi hijo, luego ya se vería...

—Señor, he fabricado estos duelistas tan sólo para vuestro solaz y recreo. Somos dos ancianos, Majestad, nuestro tiempo pasó, dejemos para los jóvenes las luchas reales...

—Ah, Juanelo, lombardo pero a la postre italiano como el que más: zalamero, persuasivo, parlanchín y un punto mentiroso, no os enfadéis. Somos de la misma edad prácticamente mas es muy diversa nuestra situación. Yo me he retirado y quedo postrado con estas terribles llagas que el Señor me ha enviado para que purgue mis muchos errores y pecados. Vos seguís activo y me consta que acariciando incesantes proyectos en materia de astronomía, de relojería y de ingeniería. Sé que mi hijo no siente ninguna afición por las cosas de la relojería pero también que os tiene en la más alta estima y que piensa ocuparos principalmente en cuestiones de ingeniería.

—Ingeniería civil —puntualizó Juanelo.

—Bobadas, la ingeniería no es ni civil ni militar, la ingeniería es ingeniería: civil en tiempos de paz, militar cuando Marte se enfurece, que es casi siempre.

—Mi César, he visto demasiado dolor y demasiados estragos: campos inmensos sembrados de cadáveres. He visto el semblante de los niños huérfanos y el de las mujeres violadas. He olido las vísceras eventradas y expuestas a los buitres en el crepúsculo después de la batalla. No quiero contribuir más a ello.

—Pensad en las vidas que salvaréis. Un hombre de palo carece de alma. Cada soldado artificial equivaldría a tres o cinco hombres. Calculad todas las bajas que se evitarán...

—Bajas nuestras —objetó sombrío el relojero. Por el ventanal entreabierto se colaba el pacífico fragor del crepúsculo, como un manto rosa bajado del cielo por miles de pájaros con sus afanosos picos y su estruendo.

—¿Estáis perdiendo la cabeza vos en lugar de yo? —replicó el César con un punto de ira—. ¡Qué remilgos son ésos, Juanelo! Si se plantea algo tan innovador, tan nunca visto, es para disuadir a las armadas rivales y, de no conseguir este primer objetivo, para aplastarlas. Lo de hoy ha sido un juego, un divertimento para viejos, que somos como los niños: adoramos los juguetes y las cosas bizarras. Lo otro irá en serio. Habrán de ser soldados a tamaño natural.

—Morirá mucha gente, señor: militares y civiles. Sabéis que, si acepto, diseñaré máquinas letales, que no conocerán ni el miedo ni, mucho menos, la piedad. Su blindaje exterior los hará inmunes a los impactos y al fuego, prácticamente indestructibles. Y la precisión del artificio relojero que los regirá evitará que muy pocos disparos de sus arcabuces y pistolas y muy pocos mandobles de sus armas blancas se pierdan. Serán, *serían* máquinas de matar casi perfectas, ¿es eso lo que queréis, Majestad?

El estruendo pajarero del jardín monacal llegaba ahora más amortiguado y el manto rosa del crepúsculo de la noche se oscurecía por momentos, con matices azulados y hasta cárdenos.

El Emperador giró su mirada hacia las inciertas lejanías del ventanal y pareció pasmarse en el laberinto extático de las altas y densas copas de los sombríos castaños.

Los dos minúsculos espadachines, en estado de reposo, parecían a causa de su policromía y a la confusa luz del momento dos figuras decorativas de porcelana.

—Es eso lo que quiero. Mientras yo viva, seguís siendo mi relojero de corte. Diseñad ese modelo, Juanelo. Es una orden.

El cremonés acató la orden con total lealtad. Completamente contraria a sus principios y a los fines de carácter estrictamente civiles y pacíficos que acariciaba para sus proyectos y su obra, Juanelo Turriano, sin embargo, se empleó en el encargo con el mayor de los entusiasmos, poniendo a un lado sus verdaderos sentimientos y dando lo mejor de sí. El lombardo se reconocía incapaz de desarrollar un proyecto sin ponerle pasión e ilusión.

Desde los esquemas iniciales hasta el diseño final y la maqueta a escala, el autómata soldado fue multiplicándose en recursos y prestaciones hasta convertirse en esa máquina de matar o arma letal que el César había soñado despierto aquella tarde en su retiro de Yuste.

El soldado sin alma crecía «en pequeñita forma», es decir, en la fase de maqueta, y se configuraba, pero el César languidecía y se apagaba, como si por alguna clase de secreta alquimia su aliento vital estuviera siendo succionado por aquél.

Un par de veces el antiguo Emperador dio en preguntarle a Juanelo por la marcha del encargo, pero ya los asuntos de la guerra y del Imperio se difuminaban y el monarca flamenco que había sabido hacerse plenamente español se preparaba para librar el combate más importante de su vida, aquel en que ningún mariscal ni general ni almirante estaría a su lado para darle apoyo.

El César murió y nadie se interesó en los años que siguieron a su muerte por el proyecto del autómata soldado. Había sido un encargo privado y probablemente el César habría esperado a disponer del proyecto acabado para presentárselo a su hijo Felipe, sin decirle nada de antemano. Herrera, que acumulaba cada vez mayor poder en los asuntos de la corte, incluidos los servicios de inteligencia, si es que estaba al tanto del encargo del guerrero autómata, nada manifestaba al respecto. Su buen amigo el aposentador se limitó a ratificar al lombardo que el rey Felipe, nada amigo de la relojería, emplearía su talento en asesoramiento sobre las importantes obras públicas necesarias para el engrandecimiento y seguridad de la república.

* * *

Juanelo accionó un resorte oculto de su escribanía con incrustaciones de hueso. Un cajón alargado y plano que ocupaba todo el frente del mueble pero que la vista no era capaz de detectar emergió hacia el ingeniero rebosante de pliegos de papel y de algún que otro pergamino con diseños y anotaciones. El relojero tomó el mazo de documentos, accionó por segunda vez el resorte, con lo que el cajón volvió a confundirse con el frente del mueble, y desplegó los planos y diseños sobre el tablero de la escribanía.

Mientras le llegaban los gratos aromas del guiso de picadillo de carne con hierbabuena y pimienta que acompañaría a la pasta en el almuerzo, Juanelo fue revisando uno por uno los papeles y pergaminos que conformaban el cartapacio del soldado. El sutil mecanismo que lo gobernaba dentro de su cuerpo de madera recubierta de chapa regía un sinfín de funciones que se detallaban en cada una de las láminas: la forma de desenvainar la daga, cómo cargar de pólvora el arcabuz, el momento de atacar con la pica, la acción de rematar al rival caído, tantos y tantos procesos que estarían detrás de cada acción bélica. Con una extraña mezcla de sentimientos, entre el asco y el orgullo, el relojero revisó aquellos textos y aquellos dibujos.

No podía dejar de pensar que se trataba de una invención suya, de una de sus criaturas. Sin embargo, era también un juguete peligroso, algo capaz de ocasionar dolor, mutilaciones y muerte; una maquinaria concebida para producir un luto terrible y de proporciones ilimitadas. Contempló el pequeño mazo de troncos que ardía plácidamente en el hogar. No iba a sentir pena de ver arder en él aquellos diseños tan suyos como malignos.

Entremezclado con los folios, el relojero extrajo un bulto protegido por un saquito de gamuza. Dentro de éste estaba el prototipo a escala, más o menos la misma que la de los espadachines de Yuste, del autómata soldado. Se sintió en paz consigo mismo: a pesar de la repugnancia que ya entonces sentía por las cosas de la guerra, había cumplido el último encargo del César. Acercó la figura a sus cansados ojos y sintió la mirada fija y grave de don Antonio. En efecto, había querido evocar al antiguo autómata del Alcaná, aquel que viera arder una noche en el brasero de la Inquisición, en el rostro de su soldado. A continuación, accionó su minúsculo mecanismo de relojería. El autómata ejecutó un muestrario de sus terribles prestaciones: desenvainó, asestó golpes de espada, desenfundó una pistola, disparó, degolló con la daga a imaginarios contendientes caídos... Toda una antología de los horrores del campo de batalla.

Aquel pequeño monstruo, pensaba Juanelo, era la materialización de un encargo regio, de una orden del jefe supremo del orbe, de su jefe. Pero también el corolario, el logro supremo de las habilidades e invenciones que venía desarrollando casi desde niño, cuando se escapaba a la ribera del Po para descomponer o rehacer viejos artefactos que encontraba aquí y allá.

Una cosa era un autómata furriel que sirviera para los abastecimientos y el servicio de la tropa y otra muy distinta un soldado artificial. No podía permitir bajo ningún concepto que su prototipo ni los diseños que lo sustentaban cayeran en manos de ningún poder, ni siquiera de aquel al que servía.

Con cuidado y esmero, al fin y al cabo eran hijos de su ingenio, fue depositando suavemente entre los troncos que ardían los papeles y pergaminos, y sobre ellos, a la manera de una pira funeraria, recostó al pequeño guerrero. Había decidido que los hombres y mujeres de su generación no verían en acción a un autómata tan terrible.

Cuando las llamas alcanzaron a la figura tumbada del autómata, la policromía que lo revestía desapareció dejando paso a láminas de chapa incandescente. El chirriante metal en combustión y la crepitante madera alcanzada por las llamas producían un siniestro efecto de gemido, como si el homúnculo artificial se quejase de su desdichado y prematuro fin al tiempo que el fuego borraba los rasgos hieráticos de su pasmado rostro.

¡Un rostro que evocaba el de don Antonio, aquel Hombre de Palo que había sido la alegría de una céntrica encrucijada del Alcaná toledano para regocijo de muchachos y de viejos!

Era la segunda vez que veía arder a un autómata, y los dos tenían el mismo rostro. Sólo que esta vez era él mismo quien le prendía fuego.

Volvió a sentir una extraña mezcla de sentimientos entre los que predominaba la pena. La única diferencia existente entre el don Antonio bonachón dedicado a la beneficencia y su pequeño boceto de un soldado imbatible era la que sus humanos hacedores habían prescrito para cada uno de ellos. ¿Sucedería lo mismo en lo tocante a los humanos? ¿Vendríamos a ser meros instrumentos, para el bien o para el mal, de un designio previo a nuestra existencia? ¿Dónde quedaba el libre albedrío, la posibilidad de armonizar nuestro lado luminoso con nuestro lado oscuro, el sueño de que un día el primero prevaleciese sobre el segundo?

Absorto en sus meditaciones, ensimismado en el fuego que ya reducía a chatarra y cenizas el cuerpecillo inerte del muñeco, Juanelo Turriano no se dio cuenta de que su esposa había llegado junto a él hasta que ella apoyó una mano en uno de sus hombros.

Bastó una mirada. No hubo ni explicaciones ni reproches.

Ella estaba ahí, a su lado, como siempre había sido.

Juanelo sabía perfectamente que Antonia no aprobaba la aventura del ingenio toledano. ¿Qué necesidad tenía el viejo relojero de embarcarse en una empresa hercúlea, de incierto final, en la que además debería arriesgar los caudales que tenía y también los que no tenía? Ella hubiera preferido que se quedara en su taller, al cuidado de la colección imperial de relojes, con tiempo para dedicarlo a la prole creciente de sus nietos. Incluso la reciente ascensión al cargo de matemático mayor y las misiones de asesoramiento en obras públicas, que exigían desplazamientos de unos pocos días dentro de la Península, eran poco de su agrado. Pero su esposa nada decía, de nada se quejaba.

Poseían una casa en Madrid y otra en Milán, bien situadas y equipadas pues el César se había mostrado siempre generoso y agradecido con su relojero de cámara, que tantas satisfacciones le había procurado. Y la maravilla del Reloj Grande, que se había ido consolidando tan lenta como espléndidamente a lo largo de cuatro lustros, se había hecho de rogar pero había merecido unánimes elogios y, desde luego, la gratitud del Emperador. Juanelo tenía firme el pulso y, mientras éste no fallase, podría seguir dedicándose a la relojería con la fiabilidad de siempre. La falta de entusiasmo del rey Felipe hacia los relojes no significaba que la magnífica colección palaciega debiera ser descuidada: siempre alguien tendría que ocuparse de ella. Cierto era que las rentas acumuladas no garantizaban un futuro holgado para Bárbara Medea, la única hija, ni para las hijas de su hija, a las que obligatoriamente habría que dotar si se las quería casar adecuadamente.

Por eso la mujer de Juanelo no compartía la idea de su esposo acerca de que sólo asumiendo riesgos financieros tan enormes como los que comportaba el ingenio cabía esperar unos ingresos extraordinarios. Ella sabía que ése era sólo un aspecto de la cuestión, una excusa, un móvil. Juanelo, entre sus infinitas curiosidades, tenía dos grandes pasiones: el tiempo y el agua.

Lo recordaba en Cremona cuando adolescentes, niños casi, habían empezado a verse y a pasear tomados de la mano. A veces Juanelo se quedaba pasmado, contemplando el ancho curso del río Po que tendía su alfombra, cambiante pero permanente, a los pies de la celeste ciudad lombarda. Cuando se desataba, le decía a veces su entonces joven enamorado, el agua era tan ingobernable como el fuego; sin embargo, los humanos llevaban siglos empeñados en la tantálica lucha de refrenar su fuerza, de aprovecharla para sus fines mediante batanes, presas y molinos, de limitarla mediante diques, de trascenderla con puentes, de surcarla con naves. Soñador e impreciso, añadía que quedaba tanto por hacer, innumerables ingenios por in-

ventar hasta que el agua pudiera considerarse con fundamento una bendición para hombres y mujeres y no una
amenaza imprevisible.

Y en Toledo y en su problema secular con el aprovechamiento del río Tajo, Juanelo había encontrado el gran
reto de su vida, una vez que el del astrario había quedado
cumplido, la gran ocasión para hacer realidad su sueño:
poner el agua al servicio de los hombres, desafiar con la
precisión de un relojero genial ese centenar de metros que
un abrupto barranco interponía entre el Alcázar que había
sido del César y ahora era del Rey y el agua impetuosa y
huraña del escurridizo Tajo.

Nada haría que Juanelo diera marcha atrás en una
resolución cuyos peligros ella percibía con la certeza del
negro nubarrón que preludia tormenta en el horizonte.

Por eso, una vez más, nada diría.

Por eso se limitó a poner su mano, tersa y cálida como
un pajarillo, quizá la única parte de su cuerpo que no se
había marchitado todavía, en el hombro, duro como el
hierro, de su esposo.

Por eso, Antonia Sechela nunca preguntaría a Juanelo Turriano, su esposo, por qué estaban ardiendo en el
hogar aquellos planos y con ellos el pequeño autómata
guerrero cuya cara recordaba tanto al muñecón toledano
de la esquina del Alcaná.

III
Copas

Capítulo

1

Por el momento, Antonia y Bárbara Medea, con su
prole creciente, se habían quedado en la casa del
Lavapiés, ese populoso y castizo arrabal madrileño que se
desparramaba pegado al Rastro de la carne y no muy alejado del Alcázar. Los relojes del Emperador permanecían
depositados en el obrador de la Torre Dorada del palacio
real madrileño en tanto su artífice y custodio encontrase
posada estable en la vieja capital española a la que ciñe el
Tajo. Felipe, heredero del más vasto Imperio conocido en
la Historia, en cuyos límites no se ponía el sol, no había
heredado sin embargo el título de Emperador, transferido
en la abdicación por su padre a su tío Fernando, ni tampoco la afición a los relojes, que consideraba como una
especie de obsesión del César.

En los días de los preparativos para el desembarco
de la familia en Toledo, Juanelo pudo percibir una ciudad
dividida en la valoración del gran proyecto de la subida de
las aguas que él encarnaba y a cuyo frente y costa había

sido designado. Unos cuantos lo miraban con recelo y desconfianza, entre asustados por lo fiero de su gesto y la contundencia de fauno de su busto y despectivos ante su desaliño indumentario y su hablar chapurreado, una pintoresca ensalada de italiano trufada de giros y vocablos castellanos. A otros parecía caerles en gracia y lo acogían con la simpatía y la esperanza del revulsivo que se prescribe a un cuerpo postrado si no inerte.

Provisto de toda suerte de autorizaciones, el cremonés comenzó una ronda de entrevistas con los poderosos gremios toledanos: carpinteros, herreros, caldereros, alarifes. Pero no pudo cerrar trato alguno ya que la financiación, que corría inicialmente de su cuenta, estaba en el aire todavía, pendiente de cerrar acuerdos con los prestamistas lombardos acreditados en la corte. Así que la prioridad era buscar casa.

Subiendo y bajando cuestas, Juanelo se cruzaba con toda clase de personas que parecían ya reconocerlo; sin duda, la noticia acerca de la aprobación del proyecto había corrido como la pólvora y a esas alturas la mayoría de la gente estaba al corriente de ella. Al principio, buscó acomodo en el distrito del Alcaná, por donde había estado la estatua del quemado don Antonio. Había casas libres con su local para tienda o bodega en la planta de la calle y su vivienda en los pisos superiores. Pero eran demasiado angostas para las necesidades crecientes de su familia. Los hijos mayores de Bárbara Medea ya estaban saliendo de la infancia y pronto sus requerimientos de espacio iban a ser mayores. Juanelo descartó ese barrio.

La antigua judería, plagada de embrujo y de leyendas, le encantó a Juanelo. Era un barrio luminoso encaramado sobre los rodaderos del río, que se apiñaba en torno a las viejas sinagogas reconvertidas en iglesias y estaba presidido por la airosa mole gótica del monasterio de San Juan de los Reyes. Aquí había casas espaciosas disponibles, algunas con su patio interior y un jardín posterior coronado por la aromática higuera o la palmera airosa. Sin embargo, la judería se orientaba a poniente, justo en el lado opuesto al Alcázar, donde el río completaba su giro al peñote toledano y enfilaba hacia el oeste rumbo a Lisboa. Residir allí significaba estar en el punto más alejado al acordado para alzar el ingenio del agua, así que Juanelo descartó como poco práctica esa posibilidad.

Cuando pidió asesoramiento en el Ayuntamiento, con la vaga esperanza de que le procurasen acomodo municipal, se encontró con la fría recomendación de que buscase algo en el arrabal de Santiago el Mayor o en la colación de Nuestra Señora del Carmen, inmediata por debajo al Alcázar del Rey. Un alguacil impertinente comentó en voz no lo suficientemente baja como para que Juanelo no pudiera oírlo que alquilase vivienda a un azacán, a ver si lo aceptaba como inquilino.

Los azacanes eran los encargados de subir el agua del río hasta Toledo en sus mulos cargados de cántaros; ellos sí manifestaban abierta hostilidad al proyecto del ingenio del agua. Si el agua manaba por los caños de las fuentes públicas y se vendía a un precio más asequible, ¿quién compraría la que acarreaban en sus cántaros? Aquellos días prologales en que Juanelo buscaba acomodo para sí y para los suyos y en que fatigaba sus pies recorriendo el dédalo de rúas, plazuelas y adarves en que consiste Toledo, había hablado con un sinfín de personas de todas clases y condiciones. En general, había percibido un ambiente de ilusión por su proyecto. La vieja ciudad, castigada por su liderazgo de la revuelta comunera, veía cómo la corte con sus Consejos, sus intrigas y sus fastos le había sido hurtada, cómo languidecían sus industrias y cómo el comercio cambiaba radicalmente su orientación mediterránea para hacer de Sevilla o Cádiz sendos emporios atlánticos. La ciudad conservaba la primacía eclesiástica pero era consciente de su estancamiento secular, de cómo la modernidad la esquivaba con el obligado respeto que se debe a un mueble antiguo y valioso o a un familiar octogenario.

De repente, la perspectiva de una gran obra faraónica que subiría el agua al Alcázar, primero, y a la ciudad después había generado un dinamismo y una ilusión colectiva ausentes durante medio siglo de estancamiento y decadencia.

El pueblo, sin conocer detalles técnicos, intuía que la gran fábrica del agua emplearía a un sinfín de gentes: peones, braceros, carpinteros, alarifes, herreros, mecánicos, arrieros; que las obras de reconstrucción del Alcázar, para cuyos jardines se decía que subiría la primera remesa de agua, significaban que la Familia Real y la corte no pensaban olvidarse por entero de su emblemática sede toledana; y, ante todo y lo más importante, que habría agua manando de las fuentes públicas para que las personas saciaran su sed y atendieran a sus necesidades de higiene y de limpieza por un precio razonable.

A estos argumentos de gran peso se unían toda clase de rumores y comentarios, algunos fantasiosos y completamente inverosímiles, en torno al proyecto de navegabilidad del Tajo, que relanzaría a Toledo como puerto fluvial. Todos los estamentos de la ciudad coincidían en este punto: la reconciliación con su ancestral río conectaría de nuevo a Toledo con la modernidad y le daría una nueva oportunidad de convertirse en el emporio que otras veces, en el pasado, había logrado ser.

Todos los estamentos, todos los gremios y oficios, casi todas las personas... excepto los azacanes.

Aunque era una gran ciudad con más de cincuenta mil almas apretujadas en sus retorcidas callejas, todo el mundo se conocía en Toledo y la noticia de que el lombardo que iba a hacer el ingenio del agua se encontraba en la ciudad había debido de correr como la pólvora. Uno de esos días, Juanelo se cruzó con un azacán. Hacía calor, llevaba toda la mañana preguntando por casas en alquiler y tenía mucha sed. Los mojados cántaros, colgados en unas canastas a uno y otro lado del cuerpo del animal, espejeaban al sol. Una campesina, cargada con las hortalizas que no había logrado vender en el mercado de la fruta, paladeaba el último trago de agua y devolvía el tazón al aguador. En su castellano de fuerte acento italiano y cuajado de vocablos inverosímiles que, sin embargo, no tenía la musicalidad propia del romance transalpino sino que superaba en rudeza sonora al de la misma Castilla, Turriano pidió un tazón. El vendedor de agua examinó a Juanelo en una rápida mirada de arriba hacia abajo. Luego se giró hacia el mulo, dando la espalda al lombardo, colocó en su sitio el tazón que había usado la última clienta y contestó secamente:

—Se acaba de terminar, ni una gota queda.

Juanelo se quedó plantado, ligeramente mosqueado: qué casualidad, acabarse el agua justo cuando él la había pedido. Se encontraban junto a los rodaderos de la antigua judería, en la cuesta que subía de San Martín hacia la puerta del Cambrón y el gran monasterio de San Juan de los Reyes. El río estaba próximo y el aguador y su mulo enfilaron lenta pero decididamente la cuesta arriba. Juanelo comprendió que no podía ser que aquellos cántaros estuvieran vacíos. El azacán acababa de llenarlos en el remanso debajo del gran puente. Juanelo siguió con la mirada, entre contrariado y sorprendido, el recorrido del aguador hasta que éste detuvo su marcha y sirvió sendos tazones con su mercancía a tres soldados jóvenes.

Esperó a que los hombres saciaran su sed para volver a aproximarse. El repartidor de agua, tras enjuagarlos someramente, disponía los tazones en su sitio.

—Me acabáis de decir que no os quedaba agua, ¿por qué?

—¡Ah, sois vos! —dijo el hombre con hastío, mirando de soslayo al que le interpelaba—. Lo que he pretendido deciros es que no me quedaba agua para vos.

—Creía estar en una ciudad de cristianos, donde se practicaba aquello de «dar de beber al sediento», máxime cuando el sediento está dispuesto a pagar sus buenos dineros por ello.

—En Toledo podemos ser generosos con cualquier otra mercancía excepto con el agua. Apenas mana de las fuentes públicas, que están secas de continuo. Y la que se guarda en los aljibes es poca y siempre sujeta a las escasas lluvias que caen sobre esta meseta. Cuesta mucho bajar al río con el mulo, cargar de agua los cántaros y fatigar las calles y las plazas así hiele o diluvie o el sol lo chamusque todo como pasa ahora.

Se produjo un silencio entre los dos hombres. El mulo espantaba moscas de su hocico. De abajo llegaba amortiguado, casi armónico el fragor del río. Chillaban las gaviotas y sus chillidos se fundían con un coro de campanas lejanas cuyos ecos rebotaban contra las paredes del tajo.

Con cansina resignación, el aguador tomó uno de los cazos, lo llenó y se lo pasó a Juanelo. El italiano hizo un gesto de agradecimiento inclinando la cabeza, tomó el recipiente y bebió con avidez sin dejar de mirar a los ojos de su interlocutor.

—En España hay una frase que dice: «Al enemigo ni agua», y vos sois mi enemigo.

—¿Yo? ¡Si es la primera vez en mi vida que hablo con vos! —exclamó Juanelo.

—Os he reconocido. Vos sois el extranjero que dicen que hará el artificio ese de las aguas, el que se dice capaz de subir el agua hasta el Alcázar y Zocodover. Vuecencia pone en peligro mi oficio y el pan de mis hijos. ¿A qué podré dedicarme si son ciertos todos esos chismes y el agua mana de las fuentes gracias al artificio concebido por vos o por el mismísimo diablo?

No supo qué responder Juanelo; no esperaba que todo el mundo lo identificara con los pocos días que llevaba en la ciudad y, hasta ese encuentro, en relación con el proyecto de subir el agua del Tajo, las sensaciones que percibía de los toledanos eran de ilusión o, como poco, de abierta expectación. No tenía argumentos para hacer frente a ese hombre. Su ingenio era benéfico para la ciudad en su conjunto pero arruinaría a aquel hombre y a todos los de su gremio, que no eran pocos. Eso era inapelable.

—Mi padre fue aguador y aguador fue mi abuelo, y el padre de mi abuelo, y así hasta un antepasado que dicen que tuvo un molino aguas abajo de Buenavista. Puedo decir que vivo del río, que soy como un hijo del río. Cargar el agua, repartirla y venderla es lo único que sé hacer porque es lo único que siempre hice. Las gentes de todos los estamentos nos respetan y estiman pues nunca abusamos de los precios, y estamos con nuestros engalanados borricos justo donde y cuando nos necesitan, en esos momentos en que la sed reseca los gaznates. Nos asocian a una necesidad satisfecha y también a un instante de placer, pues decidme: ¿no es verdad que son pocos los placeres que superen al de beber agua cristalina y saludable cuando se tiene sed? Clérigos y paisanos, viejos y niños, caballeros y rufianes, mecánicos e hidalgos, remilgadas damas y también busconas, todos aprecian nuestro oficio por igual, todos nos estiman, porque el agua abunda en el río pero hay que subirla y son centenares los pasos que hay que dar cargados como mulos, y nunca mejor dicho...

—Creo todo lo que me decís —repuso Juanelo mientras devolvía el fresco tazón ya vacío.

—Y ahora una noria gigante, un cachivache moderno, lo que sea, subirá mecánicamente el agua hasta lo más alto de la ciudad. No digo que no pueda ser bueno para ella, si es que finalmente se alza y funciona, porque lo que es yo no acabo de creerme que ello sea posible. Pero me siento amenazado como todos mis compañeros. Micer Juanelo, debo preveniros, yo os he servido el agua y he hablado con vos. Hay personas que os odian sin haberos visto y que no sólo os negarían el agua, sino que desearían veros lejos de aquí, incluso muerto...

—Gracias por el aviso y gracias por el agua —se despidió Juanelo del azacán, que reemprendía ya con su animal y con su carga el camino cuesta arriba.

Un estrépito de pájaros subía por el río y unas gotas de sudor frío perlaron las sienes de la cabeza senatorial y rotunda de Juanelo Turriano.

Una vez acordados los créditos con prestamistas lombardos radicados en Medina del Campo y en Madrid —en condiciones no demasiado inhumanas gracias a esa especie de solidaridad que suele darse entre paisanos que coinciden en tierra extranjera—, Juanelo consideró oportuno empezar a reclutar el personal necesario para la gran fábrica del ingenio.

Juanelo decidió utilizar la céntrica Posada de la Sangre, donde también se hospedaba, para atender a este asunto que consideraba de trascendental importancia. Son al final las personas, hombres con su nombre y su apellido, con su experiencia y su habilidad o su torpeza, quienes alzan catedrales, puertos y puentes. De manera que, sin ellos, el mejor de los proyectos puede ser cosa tan estéril e improductiva como la pólvora mojada.

Para su núcleo directo de ingenieros ayudantes, Juanelo contaba con personas del entorno del Rey, muy cualificadas y con conocimientos del terreno y de las obras del Alcázar. Se apoyaría también en su yerno y en Juan Antonio Fassole, uno de sus nietos, que ya salía de la adolescencia y tenía grandes ganas de trabajar y abrirse camino en la vida.

En lo tocante a puestos de más responsabilidad en los respectivos oficios, los propios gremios le harían la recomendación de tal o cual maestro u oficial. Pero él prefería tener antes un encuentro, por breve que fuera, con cada uno de ellos en la espaciosa bodega de la posada. Se trataba de seleccionar personas con las que tendría que hablar a menudo para resolver cuestiones de orden práctico de las que iba a depender el buen resultado de la fábrica, la perfecta plasmación del proyecto.

El hombre, como el cosmos del que es bajo reflejo, es un gran misterio y de sobra sabía el viejo Juanelo, maestro en tantas cosas pero también en desengaños, que es imposible de una ojeada y tras un encuentro fugaz calibrar a alguien con ecuanimidad o sacar conclusiones definitivas acerca de su persona. Pero de algo sirve siempre, pensaba él, intercambiar un par de frases delante de un jarro de vino de Yepes.

Sin embargo, la mayoría de las personas que se apelotonaban a la puerta de la posada en busca de trabajo no eran oficiales cualificados y reconocidos por sus gremios de carpinteros, alarifes o latoneros. Predominaban los braceros, mano de obra pura y dura sin cualificar. Hombres rudos que habrían de acarrear las traviesas para ensamblar el engranaje del ingenio o que irían superponiendo los ladrillos que finalmente lo revestirían para protegerlo de la intemperie y de sus inclemencias. En ocasiones, se trataba de hombres ya maduros, incluso de la edad de Juanelo, pero vigorosos y aptos para el desempeño de cualquier trabajo físico. En algunos casos, se adivinaba un pasado con episodios de mendicidad, vagabundeo o delincuencia, tal era el tufo a picardía y rufianesca que desprendía su presencia. Pero lo importante era que estaban ahí, demandando un empleo en la gran obra que iba a ocupar a la ciudad a lo largo de los tres o cuatro años venideros, dispuestos a aportar su esfuerzo a cambio de unos cuantos maravedíes que les aseguraran comida y cobijo durante ese periodo. Esa disposición y esa voluntad, y no su pasado, era lo que Juanelo valoraba en el proceso de selección del personal que le mantuvo ocupado por espacio de dos semanas.

Sólo la arrogancia o los ademanes broncos y achulados hicieron que descartara a alguno de los solicitantes. Incluso algún que otro tísico, cuyo aspecto delataba una salud francamente precaria, obtuvo el visto bueno. Juanelo se decía que esas personas siempre podrían hacer alguna tarea auxiliar con mayor o menor aprovechamiento.

En los casi quince días que mantuvo la oficina de reclutamiento abierta en la céntrica posada, el lombardo no dejó de avizorar los grupos de hombres que se agolpaban por si entre ellos apareciera Aurelio, aquel viejo apodado el Comunero, con el que tan buen rato había pasado en aquella visita a Toledo cuando los esponsales del Rey y las Cortes que los siguieron. Pero la tierra parecía habérselo tragado.

De vez en cuando, Juanelo preguntaba por él y algunas personas lo recordaban pero nada sabían sobre sus andanzas penúltimas y su paradero actual. Algunos hacían un gesto de perplejidad como expresando que cualquier cosa podía haberle sucedido a tipo tan imprevisible y singular. Una fregona de la posada, moza flamenca y de armas tomar, arriscada y guapa, le suministró imprecisas noticias acerca de que había tenido un tropiezo por algún asuntillo legal y que había desaparecido de Toledo, no sabía si fugitivo o acaso reo de galeras. La moza, desmelenada y hermosa, le aseguró —mientras se quitaba de encima las manazas de un arriero borracho— que, por lo que ella sabía, Aurelio *el Comunero* no estaba muerto. Aunque, filosófica de repente, añadía que en lo tocante al destino nunca se sabe y que las cosas hacen mudanza de una hora para otra. Un poco misteriosa, se despidió del ingeniero prometiendo ponerlo en contacto con una persona que le daría mejor razón del Aurelio que ella.

El último día de la leva, mientras Juanelo escuchaba las habilidades de un oficial de carpintería que trataba de convencerlo de lo imprescindible de su aportación a la gran fábrica del ingenio, dos caballeros escoltados por un alguacil entraron en el mesón y tomaron asiento en una mesa cercana a la que ocupaba Juanelo. Sobre la de éste había recado de escribir y un montón de pliegos donde el italiano había ido anotando los nombres y datos esenciales de los operarios admitidos.

Al principio, debido al ambiente penumbroso de la sala en la que olía a vino y se escuchaba el piafar de las monturas procedente de los establos próximos, Juanelo no había identificado a los caballeros recién llegados. Sólo cuando uno de ellos, el que parecía de superior rango, se dirigió a él, conoció de quién se trataba.

—Parece que tenéis revolucionada a la ciudad toda —dijo el hombre—. No se conocía una efervescencia así desde la mismísima Comunidad.

Juanelo repasó con la mirada, de arriba abajo, al carpintero que le estaba ofreciendo sus servicios. Era un hombre en la edad mediana, demasiado pagado de sí mismo, quizá fantasioso en exceso y un tanto mentiroso; pero algo aportaría a la ejecución del proyecto. Anotó su nombre, le dijo que estuviera atento al arranque de la fábrica y se despidió de él. Entonces dio la réplica al recién llegado, al que había reconocido desde la primera palabra que pronunciara. El marqués de Sauces, corregidor de la ciudad, se había dignado visitar su cuartel general.

—Creo que las alteraciones del ánimo, si son para un fin positivo, convienen a las ciudades. Quizá Toledo estaba un tanto ensimismada, absorta en sus pasadas glorias...

—No tan pasadas, amigo —alegó el marqués—. Sin embargo, con haber verdad en parte de lo que decís, ¿es positivo el fin de todo esto?

El alguacil permanecía en pie, vigilante. La sombra velaba parcialmente al acompañante del marqués. Juanelo, al que la edad respetaba en casi todo bastante bien excepto en la vista, que tenía cansada, por lo que desenfocaba casi todo lo que le rodeaba, sólo pudo ver de él un fino bigote castaño tirando a rubio, una mirada azul fría como el acero y el destello de un colmillo de plata.

—No os comprendo, corregidor —alegó Juanelo—. ¿Dudáis, acaso, acerca de lo que tenéis solemnemente aprobado y suscrito? ¿No advertís cómo la ciudad toda manifiesta una gran ilusión ante un proyecto que puede beneficiarla en su conjunto? Habéis hablado de efervescencia... Eso es bueno, señor.

—El pueblo necesita creer en algo, tiende a caminar en una dirección única. El artificio ofrece empleos inmediatos y duraderos para mucha gente, y promete agua para todos. Nada menos que subir agua del Tajo, algo que no lograron ni siquiera los romanos, esos insuperados ingenieros, cuyo gigantesco acueducto traía el agua desde Mazarambroz, muy lejos de la ciudad. Ni tampoco los mahometanos, grandes artífices del agua como es bien sabido...

—Sinceramente, señor, no comprendo vuestras reticencias —objetó Juanelo—. Queda claro en las capitulaciones acordadas que, si el ingenio no da servicio a satisfacción, nada se perderá puesto que seré yo quien asuma todas las pérdidas.

—No hablo de eso, Juanelo. Ni siquiera del hecho de que por parte de algunos se ha dicho y puesto dificultad acerca de si el agua se puede guiar desde el Alcázar a otras partes y lugares de la ciudad por respeto de las madres y ramales que hay en sus calles... Se alega que sería preciso para ello romper muros y tabiques de casas de particulares.

—Todo eso tiene soluciones técnicas; sólo es preciso contar con las autorizaciones y acuerdos pertinentes, y con los caudales precisos... de dinero, que agua fluye a raudales y por desdicha se pierde —aclaró Juanelo.

—Lo sé —prosiguió el corregidor—, lo sé, Turriano. He tenido ocasión de calibraros, particularmente en la reunión del Ayuntamiento, y os creo capaz de vencer el desafío de los cien metros del desnivel del barranco y los más de trescientos hasta la explanada del Alcázar. Una vez situada el agua arriba, los problemas técnicos para distribuirla por cualquier otro punto de la ciudad, siempre en cota inferior, serán peccata minuta, casi un juego de niños. No, no hablo de eso.

Juanelo alzó su cazo de vino de Yepes y brindó sin entusiasmo, por cortesía, hacia la mesa del corregidor. Éste no correspondió al brindis, limitándose a observar la superficie del líquido inerte en su copa. El que sí brindó con una gélida sonrisa y un súbito destello de su colmillo de plata fue el enigmático y silencioso personaje que lo acompañaba.

—Tras el duelo de espadas, subirán las copas. Está por ver si el arca se llenará de oro o bien pintarán bastos y todo rodará ladera abajo, en sentido inverso...

El marqués había pronunciado su enigmática frase en tono profético y sombrío, como si el gesto tan cordial como rutinario de Juanelo hubiera sacado a flote algo muy profundo de los pozos de su inconsciente.

—No alcanzo a comprenderos, señor —exclamó el lombardo.

—Vuestra copa alzada me ha provocado un símil entre nuestro negocio y los palos de la baraja española... Carece de importancia. A ver si logro explicarme: no hablo de problemas materiales, hablo de voluntades.

—Voy a poner lo mejor de mí en este empeño, tanta energía o más que la empleada en el Planetario del César, que casi consumió mis fuerzas —objetó Juanelo.

—No dudo de vuestra buena voluntad. El impulso soberano, es decir, de la Corona, a vuestro proyecto es, a qué negarlo, lo que nos ha hecho imposible cuestionarlo. El Ayuntamiento sólo ha conseguido incorporar a las capitulaciones algunas medidas preventivas mínimas. Dudamos de la claridad de propósitos en el plan regio. ¿De veras pensáis que nos creemos que de siete partes de agua que suban finalmente al Alcázar seis serán para uso público y ciudadano?

Juanelo paladeó el trago de su vino de Yepes. Él sí había brindado con coherencia y mirado a sus interlocutores en el instante de beber, particularmente al callado escolta del marqués, cuyos ojos, velados en una zona de penumbra del húmedo mesón, no podía ver pero cuya mirada de rapaz sentía clavada sobre su persona. Saboreó el vino de Yepes, a la vez recio y sutil, ese dorado elixir de la uva malvar con que las ásperas mesetas próximas al Tajo sorprenden a los humanos como un inesperado regalo de los dioses. Precisamente esos caldos fueron los preferidos del Emperador, que lo consumía solo o macerado con hoja de sen, brebaje al que atribuía propiedades sanadoras de su gota y de sus tiránicas llagas. Juanelo se estaba tomando su tiempo antes de contestar. Era consciente del mortal peligro que encerraba la pregunta del marqués. Siendo la duda suya, del corregidor y de su entorno, la interrogación ponía en la cancha de Juanelo, como en el juego de pelota, la desconfianza hacia el plan y los designios de Su Majestad. En realidad, él también desconfiaba del recto propósito de los cortesanos. Había padecido, incluso en vida del Rey de Romanos, la falta de liquidez crónica en la corte. Y sabía que la consigna era restringir gastos en las costosas obras de reconstrucción del Alcázar. Un ingenio, costeado a medias por la ciudad, resolvería la cuestión del acarreo, siempre problemático y muy caro, del agua necesaria para la fábrica. Estaba convencido de que las proporciones pactadas difícilmente se cumplirían, pero también de que, antes o después, el ingenio beneficiaría a la ciudad y a sus moradores.

El marqués dirigía su mirada hacia un punto indefinido; su compañero de mesa, por su parte, tenía la mirada clavada en el lombardo; el alguacil permanecía inexpresivo y tieso como una escultura de carne. Pero los tres acechaban la respuesta del relojero áulico. Juanelo comprendió que sólo con otra pregunta podría contestar a esa pregunta.

—¿Acaso duda Toledo de la palabra de Su Majestad?

El marqués regresó bruscamente de su aparente ensimismamiento. Su gesto expresaba cólera, desnudo ya de toda máscara, sin hipocresías ni insinuaciones, como las caretas del teatro antiguo que no velaban rostros sino que mostraban almas. Un destello del argentino colmillo de su escolta fulguró encendido por un rayo de sol que se había colado hasta el húmedo figón de la Posada de la Sangre.

—Al fin, sois criado leal. No vais a cuestionar la mano que os paga vuestro pan y vuestra posada.

El corregidor se incorporó y, como un resorte, casi como su sombra, lo hizo el acompañante.

—¡Ah! Con las novedades de la puesta en marcha del ingenio, casi olvido presentaros al capitán Nero. El capitán va a supervisar mi seguridad personal pero también la de toda esta tierra y almud toledano. Naturalmente, una de sus ocupaciones consistirá en que la fábrica que ahora emprendéis avance sin sobresaltos. No queremos que, en lugar de agua cristalina, las copas de vuestro ingenio suban hasta Zocodover cargadas de espesa sangre...

Nero hizo una ligera reverencia, inclinando la cabeza hacia delante, pero no profirió una palabra. Juanelo, por su parte, se incorporó de la silla sin llegar a levantarse del todo. De abajo arriba, su mirada se midió alternativamente con las del corregidor y su distinguido guardaespaldas. Comprendió la mortal amenaza que aquella imprevista embajada significaba realmente.

—*Mio caro Gianello...* —mientras el marqués se calaba el sombrero, se puso a hablar en un teatral italiano; había decidido de repente mostrarse jovial y encantador—, no os sintáis intimidado por esto que acabo de deciros. Era una especie de metáfora, un juego de palabras ya que os alojáis en esta posada llamada precisamente de la Sangre y desde ella estáis reclutando al personal que alzará el artificio.

Pero Juanelo había decidido contraatacar.

—No, no era eso. Sólo pensaba en las vidas que verdaderamente se cobrará el proyecto. Por mucho cuidado, por muchas medidas de prevención que se dispongan, el barranco y el río se cobrarán su tributo pues serán inevitables algunos accidentes y percances. Y así, de alguna manera, se hará cierto vuestro siniestro augurio: algunos de los cazos que el ingenio suba, cazos serán de sangre.

—Muy cristiana y muy loable sin duda vuestra actitud. —La ira había vuelto a adueñarse del corregidor, haciendo caer su forzada máscara mundana y cosmopolita. Tras acercarse a la mesa de Juanelo, que mantenía una extraña posición ni alzado ni sentado, le habló bajando la voz, casi al oído, para que la fregona que recogía la jarra y el servicio de las mesas no pudiera enterarse de lo que decía—. ¿Sabéis lo que en verdad creo, Juanelo? Que a vuestra avanzada edad no hacéis todo esto por la ciudad ni por el pueblo de Toledo, ni siquiera por el servicio de Su Majestad, de quien sois criado. Lo hacéis por ambición personal y, ante todo, por un desmedido afán de gloria. Si el ingenio sale bien, que saldrá, su fama no tendrá límites ni fronteras y, además, será imperecedera. La posteridad no hablará de nosotros, los que aprobamos y financiaremos la empresa finalmente. La posteridad sólo hablará de vos, del gran Juanelo Turriano.

Como en el caso del encuentro con el azacán, nada objetó Juanelo. Era posible que el corregidor estuviese en lo cierto. Al menos, parcialmente. Somos demasiado categóricos los humanos con nuestras verdades o con aquello que creemos a pies juntillas que son nuestras verdades y, a menudo, no son sino verdades a medias. Lo que importaba y aquello que procuraría no olvidar de aquella entrevista era su aroma, tufo más bien, de amenaza.

El ingeniero lombardo se limitó a dejar caer sus posaderas, sentándose de nuevo en la butaca mientras que el marqués, escoltado por Nero y por el alguacil, salía del mesón tan apresurado como furioso.

Al fin, Juanelo dio con la casa apropiada. Situada en un límite del populoso barrio de la Antequeruela, el que aboca al río por el lado de la puerta del Vado, estaba lo bastante cerca del emplazamiento elegido para alzar el ingenio, aguas abajo del gran puente de Alcántara, y a la vez lo bastante alejada de él como para permitirle albergar la expectativa de poder disfrutar de alguna tregua en las preocupaciones y afanes que conllevaría tan descomunal fábrica.

En los improvisados foros de Zocodover o del mercado de la fruta, en las ventillas o en los salones palaciegos no se hablaba de otra cosa, y todo el mundo coincidía en algo: desde la construcción de la catedral, cuyo arranque databa de hacía siglos, la ciudad no conocía una obra de esa envergadura. Un castillo del agua que salvara el enorme abismo de más de cien metros y el triple de distancia entre el curso del Tajo y la explanada del Alcázar era algo casi equiparable a la titánica empresa medieval de la seo, máxime si se consideraba que la nueva obra se vinculaba a la reconstrucción del propio Alcázar, parcialmente devastado por un terrible incendio en tiempos del César.

Algunos matizaban en esos efervescentes corros y tertulias que sólo la fábrica del magnífico puente de San Martín, el contrapuesto del lado de poniente al de Alcántara, pudo significar en su día una empresa tan grandiosa como la del ingenio de Juanelo. Y recordaban la hermosa leyenda asociada a ese puente: la historia de la dama blanca, también conocida como «la mujer del arquitecto». Entre el sinfín de leyendas que se contaban sobre la antigua capital de los godos, Juanelo retuvo este interesante relato:

Faltando pocos días para la inauguración oficial del puente, alzado sobre poderosos pilares que semejan zigurats y que le confieren un inequívoco aire de puente-fortaleza, su arquitecto detecta un fallo en la estructura que provocará irremediablemente su hundimiento. Es demasiado tarde para subsanarlo. Si lo declara, su reputación, y quizá su vida, se verá amenazada. Si lo silencia, muchas vidas se pondrán en peligro, incluida la del propio Rey, que se propone presidir la solemne ceremonia de inauguración.

El hombre, quizá el arquitecto de mayor prestigio en todo el Reino, se viene abajo, incapaz de ver una solución al terrible dilema, incapaz de hacer nada. Abatido, se encierra en un lúgubre mutismo y contempla desde la terraza de su casa la silueta todavía recubierta de maderas de la que iba a ser la obra de su vida. En su arrogancia, ni siquiera consideró la posibilidad del error de cálculo que ahora hace definitivamente inviable toda la soberbia fábrica. ¡Cuán imprevisibles son, se dice, los giros de la caprichosa rueda de la fortuna, cuán terribles e injustos los designios del Sumo Hacedor, Arquitecto del Universo, y sin embargo, en realidad, quizá él se estaba mereciendo una lección así, despiadada y final!

Su esposa, bella y sensiblemente más joven que él, a la que siempre creyó entregada a las superficialidades de una vida de relaciones y de lujo, le pregunta por la causa de su mutismo, por la razón de su abatimiento. Al principio, el arquitecto es reacio a franquearse, a hacer una confidencia tan monstruosa a su esposa, a la que, por una parte, no desea involucrar en el criminal error y de la que, por otra, piensa que no cabe esperar ninguna luz para enderezar el entuerto. Se trata de una cuestión de cálculos y de resistencias, de un error en la planificación de un proyecto que ya se ha ejecutado. No hay vuelta atrás, a no ser a costa de su reputación o de un montón de vidas, a costa quizá de su propia cabeza. No es un asunto de tocados o de telas, ni se trata de la organización de una fiesta con sus músicos, sus momos y sus máscaras. ¿Qué podría hacer ella ante tamaño contratiempo?

Enrocado en su desdicha y en su culpa, el pobre artífice ni siquiera valora la posibilidad de tener un desahogo, el consuelo de compartir el problema con su compañera.

Pero la mujer del arquitecto insiste, debe saber, reafirma su derecho a conocer el peligro que se cierne sobre su esposo y, por tanto, sobre su casa, sobre sus hijos y sobre ella misma. Se muestra a la vez dulce y enérgica, exigente y balsámica. Tanta es su insistencia que el arquitecto, desorbitados los ojos, enajenada la mirada, con voz apagada y profunda, se lo cuenta todo minuciosamente sin dejar de mirar hacia el puente en construcción, al que empieza a ver como una tumba gigantesca, como su propia pirámide de ignominia.

La esposa escucha con la mayor atención la crónica del desastre, que el arquitecto apuntala, levantándose súbitamente y mostrándole unos papeles y diseños de su mesa de trabajo a modo de prueba de lo que dice. Los detalles técnicos no cuentan en exceso para ella. De hecho, mientras el marido se hunde en la desesperación tras su relato y se mesa los cabellos, lamentando su aciago destino y hasta el día en que nació, ella se aparta y vuelve a contemplar desde la baranda el puente enmaderado, sobre el que ya se cierne la mágica incertidumbre del crepúsculo.

Consciente de la gravedad de la situación, ella incurre también en un mutismo total. Pero a diferencia del de su esposo, cierto brillo en la mirada indica que no se trata de un mutismo paralizante y estéril: ella se ha callado para rebuscar en su mente qué se puede hacer para parar el desastre, para hallar una alternativa de orden práctico.

Tras ayudar a su esposo a incorporarse y recuperar la dignidad, le dice:

—Creo que todavía hay algo que se puede hacer. Confiad en mí.

Una amarga sonrisa desencajada es la única respuesta que obtiene de su marido, hundido en el abismo de la desesperación y de la culpa. Nada objeta pero nada pregunta porque en absoluto cree que algo, a no ser un milagro, pueda enderezar las cosas. Las mujeres, parece pensar, en ocasiones son quiméricas e ilusas como los niños o los viejos.

Cuando llega la noche al fin y las puertas de la muralla se cierran, la mujer se emboza en un ancho gabán con capucha y sale sigilosamente acompañada de dos criados. Éstos portan sendas antorchas que de momento no encienden. Al llegar al puente, comprueban que son muchas las cajas, restos de material y el andamiaje de madera que todavía recubre la inmensa fábrica: partes susceptibles de arder. Siguiendo las enérgicas instrucciones de la mujer del arquitecto, los criados prenden sus antorchas y atacan con fuego el puente desde sus extremos opuestos. Pronto las llamas se extienden y toda la obra arde como una exhalación. Al retirarse, acabada su obra de destrucción y de estrago, la mujer y los dos hombres escuchan los primeros gritos de «¡fuego, fuego!» proferidos por la ronda nocturna. Algunas campanas tocan a rebato.

Cuando la dama llega a casa, su marido duerme profundamente, ajeno al incendio que devasta su errado proyecto. Tras mirar por la ojiva de la alcoba hacia el puente, que es ya un ascua de luz y llamas, ella se despoja del anodino gabán y, sin quitarse su blanco vestido, se tiende junto a su esposo, al que no despierta. Al alba, los daños provocados por el incendio harán inevitable una reconstrucción de la fábrica; eso permitiría al arquitecto corregir su terrible error.

La efigie de una dama blanca en el arco central del puente de San Martín dice la tradición que evoca a esa mujer ingeniosa y enérgica que supo hacer lo único posible para salvar vidas y, con ellas, la reputación de su marido.

Juanelo, acostado en el lecho de su nueva casa, contemplaba a través de la ventana el otro gran puente de la ciudad, el de Alcántara, al lado del cual todo estaba ya dispuesto para que se alzara su ingenio hidráulico; pensaba que ya tenía, con el fondo de reticencias conocido, la aprobación del Ayuntamiento, el personal necesario para acometer el arranque de la obra y una casa donde vivir y a la que poder trasladar a su familia, que por el momento permanecía en la de Madrid, que la generosidad del César había hecho suya.

Sin embargo, echaba algo en falta, una compañía amiga, el rescoldo de esa llama inextinguible de la amistad a la que nunca, a pesar de tantos desengaños, renuncia el ser humano. Alguien a quien confiar sus dudas y temores, alguien con conocimiento ancestral del medio y de la psicología práctica de sus gentes; al fin y al cabo, ¿qué era él, Juanelo Turriano, sino un extranjero más de los muchos que moraban en Toledo? Pensó en Aurelio *el Comunero:* tenía que saber de él y, a ser posible, encontrarlo antes de que la obra comenzase. Y faltaba ya bien poco para eso.

A la mañana siguiente, Juanelo se encaminó a la Posada de la Sangre. Tras almorzar con apetito su naranjada y una ancha rebanada de pan con tomate lardeada de aceite, esperó a que llegase Lucía, que así se llamaba la fregona. Le rogó que se sentase. La muchacha, mientras se atusaba la negra melena revuelta que le daba un aire leonino, no pudo reprimir una sonrisa de triunfo.

—Al amo no le agrada que alternemos con los huéspedes y mucho menos al ama —explicó.

—Yo ya no soy huésped de esta posada, además sólo pienso robaros un par de minutos de vuestro tiempo.

—¿Sólo eso? —preguntó la muchacha con picardía—. ¿Encontrasteis pues acomodo? ¿Dónde es la casa?

—Eso por el momento poco os importa —dijo Juanelo cortante, deseoso de entrar en materia—. Una vez me dijisteis que sabíais el paradero de Aurelio *el Comunero*.

—¡Ah, se trata de eso! ¿Para qué necesitáis a ese viejo rufián? No será para reclutarlo en la fábrica de ese ingenio de subir el agua del río que dicen que os traéis entre manos. El Aurelio siempre tuvo fama, en fin, de algo gandul...

—Os prohíbo que en mi presencia habléis así de él. En todo caso, eso no es de vuestra incumbencia. ¿Conocéis o no conocéis su paradero?

—Nunca dije que lo conociera, sólo que puedo dirigiros a alguien que sí os dará razón de él.

—¿Vive?

—Nunca entendí que muriera.

—¿Está en Toledo?

—Yo no lo he visto hace años.

—¿Entonces?

—Sé dónde para alguien que sí puede saberlo.

—Soy todo oídos.

—Si tanto interés tenéis, demostradlo.

La muchacha se había puesto en jarras, levantándose de la mesa que ocupaba Juanelo. Más que amagar irse, parecía querer mostrarse al ingeniero. Éste la contempló unos instantes. Era joven y bella, pero los estigmas del mucho trabajo y de la mala vida ya se empezaban a manifestar en su cuerpo lozano. Las rodillas rasguñadas y llenas de cardenales a causa de tanto restregar baldosas. Ojeras acentuadas. Un tinte amarillo en el blanco de los ojos, un rasgo de ictericia que señalaba alguna infección o desorden interno.

En otro entorno, un palacio o una casa de mercaderes, aquella muchacha habría tenido otro aspecto, habría gozado de una buena educación, hilaría y cantaría versos acompañada de algún instrumento de cuerda, tendría pretendientes más fiables que los arrieros y pícaros que la requebraban y que no perdían ocasión de sobarle los pechos o el culo. El dinero lo gobernaba casi todo en las relaciones entre las personas. Todo se tasaba y medía con él. Y esa bella y desmadejada fregona de la posada no era, ni mucho menos, ajena al mundo que le había tocado vivir. Juanelo fingió no entender a la joven.

—No alcanzo a comprenderos, muchacha.

—Pues es bien sencillo. Se dice que ganaréis miles de ducados con vuestros trabajos en el río y una renta vitalicia. Sois criado del Rey y eso asegura vuestro rango. Así que bien podéis pagar algo por unas informaciones en que parece que os vaya la vida.

Otro rasgo de la chica era la inteligencia, su hábil capacidad deductiva, su sabiduría popular. Había detectado la ansiedad de Juanelo por reencontrarse con el Comunero. Y acertaba: el relojero echaba en falta la compañía de aquel hombre con el que había compartido una noche mágica. Aquella excursión nocturna a través de los arrabales de una ciudad en fiesta, en el transcurso de la cual habían presenciado la quema en el brasero de la Vega del viejo Hombre de Palo, el entrañable don Antonio de la esquina de la Lonja, había hecho que dos hombres bien distintos en apariencia se revelasen mutuamente unas identidades afines.

Un amigo te hace apetecer más una ciudad y Juanelo creía tenerlo en Toledo. Sólo que, por el momento, no lo encontraba. La moza de la posada parecía saber algo sobre su paradero y quería dinero a cambio de ello.

Juanelo recordó que se había encontrado en las últimas mudanzas, perdido entre abalorios y cachivaches, un broche con un camafeo y que en ese momento lo llevaba en la bolsa junto al dinero menudo. No tenía gran valor material ni se asociaba a ningún recuerdo afectivo. Era, sin embargo, una buena muestra del buen hacer de los artesanos del sur de la bota italiana. Las damas de cualquier ciudad apreciaban sobremanera estas primorosas efigies talladas que venían del tiempo de los etruscos. ¿Por qué no iba a apreciarlo la fregona igual que una dama? El lombardo sacó la bolsa de su jubón, extrajo la gema y la puso en el tablero de la mesa entre la muchacha y él.

La muchacha tomó el camafeo y lo admiró situándolo a la altura de sus ojos en busca de algún haz de luz que realzase su primor. Era en verdad un hermoso objeto, de una insultante intemporalidad, y debía de valer unos cuantos ducados. Luego se dirigió un poco avergonzada a Juanelo.

—¡Nunca en todos los días de mi vida vi cosa igual! Si parece digno del ajuar de una marquesa. —Rápidamente, mirando con desconfianza a uno y otro lado, lo metió en una bolsita que sacó de debajo del refajo y que volvió a guardar al instante—. Marchad a las Tenerías, mejor después del atardecer. Buscad la casa que hace esquina con las carreras justo frente a la iglesia de San Sebastián. El ama se llama Josefa. Preguntad por Fabiola. Ésta es la persona que mejor sabrá daros razón del Comunero en todo Toledo.

Las horas transcurrieron rápidas. Juanelo visitó el emplazamiento donde iba a alzarse el ingenio. Estaba aguas abajo del gran puente de Alcántara, en un punto en que el río se aceleraba a causa de un desnivel, por lo que de antiguo se había utilizado para instalar en él molinos fluviales que aprovechasen la fuerza liberada por la precipitación de la corriente de agua. Su ayudante y el alguacil que los acompañaba sugirieron que sería bueno expropiar el molino existente en aquel lugar y todavía en funcionamiento para evitar interferencias mutuas y para fundamentar el ingenio precisamente en él. Como pasa con la molienda del trigo, la fuerza del río sería la que activase las ruedas para mover todo un complejo mecanismo de cadenas y cazos capaz de salvar los cien metros de desnivel entre el nivel del Tajo y la planta baja del Alcázar del Rey. Después recorrieron todo el itinerario que habría de seguir el ingenio, remontando la ladera y serpenteando a través de las carreras, el Hospital de Santiago, el gran convento del Carmen para, tras sobrevolar la cuesta que sube hacia el arco de la Sangre y el Zocodover, abocar en la explanada del Alcázar.

Según subían por la fatigosa y escarpada cuesta, el relojero casi podía tocar las imaginarias torres de ladrillo que recubrirían, como el caparazón de una serpenteante tortuga, la estructura de madera, los tubos de latón y los cazos en que consistía su invención. Su buen amigo y patrón, el obispo y escritor de Cremona *monsignore* Vida, había afirmado en un libro sobre celebridades cremonesas —pues a Juanelo, relojero y matemático mayor del Emperador y ahora del rey de España, hacía tiempo que se le tenía por tal— que Turriano era capaz de penetrar los secretos del firmamento, a propósito de la perfección de su reloj astrario en el que se reproducía sin error el movimiento de los planetas y la maravillosa y hermética armonía de las esferas. Si él había sido capaz de visualizar el recorrido de los astros, ¿cómo no iba a serlo de ver, casi de tocar con la imaginación, el espectacular recorrido de su artificio por aquella arriscada ladera de la urbe?

Pero la atención de Juanelo a las consideraciones acerca de materiales necesarios y puntos de suministro y de transporte, del personal necesario, de los plazos y de los permisos y autorizaciones imprescindibles para la buena marcha y correcta finalización de aquel negocio era en ese día vaga y superficial; él no podía dejar de pensar en la misteriosa casa de las Tenerías y en la no menos misteriosa Fabiola. ¿Quién sería esa mujer? ¿Se encontraría Aurelio en aquella casa?

Ya solo, Juanelo comió una buena ración de sabrosas carcamusas (un rico guiso toledano elaborado con magro de cerdo, guisantes y una salsa picante que invita a mojar sin tasa pedazos de pan) en un mesón aledaño del Patio de Comedias y a tiro de piedra del mercado de la fruta. Luego se retiró a su casa en el arrabal, próxima a la pequeña ermita de San Isidoro y a la puerta del Vado, y allí se tumbó cuan largo era y casi sin desvestirse en la cama de su dormitorio, la única pieza de la casa en que había ropa, enseres y alguna sensación de vida.

La siesta fue profunda y tuvo un sueño en el que él construía el ingenio del agua no en el Tajo toledano sino en el río Po a su paso por su ciudad natal de Cremona. El día de la inauguración toda la ciudad se maravillaba de la armoniosa e infalible ascensión de los cazos. El obispo Vida lo felicitaba, su buen padre no cabía dentro del jubón del orgullo que sentía y la *mamma* derramaba una gruesa lágrima que rodaba por su fina y ajada mejilla.

Era pasada ya la media tarde cuando emprendió el camino de las Tenerías. Decidió no atravesar el Zocodover ni la plaza de la ciudad sino bordear, cruzando la puerta del Vado, el camino que sobrevolaba el lado interior del barranco y que los toledanos llamaban «la cornisa». El relojero pasó por enfrente del cerro del Bu, escenario de toda clase de leyendas y consejas; recorrió el Andaque y el populoso barrio del Embarcadero, desde donde una barca de pasaje permitía cruzar a la orilla contraria y ascender hacia la ermita de la Virgen del Valle. Cada primavera las familias hacían en ella romería, comiendo, bebiendo y cantando por espacio de toda una noche.

Un poco más allá, dejó a la izquierda los edificios y artilugios de las Tenerías. El río ceñía a Toledo con un abrazo, como el poeta había dicho, «macho y agreste». La tendencia del Tajo, dentro de su encajonamiento, era a ensancharse ligeramente, remansándose como si quisiera devenir espejo y recrearse en la belleza de la vieja ciudad a la que rodeaba. Sin duda, el punto elegido para alzar el ingenio era el más adecuado pero Juanelo había identificado otros igualmente practicables, donde la corriente de agua se aceleraba en rápidos y desniveles. En una rara simetría, unos pocos centenares de metros río abajo se alzaba el puente de San Martín, el de la leyenda de la mujer del arquitecto que tanto le había impactado.

Como en el de Alcántara, allí el río se desbocaba y era capaz de suministrar toda su fuerza motriz a una gran rueda que moviera todo el ingenio para la ascensión del agua. Quizá un día no lejano, si su ingenio funcionaba y respondía a las expectativas suscitadas, en ese otro lugar podría alzarse un ingenio semejante, que garantizara el consumo a tan grande e ilustre ciudad como era Toledo.

Pero Juanelo Turriano no quería soñar despierto.

Divisaba ya la fachada de San Sebastián, ancha y sencilla, orientada claramente al río, y pensó en Aurelio. Necesitaba saber de él porque había percibido algo oscuro al interesarse por su suerte. No sucedía a menudo, pero en ocasiones un breve tiempo compartido con otra persona deja en el alma una huella más honda y perdurable que muchas relaciones tediosas y continuas. No dejaba de preguntarse qué habría sido del viejo comunero. Pronto iba a salir de dudas.

Plantado frente a la casa, recorrió con la mirada el cerrado portón y las ventanas sin signos de vida. En un balconcillo languidecían unos tiestos con geranios. Era una construcción popular, irregularmente enjalbegada, que dejaba ver rodales de hiladas de ladrillo y partes de calicanto. Del traspatio o de algún corral próximo le llegó el grato aroma de las hojas de una higuera. Un gato atigrado y gordo salió de su letargo, le miró con mucha concentración, se incorporó y desapareció muellemente de su vista. Aquélla era una casa pobre. Una más de las que abundaban en los barrios bajos próximos al río.

La vieja que abrió la puerta iba pulcramente vestida. Las arrugas surcaban despiadadamente su frente y sus mejillas mientras que el reúma tiranizaba sus articulaciones y le hacía caminar ostensiblemente encorvada. A pesar de su aspecto machacado y de su saqueada boca, algo quedaba en ella de una antigua belleza ahora ajada, quizá la mirada azul que le llegó desde unos ojos hundidos por las tercianas y por los catarros que provocaba la humedad del río. Esa víctima del río pudo haber sido un día, se dijo Juanelo, una bella ninfa, una Venus toledana.

—Deseo ver a Fabiola —dijo Juanelo sin rodeos.

—Pasad, caballero —respondió la vieja. Sin duda se trataba de la tal Josefa que había mencionado la desmelenada fregona.

La mujer le indicó que se sentara con mucha ceremonia y maneras que evidenciaban bastante mundo, quizá años de servicio en puestos de responsabilidad al frente de los criados en algún palacio o casa rica. Luego desapareció, dejándole sentado en un oscuro zaguán, apenas amueblado pero aseado en todos los detalles.

Josefa, pasados unos pocos minutos, retornó con una bandeja en la que portaba un jarro y un tazón de cerámica. Depositó la bandeja sobre una mesa que hacía esquina y le preguntó a Juanelo si deseaba refrescarse con un vaso de vino. El lombardo asintió, la mujer vertió el vino y aproximó renqueante pero decidida el tazón al relojero.

—La muchacha estará dispuesta enseguida —señaló.

—¿Sois familia de Aurelio? —preguntó Juanelo.

Notó un signo de alarma en el semblante de Josefa. La pregunta pareció desconcertarla. Se limitó a decir:

—Preguntad a Fabiola. Ella os dará razón.

La vieja lo dejó solo con sus pensamientos y sus preguntas. Estaba ansioso por saber qué era de su efímero amigo, por conocer si podría contar con su valiosa presencia y, quizá, con su colaboración en el proyecto del artificio. Él era de allí y conocía a la perfección las costumbres y la forma de ser de sus compatriotas. En realidad, estaba ansioso por saber y a la vez un poco harto de tanto misterio en relación con el Comunero.

Entonces apareció Fabiola.

Su irrupción tuvo algo de espectral, como si no caminara sobre el suelo, como si sus pies flotasen en el aire dos centímetros por encima de las baldosas. Llevaba un vestido carmesí abombado en forma de campana, con un no sé qué de miriñaque sin serlo; Juanelo pensó que ese vestido se parecía a los que diseñaba para sus pequeñas damas autómatas, ya fuesen tocadoras de algún instrumento, generalmente el laúd o el arpa, o bien simples danzarinas. El aire o espacio que permitía en su interior la falda del vestido servía para alojar el mecanismo que gobernaba las acciones del muñeco.

La joven se quedó en el umbral que separaba el zaguán de un pequeño patio cuadrado. Tras la chica, al fondo del patio, se veía el brocal del aljibe. Desde la banca en que él estaba sentado, tal parecía que hubiese emergido como una ninfa o náyade del impluvio y del inframundo; era tan bella que no parecía de este mundo. Juanelo se dijo que no le cuadraba un atavío tan festivo, casi lujoso; reparó en el rostro, maquillado y pintado hasta resaltar unos ojos marrones con dejes verdosos que eran como dos enormes preguntas a un mundo que no daba respuestas sino imágenes. Se dijo también que reproduciría ese rostro en la próxima autómata que construyera. Sería su homenaje a la sorpresa de no haberse encontrado con la moza, quizá otra fregona como la de la posada, que se había pintado en su imaginación.

Con una silenciosa reverencia la muchacha le invitó a seguirla.

Juanelo se incorporó y se limitó a caminar expectante, sin decir una palabra, detrás de la joven. Ya las sombras del crepúsculo de la noche se abatían, en una explosión de morados, burdeos y grises, sobre el patio. Lo cruzaron y después remontaron una angosta y retorcida escalera de peldaños desiguales que existía en uno de los ángulos. Por ella ingresaron en el corredor superior. La baranda y las vigas tenían una tonalidad grisácea y la madera aparecía agrietada y reseca, clamando por una mano de pintura.

Enseguida la joven abrió una de las puertas que daban al corredor. Con un golpe de emoción, Juanelo se dijo que quizá allá dentro aguardase Aurelio. No le había dicho todavía a la joven por qué estaba allí, pero las noticias volaban; puede que la fregona se le hubiese anticipado...

El cuarto era un dormitorio austero con una cama alta, una palangana con jofaina en el suelo y un pequeño tocador lleno de tarros y cachivaches que desprendían una grata mezcla de perfumes. A un lado de la abigarrada superficie, un búcaro sencillo pero estilizado contenía un puñado de rosas: no llegarían a la media docena; Juanelo

Check Out Receipt

Lozano

Saturday, June 9, 2018 3:38:42
PM

Item: R0325072766
Title: Memorias de un hombre de
palo
Due: 06/30/2018

Total items: 1

Thank You!

705

se sintió poderosamente atraído por ese manojo de flores. Sobre el tocador, un fragmento de espejo sin enmarcar estaba apoyado en la pared enjalbegada.

La joven se sentó en un lado de la cama, enfrentada a la puerta. Juanelo permanecía próximo al umbral, como si estuviera presto a volver sobre sus pasos.

—Cerrad la puerta —dijo ella. Juanelo lo hizo al instante.

—Se me ha dicho que podríais informarme del paradero de Aurelio, uno que dicen el Comunero.

Tras un instante en que su gesto pareció indicar un fugaz desconcierto, por toda réplica, la joven se incorporó del lecho, se plantó a dos pasos de Juanelo y, tras soltar alguna presilla o botón (el relojero se dijo que un día fabricaría una autómata dotada de ese movimiento), su vestido resbaló como una ola muda por la blancura súbita y rotunda de su hermoso cuerpo y se posó alrededor de sus pies como una especie de blando pedestal.

La joven se quedó desnuda frente a Juanelo. Mirándolo con esos dos grandes ojos, crepusculares y lacustres, tan inabarcables como el firmamento, que era espacio pero ante todo tiempo, y que él había necesitado observar durante más de veinte años antes de poder recrearlo en su famoso Planetario.

Juanelo no esperaba eso, no estaba preparado para ello; se sintió intimidado pero también atraído. Su esposa había envejecido, apagándose sutilmente, arrugándose como una uva. Pero él, que la amaba, quizá en el ocaso más que en el orto, seguía viendo la uva y no la pasa. En realidad, hacía décadas que no contemplaba un cuerpo tan lozano, tan magnífico, tan inminente como el de aquella Fabiola de las Tenerías.

—Los hombres vienen aquí a lo que vienen. Yo vivo de esto; la vieja no consiente visitas de otra clase...

—¿Es vuestra madre?

—«Madre» es como la llamamos. Puede ser muy zalamera y obsequiosa cuando quiere sacar algo de la gente; pero también cruel y tiránica. Ante todo, es gran avarienta: rinde culto de adoración al becerro de oro más que nadie que yo conozca. Pero no, para nada es mi madre verdadera. Ésta murió siendo yo bien niña, apenas guardo recuerdos de ella.

Juanelo, desconcertado, retrocedió un paso hacia la puerta sin poder despegar la mirada de la ninfa desnuda, que moraba junto al Tajo y a la que, estaba convencido, difícilmente desbancarían en belleza las que el gran poeta Garcilaso de la Vega hizo emerger del primer río de España.

—Fabiola, esto es un malentendido, yo venía a averiguar qué es de mi amigo toledano Aurelio, al que apodan el Comunero; no a esto...

—Luego os daré detalles del Comunero pero lo primero es lo primero...

Cuando Fabiola dio un paso hacia él, Juanelo la percibió amazona del placer. Sus pechos firmes, ni muy grandes ni demasiado chicos, exactos; su bruna cabellera, las firmes columnas de sus piernas, la boca insinuante, los secretos casi desvelados de su pubis... Todo en ella se le representaba como armas del amor en aquella impensada encrucijada del espacio y del tiempo, en ese Toledo que no dejaba de sorprenderlo para lo bueno y para lo malo.

Sólo que todavía no sabía si aquel encuentro era algo bueno o algo malo.

—Yaced conmigo, Juanelo, sólo os costará un puñado de maravedíes.

—El tiempo de mis placeres ya pasó —adujo el viejo lombardo.

—No os creo —replicó Fabiola, estrechando el cerco, adelantando sus carnosos labios y haciendo que Juanelo se apoyara en la puerta de la habitación—, estáis deseando hacerme el amor. En cuanto a mí, no me repugna hacerlo con hombres mayores, estoy acostumbrada, fuera de que vos os conserváis jovial y vigoroso. No parecéis un viejo.

Juanelo sintió un cosquilleo que le atravesó de las plantas de los pies a la cabeza y se supo atrapado, gratamente atrapado. Hacía lustros que no sentía ese latigazo de deseo. El poder de esa hija del río o, mejor, de aquel fruto feliz de la cópula entre Gea y los dioses celestes ordenada por el Demiurgo en los días de la Creación era cosa innegable. Aun así tuvo un presentimiento de culpa, de que aquello no estaba en absoluto bien y que podría ser en el futuro semilla de discordia y de tristeza. Pero ¿no hacían el elogio del *carpe diem* o «goza tu tiempo» casi todos los poetas del siglo? Escurriéndose hacia un lado, preguntó:

—Muchacha, si no accedo a yacer con vos pero os pago lo que me indiquéis, ¿me diréis qué fue del Comunero?

Fabiola se separó de la puerta en la que estaba apoyada con sus dos manos. Pareció calcular unos instantes. Dio la espalda a Juanelo, se tumbó en el lecho y abriendo y cerrando las piernas contestó:

—Sólo hay trato si hacéis lo que se viene a hacer aquí. Sé que me deseáis, pero debéis saber que en estos momentos yo también os deseo.

Juanelo se desembarazó del jubón y saltó a la cama junto a Fabiola. Tras una risotada compartida, los dos se fundieron en una cascada de besos y de caricias.

Capítulo
5

Juanelo no recordaba un rato de placer tan intenso como el que había vivido aquella tarde en compañía de la joven Fabiola.

De espaldas a ella, se vestía la ropa y el jubón, y trataba de domeñar siquiera un poco las matas de fiero cabello crespo y gris que colgaban de sus sienes y de sus patillas. En cuanto a la frente y al tercio frontal del cráneo, no tenía por qué preocuparse: ni un solo cabello le quedaba en esa parte de su cabeza.

Sentía a la muchacha recomponerse a su vez en el lado opuesto de la cama, detrás de él. Su olor se le había quedado adherido en cada poro de su cuerpo, sus dulces caricias aún le hacían estremecerse. Sinceramente, no esperaba ya un regalo semejante de la vida.

Pensó en su esposa, que se había marchitado poco a poco a su lado, cuidando de la familia, cuidándole a él. Un día había sido bella, tan bella como Fabiola, quizá más a su manera. Con una belleza de un tipo más septentrional, más frágil y sutil que la morena carnalidad de la toledana. Y él la seguía amando, en la seguridad de que había sido, de que era una buena compañera. Una parte de él se sentía sucia y culpable en aquel momento, como si hubiera traicionado la confianza de esa esposa callada, atenta y eficiente, que había aguardado su regreso sin fallarle nunca cuando él había tenido que viajar por algún encargo a Milán, a Gante o a Innsbruck. Nunca le había fallado y tuvo miedo de estarle fallando ahora él a ella.

Pero otra parte de su ser no se arrepentía en absoluto de ese rato de caricias y de placer. Un regalo de los dioses debe aceptarse. Y Fabiola era justamente eso: un regalo de los dioses.

La noche, una noche de primavera azulada y transparente como el manto de una madonna, había caído sobre Toledo. Desde la ventana entreabierta, Juanelo escuchó el fragor del río que en aquella parte se precipitaba arriscado. El río que le aguardaba.

—Fabiola, decidme, ¿qué os condujo a la mancebía?

La joven estaba a su lado ahora, con la mirada perdida en lejanías.

—¿Queréis decir al puterío?

Fabiola era castellana, de las de llamar pan al pan y vino al vino. Juanelo hizo un gesto como excusándose por la impertinencia de su pregunta. Pero ella le demostró que no estaba enfadada: acarició el pelo de sus sienes y fundió su boca una vez más con la de él. Al desasirse, dijo:

—Tiene mucho que ver con el Comunero, con lo que queréis saber.

—No me digáis que se dedica a estas cosas, que os tiene al punto.

—No, nada de eso; no he dicho que él tenga la culpa de esto que hago y que me da de comer. Sólo he dicho que tiene que ver con él.

—Bien, muchacha, yo ya he cumplido mi parte, ahora os toca a vos.

Juanelo brincó del lecho con impensada energía; se sentía bien, algo en él había decidido alejarse de melancolías y culpabilidades. Había gozado de un rato de mágico placer; buscaba a un amigo. ¿Qué había de malo en esas dos cosas? ¿Cuál era el delito?

Fabiola se volteó. Enmarcada por la ventana crepuscular parecía un vestigio de la aurora incrustada en el ocaso. Era bella, definitivamente hermosa. Juanelo rezó por no haberse enamorado de verdad, porque todo quedara en un hermoso recuerdo.

—Cualquiera diría que venís de hacer penitencia o un duro sacrificio... —comentó con sorna la muchacha.

Ella volvió a sentarse a un lado de la cama mientras Juanelo permanecía en pie. En aquella habitación no había silla ni butaca. En el recorrido desde el zaguán, Juanelo había entrevisto una sala con un estrado tapizado sobre el que yacían útiles para labores de costura e hilado. Al cuarto donde se encontraban se entraba con una sola intención y para ella bastaba con una cama grande.

—Mas tenéis la razón de vuestro lado. Habéis gozado de mí y yo he cobrado por ello. ¿Cuándo visteis a Aurelio por última vez?

—La última y también la primera. Fue cuando la corte en Toledo, recién desposado don Felipe, nuestro Rey.

—Hará entonces cosa de tres o cuatro años. Habéis de saber que Aurelio es espíritu errabundo, persona que no gusta de ataduras ni dependencias.

—Por lo que entonces me contó, trabajaba para el clero.

—En Toledo, directa, indirecta o circunstancialmente, todos trabajamos para el clero. Yo misma me desplazo a veces, sigilosa y secretamente, a las casas de ciertos clérigos que me requieren para desahogarse. Hombres al fin como los otros. —Hizo una pausa. Parecía conocer verdaderamente a fondo a su amigo toledano. Juanelo tornó a preguntarse qué vínculo la unía con el Comunero—. Él solía hacer trabajos ocasionales para los canónigos. Recados urgentes, envíos a parroquias, también a veces tercerías, ya sabe, secretos encargos relacionados con mancebías como ésta. Aurelio siempre fue gran aficionado y frecuentador de estos establecimientos. Era lo que suele llamarse un *ordinario,* llevaba cosas o recados de orden y por encargo de otros. Pero nunca tuvo lo que se dice un oficio, un trabajo fijo.

—El breve tiempo que lo traté, me reveló ser un gran conversador...

—¿Conversador? El que más y mejor, y aun embaucador. Cómo le gustaba contar y adornar sus hazañas comuneras... Él no es tan viejo como por su aspecto parece, y es que el mucho trasegar vino avejenta a las personas. Era un mocete, casi niño, cuando la revuelta. Pero parece que tuvo un papel destacado a pesar de su edad en aquellas acciones bélicas, casi, según él, como un Héctor de la sitiada Troya en que se convirtió Toledo aquellos meses aciagos. La de veces que le sentí contar, encendido más por el recuerdo que por el vino, la de la Sisla, aquella batalla tan sonada. Un 16 de octubre: mirad, si hasta se me grabó la fecha. Como la mayor parte de los labradores eran comuneros, holgaban más de llevar bastimentos de balde a los sitiados que no dineros al real del prior don Antonio, general de los imperiales. Aquel día la cabalgada de los toledanos, en la que estuvo Aurelio, había sido muy provechosa: bien de vacas, de ovejas y de corderos. De regreso con el preciado botín, que aliviaría a la ciudad sitiada, ya a sus puertas, se produjo el ataque del prior. Un contingente de comuneros sale en ayuda de los suyos y obliga a retroceder a las huestes del prior hasta su cuartel general en la Sisla, un monasterio de jerónimos situado al otro lado del río. Pero los imperiales disponían de un arma letal: su potente caballería, que reacciona y desde la Sisla pone en desbandada a los rebeldes. Alancear desde un caballo infantes fugitivos es coser y cantar, contaba Aurelio. Sólo que las puntadas son de sangre y los cánticos, los horrísonos ayes que acompañan a las muertes violentas. Cayeron trescientos cincuenta comuneros, cuatrocientos resultaron heridos y seiscientos fueron hechos prisioneros. Al Aurelio, en este punto, recuerdo que se le empañaban las lágrimas por los camaradas caídos en combate: él salvó la vida fingiéndose muerto en mitad de un rodadero.

Ya no habría más salidas ni correrías de los toledanos. Al día siguiente, 17 de octubre, se iniciaron las negociaciones y parlamentos. La capitulación se produjo el 25 de octubre de aquel año de ilusiones y derrotas, 1521. ¡Cómo se emocionaba Aurelio contando una y otra vez estas aventuras!

—¡Y cómo me gustaría a mí poder escuchar esas y otras aventuras de sus labios! —comentó Juanelo.

Con un mohín de fingida contrariedad, replicó Fabiola:

—¿Acaso no he contado bien la batalla de la Sisla? He procurado imitar al Aurelio en todo, hasta en la voz y en los gestos.

—Es precisamente eso lo que me ha hecho evocarlo. Por un momento, disculpadme si os enojo, me pareció verlo en vos según hablabais. Pero, decidme, ¿cuál es el paradero actual del Comunero?, ¿vive al menos?

Una ráfaga de duda asomó al semblante de la joven antes de contestar:

—No lo sé con total certeza, pero creo que sí, que todavía vive.

—¿Está en Toledo?

—No lo creo posible. Os cuento: Aurelio hizo algunos encargos, como ordinario de confianza, según os he dicho, para un alto preboste eclesiástico, al tiempo que se encargaba de cobrar ciertas rentas rurales del clero. El tal preboste, arcipreste o cosa semejante, se entendía con cierta moza y quería formalizar su apaño ofreciendo a alguien un cargo civil dentro de la Iglesia a cambio de que se casara con la moza y consintieran el enredo. De este modo, la mujer quedaría a salvo de los malsinadores, cuya mala lengua es incesante. Propuso el apaño a Aurelio, quien no consintió en trocar cuernos por seguridad económica. Sin embargo, conocía a un tal Lázaro, un hombre llegado del norte de Castilla, bajo de origen y dispuesto a todo, incluso a eso, con tal de medrar socialmente. La barragana del arcipreste casó con él, todo a satisfacción del clérigo y según lo previsto. Pero las cañas se tornaron lanzas y, ya por desconfianza del marido cornudo, ya por recelo del arcipreste ante lo mucho de su vida que sabía Aurelio, el caso es que fue acusado de malversación de fondos, los alguaciles hallaron en su arca una bolsa bien provista de reales que él no había visto en su vida, y fue enviado a galeras.

—¿Cuándo sucedieron estas cosas?

—Hará unos tres años. Puede que algo más. Tres años largos.

Juanelo se quedó meditando en silencio. Pocos regresaban de galeras. Ni siquiera algunos de los más jóvenes lograban sobrevivir a la sobreexplotación del remo, a la dieta mísera e infecta, a los crueles castigos. Máxime un hombre ya mayor como el Aurelio. Supo que tenía pocas posibilidades de reencontrarse con el Comunero, en este mundo al menos.

Con la espalda cargada, sintiéndose un poco más viejo que cuando entró y mucho más que después del momento exultante de amar a Fabiola, el relojero amagó retirarse de la cámara.

Fabiola, entonces, le espetó:

—Sé algo más.

Juanelo se encaró hacia ella y aguardó sus palabras:

—Logró escapar antes de embarcar en Sanlúcar. Anduvo un tiempo escondido en las almadrabas, trabajando en la pesca del atún...

Algo reanimado, el ingeniero se aproximó a la muchacha. Volvió a estremecerse evocando el reciente placer. Reciente pero ya pasado, inscrito en el reloj implacable del mundo al que nada ni nadie puede escapar.

—Fabiola, noto un no sé qué de reserva; os aseguro que podéis confiar en mí. ¿Vive el Comunero?

—Sí, ya os lo he dicho; vuestro amigo vive.

—¿Qué relación tenéis con él? ¿Cuál es el vínculo entre Aurelio y vos?

La joven tardó un par de segundos en contestar. A través de la ventana, se presentía la cárdena noche aposentándose sobre Toledo y el apagado fragor del río se deslizaba hasta la alcoba, monótono y tenaz.

—Aurelio es mi padre —dijo al fin.

Una invisible garra de hielo apresó por un segundo el corazón de Juanelo, que sintió un impulso incontenible de salir de aquel cuarto donde se había sentido pleno y feliz gozando y donde ya empezaba a arrepentirse y a sentir la punzada implacable de la culpa.

—¿Volveréis? —preguntó Fabiola.

—Si tenéis noticias de Aurelio, podéis darme razón de ellas a través de la fregona de la posada. O bien directamente en la obra del ingenio, a tiro de piedra del puente de Alcántara.

No quiso volver a mirar a Fabiola, no quería arriesgarse a caer otra vez enredado en la mágica red que tejían sus miradas o sus labios carnosos pronunciando letárgicas frases. Pero antes de salir, sin mirar a sus ojos, le pidió permiso para tomar una de las rosas del búcaro situado encima del aparador. Necesitaba algo, un objeto, un símbolo que le permitiera no dudar de la realidad de aquel encuentro. Fabiola accedió y Juanelo tomó una de las rosas. Salió sin despedirse ni mirar atrás.

Al cruzar el patio, comprobó que las nubes se habían condensado en una tormenta que ahora se desataba en vendaval de gruesas gotas y ráfagas que llenaban los ojos de arenilla y agitaban las ramas de la higuera evocando la cabeza de una enferma del Hospital de locos o Inocentes, como se les solía llamar.

En un rincón del zaguán entrevió la silueta combada de Josefa, la vieja regenta de aquel burdel. No parecía sorprendida de su precipitada salida; sin duda aquella mujer había visto de todo y estaba curada de espanto. Él apenas contestó a su adiós con una especie de quejido intraducible. No conocía las circunstancias, ni por qué ejercía allí Fabiola la prostitución y no en otro sitio; no sabía si la vieja era mala o buena para la hija del Comunero. Pero en aquel momento sintió hacia ella repulsión, un asco exento de paliativos. Y no pudo dejar de recordar el romancillo satírico de cierto vate toledano que había escuchado recitar en noches de vino y cánticos a los arrieros de la Posada de la Sangre:

Puta vieja embaucadora,
ponzoñosa serpentina,
maldita encandiladora,
heredera y sucesora
de la vieja Celestina.
Gastaste tu juventud
en ser puta cantonera,
y agora en la senectud
estando en el ataúd
vives de ser cobertera.

Sonsacando mil mozuelas
y albergándolas a todas,
frailes y mozos de espuelas,
dando casa, cama y velas
para hacer torpes bodas.
No hay mozo ni despensero
que a tu casa no se acorra,
cayendo con su dinero;
guárdate del rocadero
y azotes con miel y borra.

Desde San Sebastián cruzó las carreras y descendió a las Tenerías. El río rugía oscuro y resentido como un potro herido. El vendaval arrancaba una música chirriante del valle. Toledo parecía a punto de elevarse sobre sí misma en medio de un inmenso remolino. O bien de hundirse en la tierra, como un trompo cósmico que horadara su propia fosa.

Juanelo Turriano bordeó la Casa del Diamantista y se alejó del embarcadero, remontando la cuesta hacia el centro de la ciudad.

Capítulo

6

Por fin, un día de primavera arrancó la obra formalmente. Los maestros, oficiales y peones reclutados en la posada se iban incorporando gradualmente, según lo demandaban las sucesivas fases del proyecto. Lo primero era preparar el molino de Barranchuelo, debajo del puente de Alcántara, para asentar y plantar el ingenio. Juanelo sintió como si rejuveneciese medio siglo cuando le tocó visitar uno por uno todos los molinos fluviales del Tajo a su paso por Toledo.

En realidad, los fundamentos de todo lo que había aprendido sobre mecánica e ingeniería se los debía a su padre, constructor y mantenedor de molinos en el Po, allá en su Cremona natal. Entonces, casi más niño todavía que adolescente, cuando acompañaba como aprendiz a su padre en sus visitas de trabajo para inspeccionar o reparar los molinos de Cremona, había comprendido que si la energía del río servía para moler granos de trigo, también serviría para elevar su caudal y satisfacer las necesidades y la sed de los pueblos y ciudades.

Juanelo había elegido la presa con su molino bajo el puente de Alcántara por su proximidad al Alcázar y, consiguientemente, propuso su arrendamiento para trazar desde ese punto el artefacto que tenía en proyecto. Los molineros, incluido el de Barranchuelo, acogieron con hostilidad manifiesta los planes del relojero lombardo. Pese a una jugosa renta y a las garantías oficiales de que podrían mantener su industria, que coexistiría con la derivación de agua para mover el futuro ingenio, Juanelo constató que el acuerdo no hacía feliz al molinero, incluso aunque la parte conveniente del arrendamiento fuese la propia Corona, o quizá precisamente a causa de ello.

Como los azacanes, los molineros se temían que ese artificio significase para ellos una especie de fin de época. Las sequías recurrentes, que cada vez con mayor virulencia colapsaban sus industrias, propiciaban que se esparcieran habladurías sobre unos fantasmales molinos de viento que utilizaban esa energía para moler el grano y que los soldados de los tercios habían visto funcionar con gran eficiencia en Flandes. Se decía que eran más fiables y económicos que los suyos. De manera que los ingenios del agua de ese italiano de aspecto simiesco y que gozaba del incuestionable favor real eran una amenaza adicional, un sombrío nubarrón en el panorama de sus negocios y de sus vidas.

Quizá por ello, desde el comienzo, Juanelo sugirió comprar el molino de Barranchuelo para liberar de esa renta y de su carga consiguiente al proyecto. No pudo ser inicialmente pero el arrendamiento permitió que una cuadrilla de alarifes empezara a trazar desde la presa los canales y saetines por donde el agua sería conducida a las ruedas hidráulicas encargadas de mover todo el artificio.

Como ya tenía disponibles los dineros asentados con los prestamistas lombardos de Medina y de Madrid, Juanelo recapituló los materiales necesarios. Lo esencial era encargar unas veinte mil libras de metal que habría que traer de Flandes a real y medio la libra. Este metal permitiría fabricar los ocho órdenes de caños que subirían el agua hasta lo alto del Alcázar. Las ruedas para las máquinas costarían seiscientos ducados. Los piñones para las ruedas, con sus dientes, cercos y husillos de hierro, quinientos ducados. Los cercos y polos para los ejes de los caños, incluidas sus clavijas, unos dos mil quinientos. En cuanto a los materiales de cal, ladrillo y madera, se irían encargando sobre la marcha y según las necesidades de la fábrica.

El relojero Foix sería su consejero técnico para todos los cálculos y rectificaciones prácticas en relación con la ejecución del proyecto. Entretanto, su esposa, la hija Bárbara Medea y su incesante prole de nietas habían ido poblando de calor humano y de alegría la casa de San Isidoro. Fabiola se diluía en el brumoso recuerdo de una tardía locura, casi como si fuera un sueño o el relato de un viajero oriental. No pocas veces, Juanelo dudaba de la realidad de ese atardecer junto a San Sebastián de las Carreras, en el burdel de una barbuda Celestina que hubiera conseguido finalmente hacerse con los servicios de Melibea. Recién desposada la mayor de sus nietas con Diego Joffre y pospuesta la dote al éxito del ingenio, decidió emplear a Diego temporalmente como administrativo de la empresa; era un joven versado en leyes y latines, con grandes dotes para el cálculo y la escritura. Su nieto Juan Antonio Fassole, un mocete vivaracho y rápido en el aprendizaje, se incorporó también al equipo en calidad de aprendiz y recadero de confianza.

En la ciudad no se hablaba de otra cosa. En los soportales de Zocodover, en las gradas del Corral de Comedias o en los puestos del mercado de la verdura el ingenio era materia de toda clase de conversaciones, chascarrillos y rumores. Se decía que, de salir bien el invento del italiano, ya se proyectaba otro ingenio semejante en el puente de San Martín, al pie del monasterio de San Juan de los Reyes. Y se indicaban un sinfín de puntos, algunos bastante improbables, susceptibles de ser elegidos para la instalación de nuevos artificios.

De repente, Toledo, que no tenía todavía ninguno alzado, parecía haberse convertido en la ciudad de los ingenios.

La duda era si saldría bien el proyecto real, el que daba sus primeros pasos para salir de la fase de proyecto y hacerse realidad. Los viejos y las viejas, adoptando un aire interesante al ver la expectación que sus palabras suscitaban en el auditorio, recordaban enfáticos y sombríos cómo habían fracasado, décadas atrás, uno tras otro todos los intentos de bombear agua desde el esquivo Tajo. A la cantidad de trabajo, directo e indirecto, que la fábrica del ingenio iba a generar para la ciudad y que beneficiaría a una capital deprimida desde que la corte se había trasladado a Madrid y aun antes, después de su numantina defensa del alzamiento comunero y la derrota final ante los imperiales, se sumaban la emoción y la incertidumbre acerca del éxito de la empresa.

El pueblo de Toledo, sus clases más desfavorecidas, estaba claramente posicionado a favor del ingenio, que había hecho suyo. Los azacanes empezaban a ser vistos con cierta antipatía, como unos anacrónicos especuladores de la sed ajena. Pronto dejarían de ser necesarios, tanto ellos como sus exhaustos borricos. Incluso había quienes, entre bromas y veras, dudaban de la cristiandad del gremio:

—¿No se dice en las Escrituras: «Dad de beber al sediento»? —argumentaban—. Pues que los azacanes se apliquen el cuento.

Como Aurelio no aparecía, en recuerdo y homenaje suyo Juanelo se puso a diseñar y poco después a fabricar uno de sus autómatas.

—¿Dónde está padre? —le preguntaba Bárbara a la esposa de Juanelo.

—Ahí dentro, encerrado en su estudio, ideando no sé qué ingenio del demonio, creo que otro de sus autómatas... Este hombre es que no sabe estarse quieto.

—Y tanto —apostillaba Bárbara Medea.

Juanelo no había podido olvidar aquella noche mágica en que conoció al Comunero, una noche en la que Toledo ardía en el rescoldo de la gran fiesta por el himeneo entre el rey de España y una grácil princesa gala. Y en la que, después de socorrerse mutuamente, habían visto arder al Hombre de Palo en el brasero de la Vega. Su nuevo autómata, el primero que iba a hacer a tamaño y con proporciones naturales, sería un intento de evocación de don Antonio. Se inspiraría en él. Trataría de reproducir sus azulados ojillos chinescos, su esquemática perilla negra, sus cejas apenas perceptibles, su monacal tonsura; y, naturalmente, su túnica de predicador giróvago y mendicante.

Juanelo se dijo que echaba de menos alguien con quien poder hablar con la confianza de un amigo. Cierto, estaba la familia y estaban los técnicos, los maestros y operarios de la fábrica. Pero ni la una ni los otros satisfacían esa ansia de complicidad que sentía y que no había obtenido en ninguna parte desde que la muerte del Emperador había disuelto la pequeña corte formada en el monasterio extremeño de Yuste tras su abdicación.

Al abdicar, el César había conseguido ser rey de sí mismo pero además seguía tomando decisiones estratégicas a distancia, instruyendo, más que aconsejando, a su hijo Felipe en las mortales trampas de la alta política, cuya altura se traducía casi siempre en centenares de cuerpos embarrados e inmóviles en los campos de batalla con ojos que escrutaban en una imagen de pasmo congelado la inexorable brutalidad de los destinos humanos. Lo cierto y verdad es que allá, en Yuste, había podido sentir el calor de la amistad con Juan de Herrera, al que le unía la pasión por los números, por la técnica y por el ajedrez, con algunos de los frailes jerónimos e, incluso, con el propio Emperador.

En ocasiones, éste, impaciente por disfrutar de los artilugios que permiten medir el tiempo, hacía que lo transportaran en parihuelas hasta el taller de Juanelo, situado en uno de los flancos del claustro.

De algún modo, este don Antonio, que retornaba del tiempo y de la devastación de las llamas, era un contrapunto al ingenio y su espejo «en pequeñita forma». Tendría movimiento, es decir: podría andar; no como su estático antecesor, que lo único que era capaz de hacer eran aspavientos a los críos, dar algún que otro mojicón y la consabida petición de óbolo acorde con su disfraz de mendicante. Y en el movimiento se parecería a su hermano mayor, el ingenio de las aguas. De hecho, su naturaleza, su sustancia, sería la misma: madera y latón.

En síntesis, el artificio consistiría en una sucesión ascendente de maderos engoznados en cruz por el medio y por los extremos. Sobre el movimiento de estos maderos, se encajarían y engoznarían unos caños de latón con dos vasos del mismo metal a los cabos, los cuales, subiendo y bajando acompasados con el movimiento de la madera, irían uno lleno al bajar y el otro vacío.

Antes de recubrirse con los paredones de ladrillo que lo protegerían de la intemperie y del saqueo, el ingenio de las aguas parecería un gigante trepando por la ladera; o, más exactamente, al moverse arriba y abajo los ejes situados en el centro de los cazos como si fueran la cruz de una balanza, el efecto visual desde abajo sería que los dos lados de la máquina semejarían dos pies que pisaran alternativamente el agua, como hacen los hombres en los lagares con los racimos de uva después de la vendimia.

Cuando en el gabinete de su casa Juanelo pensaba en el proyecto del autómata, en realidad mejoraba y ajustaba el proyecto del ingenio. Y cuando se hallaba en el estudio-taller que se había hecho construir al pie del naciente artificio, junto al molino del Barranchuelo que lo cimentaría, no dejaba de pensar en su nuevo autómata; ese Hombre de Palo, en el que concentraría a modo de compendio muchos de sus logros en materia de ingeniería, incluyendo su más avanzado mecanismo de relojería.

Para el revestimiento exterior, es decir, las maderas pintadas de la cabeza, del cuello y de la túnica parda de fraile giróvago, había tenido la gran suerte de poder contar con los servicios del mismo carpintero que, siendo aprendiz de su difunto padre, había intervenido cuarenta años atrás en la ejecución del don Antonio u Hombre de Palo original. Aquel que Juanelo Turriano había visto arder en las proximidades del circo romano una noche de vino y amistad imposible de olvidar.

Manuel, que así se llamaba el carpintero, reprodujo con entera fidelidad los rasgos chinescos del rostro y el tamaño, casi natural, del muñeco. Los brazos los hizo sueltos; ya se ocuparía maese Juanelo de ajustarlos. En cuanto a las piernas, simplemente no existían. Su encargo y su misión era hacer una estructura hueca pintada del color de las túnicas de esos frailes pedigüeños y trotaconventos. Y es lo que había hecho, que ya el maestro lombardo, que por algo era relojero del Rey Nuestro Señor y su matemático mayor, se encargaría de poner adentro el artilugio capaz de hacerle andar. «Con razón dicen por ahí, maese Turriano —bromeaba el carpintero—, que tenéis no sé qué pactos hechos con micer Satanás y que creáis homúnculos y otros seres nunca vistos que patean por la noche los enrevesados callejones de Toledo».

Como maese Manuel fue diligente en la entrega («me sé de memoria a don Antonio: fue el primer encargo serio que me encomendó mi buen padre, que en gloria esté»), la carcasa del autómata acompañaba a Juanelo en su gabinete, apoyado en un rincón en la pared, manco y sin el alma todavía del complejo reloj que lo iba a hacer capaz de moverse y de muchas cosas más. Juanelo le hablaba mientras ajustaba una maqueta o calculaba una suma a lápiz en el margen de un boceto.

—Hay que saber escudriñar a través de las apariencias. El universo es un gran libro cifrado, un magno secreto cuyas pistas son las estrellas. El hombre, como microcosmos que es, no deja de ser otro enigma, un misterio andante, incluso para el mismo hombre. A veces, somos injustos y confundimos esta perplejidad con falsedad o hipocresía, que también existen, por cierto.

En ocasiones, Antonia, para quien Juanelo era otro secreto contrabalanceado por la costumbre y por los largos años de convivencia, pegaba la oreja a la puerta del gabinete de su esposo y escuchaba sus sabrosas pláticas con el Hombre de Palo.

En esos momentos, Antonia no se extrañaba de la fama de nigromante y de cabalista que arrastraba su marido, ya desde los tiempos de Cremona y de Milán.

—Tú mismo, Antonio, a quien sólo el habla te va a faltar (y pienso que más adelante podría incorporarte esa facultad), esconderás unos cuantos secretos. Los que quieran comprender a qué punto he llevado el arte de la relojería deberán buscar en ti, más que en mis apuntes, dibujos y escritos. Y los que quieran indagar aquellos efectos de mi arte que no apruebo, también en ti encontrarán la clave.

Sin acabar de entender del todo las cosas que oía decir a su esposo, la buena de Antonia Sechela dejaba su doméstico espionaje, diciéndose que «menos mal que no tenemos criada que oiga y difunda estos disparates de mi buen marido; puede que, de trascender, dieran con él en el Hospital de Inocentes, a cuya construcción precisamente contribuyó el primer don Antonio o, incluso —y se persignaba entonces—, ante la mismísima Inquisición, que no dudaría en flambearlo en el mismo sitio en que ardió aquel primer Hombre de Palo, que en gloria esté, si es que la hay para los árboles y sus criaturas». Y la buena mujer se persignaba y volvía a sus faenas domésticas, incesantes como los ingenios, las máquinas y los relojes de su marido.

Cuando los pañales de sus hijos y la atención de su esposo se lo permitían, Bárbara Medea se involucraba tanto cuanto podía y con la mayor ilusión en las faenas de su padre. Nunca se había hablado en la familia de ello pero la sombra del hijo varón no logrado planeaba sobre los Turriano. De chica, Bárbara acompañaba en sus excursiones y experimentos a su padre, sirviéndole de porteadora y aprendiendo todos los trucos y saberes del relojero imperial. Por su vestimenta —más que por las prendas en sí, por la forma de llevarlas— y por su agilidad, fuerza y manera de moverse, más de una vez la habían confundido con un muchacho en su adolescencia.

Habitaban ya en Milán, cerca de la puerta Nueva, donde Juanelo Turriano ejercía como maestro relojero con *domo et apotheka propris* («con casa y taller propios»). Pero aún conservaban la casa de la vecindad de San Próspero en Cremona y todos los vínculos familiares y afectivos con la ciudad natal.

Aunque su ocupación principal era el encargo del Planetario del Emperador, en su tienda fabricaba por encargo toda clase de relojes. Pero nunca dejó de ocuparse de asuntos de ingeniería y obras públicas, con especial atención a las cuestiones hidráulicas: así, intervino en la red de canales de la Lombardía, diseñó modelos de dragas para la laguna de Venecia, diversas variantes de bombas hidráulicas, máquinas elevadoras de agua para ríos y pantanos y otras dedicaciones que su hija nunca consiguió averiguar, pero que intuía tras los conciliábulos de su padre con enigmáticos emisarios con los que se reunía durante horas en la rebotica de su relojería.

A veces, un carruaje bien escoltado lo conducía a los palacios de príncipes, duques y señores territoriales de ese vasto puzle que era el norte de Italia en aquel tiempo convulso.

Bárbara Medea nunca olvidaría la emoción de aquellas escapadas en el transcurso de las cuales su padre la instruía en el arte de detectar lugares con agua. Cualquier noche de primavera, su padre la despertaba un par de horas antes del amanecer. Caminaban alejándose del río hasta que la claridad permitía discernir el paisaje. Justo cuando el sol emergía en el horizonte, su padre se ponía a cuatro patas y le hacía a ella hacer lo propio. Entonces empezaba a mirar en todas direcciones con la mayor atención, como un perro trufero hozando el suelo. De repente, se paraba tenso, rígido y en estado de alerta máxima. Ella observaba sin salir de su asombro. Y Juanelo, emocionado como un niño, feliz, le decía:

—Mira hacia aquel punto, ¿no ves unos vapores que suben de la tierra?

Aguzando la vista, todavía estorbada por restos de legañas, Bárbara concentraba su mirada en la dirección que su padre le señalaba, temerosa de no ser capaz de distinguir lo que él le indicaba. Pero entonces la veía: una sutil aunque nítida columna que semejaba humo, una blanca exhalación de vapor que subía a los cielos proclamando que en aquel lugar fluían aguas subterráneas.

—En ese punto, justo ahí, si excavas, y me da que no mucho, encontrarás agua —afirmaba triunfal Juanelo.

Otras veces las salidas eran dobles, al anochecer y al alba; Juanelo las llamaba «paseos de los dos crepúsculos». Eran las preferidas de Bárbara Medea.

La víspera salían hasta el punto escogido y hacían un hoyo de unos ocho palmos de fondo donde colocaban una vasija de barro sin vidriar, recientemente cocida, que habían pesado antes. La dejaban estar toda la noche y por la mañana, justo antes de que saliera el sol, la sacaban y comprobaban su peso. Si había un incremento sensible de éste, era señal cierta de que en ese lugar se escondía agua.

—También puede emplearse lana en vez de la vasija para hacer este experimento —le decía su padre.

Mucho aprendía de estas correrías con su padre pero hubo una cosa que sorprendió a Bárbara Medea como el más sofisticado e indescifrable truco de magia. Una noche Juanelo puso un candil encendido dentro del hoyo y lo cubrió minuciosamente.

—Lo dejaremos arder hasta el alba, después veremos —dijo misterioso.

—¿Pero no se apagará? —preguntó la niña con realismo infantil.

—No creo.

—Entonces se gastará.

—No si se dan las condiciones que presumo; he hecho esta experiencia unas cuantas veces antes.

Bárbara nunca olvidaría la emoción que sintió en el instante en que su padre empezó a excavar el hoyo en busca del candil. Al recordar la escena, debía confesarse a sí misma que, en realidad, había deseado que el candil estuviese apagado. ¡Qué arrogante era Juanelo a veces! Pero ahí estaba el candil con su flamante llama. El relojero lo esgrimía triunfal y se lo acercaba a los ojos para examinar con detalle el nivel del aceite.

—¡Ajá! Lo que suponía: apenas ha quemado aceite; aquí debajo hay agua para tomar y dejar, como suele decirse.

En los días sucesivos, Juanelo se encerró en su gabinete para escribir un ensayo que tituló «De las experiencias que se han de hacer para hallar agua». Cuando le mostró a Bárbara los bocetos y esquemas del trabajo, le explicó que sería uno de los capítulos de su *Teatro de máquinas* o libro sobre máquinas e ingenios que proyectaba componer, como suma o compilación de todas sus invenciones.

Ya en Toledo y con las obras de arranque y cimentación del artificio bastante avanzadas, el relojero pidió a su hija que lo acompañase a encontrar canteras graníticas próximas a la ciudad. Trazados ya los canales y saetines que conducirían el agua desde la presa hasta las futuras ruedas encargadas de mover todo el ingenio, la idea era que el agua que fluyera por cada uno de los dos canales activara respectivamente una rueda para subir en una cadena de cazos caudal para llenar la balsa del acueducto, final del primero de los seis grandes tramos del futuro edificio hidráulico, mientras que la procedente del segundo canal abastecería a la rueda motriz de todo el artificio. Sin duda, era un momento delicado en la ejecución del proyecto. Un fracaso en el primer reto: elevar unos catorce metros los cazos de agua desde el nivel del río hasta la balsa no sería algo irreversible, pero trascendería sin duda. Y haría sacar pecho a los que miraban con desdén al «ogro italiano» y su loca fantasía de subir el agua del Tajo, empeño en que habían fracasado los mejores ingenios de todos los tiempos.

A pesar de sus muchos años, con los sesenta y cinco de su edad cumplidos, Juanelo sentía el cosquilleo y la emoción de los grandes retos que había asumido antes —los trabajos de ingeniería en su Italia natal, el encargo imperial del Planetario—, incluso puede decirse que sentía más emoción y más cosquilleo que nunca. De hecho, había invertido en la aventura todo lo que tenía y mucho de lo que carecía a través de los asientos de prestamistas y banqueros. En aquella balanza, su reputación se pesaba en el platillo opuesto al de su ruina económica. Sabía que, incluso entre los que le habían formulado el encargo desde la ciudad, sin ningún entusiasmo y tan sólo como acto de sumisión a la Corona, había muchos que deseaban un pronto fracaso aun a sabiendas de que el éxito sería una bendición para la sedienta ciudad de Toledo. El marqués y su inquietante entorno no habían dado señales de vida desde el encuentro en la posada, cuando él todavía reclutaba operarios; ese silencio, ese desapego enervaba más a Juanelo, que vivía con la permanente aprensión de un sabotaje, de un robo, de alguna clase de ataque.

Afianzar bien el arranque era pues misión obligada. Ni a Foix, su primer ayudante, ni a su yerno Joffre quiso comunicar sus temores ni el objeto de su excursión a Orgaz. Sólo confiaba plenamente en su leal Bárbara, la muchachita que se había agachado a su lado y había avizorado, ilusionada y expectante, los cuatro puntos cardinales hasta divisar una columna de vapor de agua en los límites del valle del Po: en ese punto de su misión tan sólo podía confiar en su hija.

Juanelo descubrió en compañía de su hija Bárbara el granito blanco y azulado de los afloramientos telúricos de Orgaz, y enseguida admiró su calidad y también su belleza. Lo había en cantidades ingentes y decidió mantener en secreto el hallazgo. Finalmente, el primoroso material de esa cantera no se consideró necesario para la fábrica del artificio ni para su ulterior revestimiento con paredones; pero aquellas expediciones casi clandestinas revivieron las que padre e hija habían hecho treinta años antes en los alrededores de su Cremona natal.

Uno de aquellos días, con la cimentación y el primer arranque del ingenio prácticamente hechos, Juanelo se encontró en su oficina a una dama embozada. Su primera reacción fue de alarma. Había dado órdenes estrictas de que no se le molestase mientras trabajaba y, desde luego, había prohibido cualquier entrada en ella, incluso a los miembros más allegados de su equipo, cuanto más a una extraña.

La dama, una vez entró Juanelo y ante su gesto de estupefacción que ya lindaba en cólera, se despojó con sensual indolencia de la capucha. ¡Era Fabiola!

—Vaya, sois vos...

—No parecéis muy contento de verme —dijo la joven con una sonrisa.

—No, no es eso, es que no esperaba visitas. Tengo prohibida la entrada a extraños en esta botica.

—¿Así que eso soy para vos, una extraña?

Juanelo tomó de la mesa de trabajo uno de los autómatas. La tañedora de laúd. Aproximó el rostro del muñeco a sus ojos, cada vez más cansados y neblinosos. Había tratado de conseguir en él una réplica de la belleza magnífica de Fabiola. Se diría que no se trataba de una copia, pero desde luego sí que estaba inspirado en el modelo que había comparecido, inesperadamente, en el estudio.

—Escuchad, Fabiola, la obra del ingenio lleva ya unas cuantas semanas y absorbe mis energías de un modo casi total. Mi familia, que ya se ha reunido conmigo en Toledo, y mis relojes y nuevos autómatas completan el poco sobrante de tiempo que la fábrica me deja.

—Si bien comprendo vuestra alta responsabilidad, no entiendo adónde queréis ir a parar. Todos tenemos ocupaciones, todos somos esclavos del tiempo... Cada cual a su modo —alegó la joven.

—Ya, dejad que me explique: el estar tan ocupado ha estorbado el pensar en vos, Fabiola; y eso me ha sido de gran ayuda...

—O sea, que habéis preferido sacarme de vuestra cabeza en lugar de preservar nuestro encuentro de la casa de San Sebastián como un grato recuerdo. Os aseguro que para mí lo es.

—Y para mí, y para mí, osada jovencita. Pero no creo que aquello estuviera bien. Un viejo y una doncella...

—Bueno, lo de doncella, en fin...

—Al diablo, no se trata de moralidades. El saber que sois la hija de un buen amigo, aunque ausente o, Dios no lo quiera, difunto, fue la gota que colmó el vaso. Era mejor tratar de olvidaros. Fuera de que yo tengo esposa y familia, por cierto bien numerosa en nietos y, sobre todo, en nietas. Por cierto, que alguno de mis nietos es, más o menos, de vuestra edad.

Fabiola se levantó y contempló desde el ventanal el ritmo de las obras. Los carpinteros empalmaban los ejes o travesaños en las estructuras de madera concebidas para subir los cazos. Una nube de braceros descargaba el latón que ya empezaba a llegar desde Flandes. Con él se harían las «cucharas» para acarrear el agua y las finas tuberías diseñadas para subirla de uno a otro nivel. En un espacio aterrazado, cubierto pero exterior, divisó a don Antonio que, sentado contra la enjalbegada pared, parecía contemplar impávido el avance de las obras. La muchacha se quedó maravillada y exclamó:

—Caray, ese muñeco no es como todos estos de aquí, tan pequeñitos. Cualquiera lo tomaría por una persona real, de carne y hueso...

—Real es, mas no de carne y hueso, y la idea de mantenerlo allá fuera es justamente ésa, alejar a los intrusos. Ya hemos empezado a sufrir robos de material y otros incidentes. Al principio, lo puse fuera para que se secara la pintura, pero después decidí mantenerlo ahí como una especie de espantapájaros; eso sí, bastante más sofisticado.

—Sólo que este espantapájaros espanta humanos, ¿no es eso?

—No podría decirse mejor —asintió Juanelo.

—Pero si es... —La joven había aguzado la mirada y, reconociendo a don Antonio, el viejo muñecón mendicante del extremo de la calle de la Lonja, se abalanzó por la portezuela entreabierta hacia la terraza. Juanelo corrió tras ella.

Emocionada, Fabiola se agachó frente al autómata y acarició delicadamente su rostro. Juanelo, en pie detrás de ella, no pudo reprimir una absurda sensación de celos.

—¡Don Antonio! Dijeron que se habían desembarazado de él hace ya unos cuantos años, con ocasión de las últimas Cortes en Toledo. Decían que estaba astroso y despintado y que haría mal efecto en toda la grandeza europea que nos había de visitar aquellos días. ¡Qué alegría volver a verlo!

Fabiola explicó que don Antonio había sido una de las grandes alegrías de su niñez y de sus mocedades, como de las de tantos otros toledanos y toledanas. Aquel muñeco pedigüeño y con las manos largas que al menor descuido te daba un cachete era muy querido por el pueblo, particularmente por los niños, y su ausencia había creado un vacío que todavía se lamentaba.

—Incluso dijeron que le habían metido fuego en el brasero de la Suprema, como si fuera uno de esos bellacos luteranos...

—Bueno, querida —explicó Juanelo—, lo cierto y verdad es que éste no es aquel don Antonio, pero desde luego que me inspiré en él. Yo también alcancé a verlo pidiendo con su alcancía en los límites del Alcaná. Y tuve el triste privilegio de asistir, precisamente con vuestro padre, con Aurelio *el Comunero,* a su quema en el brasero, que fue el fin que en efecto vino a tener.

Como la joven seguía arrodillada, acariciando de trecho en trecho el rostro y el cuerpo del fraile sedente, Juanelo la levantó respetuosa pero enérgicamente. Ya había incorporado su mecanismo al autómata y no quería que Fabiola activase inadvertidamente algún resorte oculto. Sabía que era una buena chica pero, después de tantos asaltos y asechanzas, desconfiaba casi de todo el mundo, fuera de los suyos y de su ayudante Jorge de Diana, que era también de la familia.

Fabiola era buena, lo sabía, pero sería presa fácil y harto manipulable para sus poderosos enemigos: ¿qué defensa tendría ante sus insidias y manejos una joven huérfana, dedicada a la prostitución en una mancebía de los barrios bajos?

—Pero basta de muñecos por hoy —remachó Juanelo, conduciendo a la joven de nuevo al interior de su oficina—. ¿Qué os trae por aquí?, ¿sabemos algo del bueno de Aurelio?

La cara de Fabiola resplandeció con un no sé qué de misterioso. Juanelo la vio salir al pequeño porche de acceso, hacer un gesto con la mano y retornar adentro.

Enseguida, una silueta renqueante pero enérgica se plantó en el umbral de la puerta. El sol a contraluz lo nimbaba como a una aparición del ultramundo y sólo permitía discernir su silueta mas no sus rasgos. Juanelo advirtió que un parche cubría uno de sus ojos y que se trataba de un hombre mayor, casi un viejo, pero con una agilidad sorprendente, fuera de la ligera cojera que ya había percibido. El hombre avanzó un paso hacia dentro y el efecto de contraluz se diluyó. Fue entonces cuando se retiró el parche que tapaba su ojo derecho.

Una gran sonrisa se dibujó en su rostro surcado por arrugas profundas y orlado por una incipiente barba canosa.

—¡Aurelio! —gritó Juanelo.

Capítulo

7

El tiempo que nos hace y nos deshace, el corazón del
mundo que no es sino un reloj, el agua de los ríos
fluyendo incesante hacia la muerte en el estuario y consolidando algo aparentemente estático y permanente en su
fluir, la realidad del río mismo, su propia vida y la mucha
que irradia, Antonia tersa y lozana en aquel molino junto
al Po y ahora ajada y doblada por los años, la inmensa
maquinaria estática de las estrellas aparentemente inmóvil
en la noche pero en cuyo interior no cesan de ocurrir cosas decisivas para todos, su padre, que le había iniciado en
el arte de los engranajes, vitalista y manchado, impoluto
y ajeno en el espectral sudario, el Emperador haciendo de
Yuste el teatro de sus pompas fúnebres... Tiempo, tiempo,
tiempo: el reloj volcado y nuestra arena que se acumula
incesante en el montón de abajo, dejando un desalentador
vacío arriba.

Toda su vida desde que había sido consciente de ella,
todo el empeño de Juanelo había consistido en una lucha

contra el tiempo; primero, por intentar desvelarlo, revelarlo, entenderlo; después por intentar trascenderlo, vencerlo, dilatarlo, produciendo mecanismos mucho más perdurables que el rácano plazo que a él mismo los dioses le otorgaban. Así los tres lustros del Planetario. Así la aventura de construir un ingenio faraónico capaz de hacer lo que nadie había hecho nunca: subir el agua del Tajo hasta Toledo.

Así, como si fuera ayer, la irrupción en su vida de Aurelio, la chispa de la amistad estallando gozosa en sus dos encontronazos en la noche toledana, festiva y fría, de un carnaval en que los disfraces eran todos de una realidad arrogante y sin paliativos. Los retornos del tiempo: el Hombre de Palo que ambos vieron arder a manos de unos muchachos émulos de los juegos crueles que veían en sus mayores, inquisidores de sus propios sueños; ese Hombre de Palo que ahora él había rescatado de sus propias cenizas, al que, cual Lázaro de latón y de madera, había dado nueva vida.

Y el retorno más sorprendente y ya inesperado: Aurelio *el Comunero,* que había sobrevivido a las atroces galeras, que aparecía de repente de la mano de su hija, Fabiola la bella, con el que se abrazaba entre risas y lágrimas, incapaces los dos de articular una palabra.

Aparte del parche, que le desfiguraba el rostro, había adelgazado; sin duda, sus correrías de fugitivo habían sido duras y pródigas en estrecheces. Con diez o quince kilos menos, parecía otro, aunque conservara ese aire de zancudo que le daban unas piernas bastante más largas de lo que su busto parecía pedir.

Cuando se calmaron y recobraron el dominio de sí mismos, los dos hombres tomaron asiento frente a frente y Fabiola se acomodó próxima pero a un lado, limitándose a mirar y disfrutar del espectáculo de una amistad que se creía perdida y súbitamente se veía recobrada.

Aurelio vestía prendas gastadas pero no rotas; algo en sus calzas de un azul chillón, en el tafetán que tapaba su ojo, en el gorro de ante que sostenía entre sus manos, le daba un aire cómico, como de bufón de corte o loco de baraja. Había pasado un lustro y parecía más joven que entonces, quizá por haber adelgazado tanto. Manifestaba la misteriosa frescura de los que regresan de un viaje, incluso si el viaje había incluido desagradables aventuras. En cuanto a Juanelo, algo similar percibió Aurelio. Parecía vigorizado por el empeño y los afanes que el alzado del artificio conllevaba. Los dos se miraban y remiraban entre mudos gestos y sonrisas de asentimiento.

Sin que Juanelo tuviera que preguntarle nada, Aurelio se puso a contar las cosas que le habían sucedido:

—No viene al caso que detalle el asunto. Sé que soy básicamente honrado y equitativo y he desempeñado muchos años, sin queja ni reclamación de nadie, el oficio de mensajero y de ordinario, comunicando objetos, pequeñas mercancías, mensajes, comida, dinero incluso. No soy ningún ángel y arrastro el sambenito de comunero, que me granjea su fama, mala para unos, buena para los más, al menos por aquí, por estas tierras de Toledo. Aquel día malhadado, sufrí un asalto en medio de la Sagra, a pocas leguas de Esquivias; creo que eran extranjeros, al menos farfullaban una lengua que yo no fui capaz de comprender; irrumpieron de entre las sombras y me debieron de golpear, dejándome tirado al lado de un regato, cerca del Guadarrama. Desperté con el sol, no me habían dejado ni la mula. La mercancía era valiosa y yo, pues ya sabéis, un desharrapado, un muerto de hambre, un convicto de rebelión al Emperador Nuestro Señor. De manera que nadie se creyó mi versión y, tras los interrogatorios y azotes de rigor, fui condenado a servir forzoso en las galeras de Su Majestad.

Prosiguió contando Aurelio sus aventuras, más bien desventuras, a un Juanelo expectante y feliz; Fabiola, por su parte, parecía un tanto ajena a su relato, como persona que se sabe ya bien el cuento, y permanecía atenta a los efectos que las palabras de su padre obraban en el rostro de facciones duras y hondas arrugas del italiano, humanizado por unos ojillos cada vez más húmedos y emocionados.

Contó el Comunero cómo, a la altura de Consuegra, cuyo castillo sanjuanista ya se divisaba orgullosamente alzado en la cresta del cerro Calderico, el penoso séquito de los galeotes fue asaltado por un estrafalario caballero que, tras reducir a los alguaciles que los llevaban presos, fue interrogándolos uno por uno, para tratar de averiguar las causas que los habían reducido a tan penoso estado y condición. Incluso para los asesinos más desalmados, que más de uno y aun de dos viajaban con él en ese desastrado cortejo, encontró eximentes y atenuantes aquel delirante juez que montaba un flaco jamelgo sarnoso. Y qué decir de su caso, el de Aurelio, a propósito del cual dictaminó:

—*In dubio pro reo...*

O sea: en caso de duda, siempre a favor del reo. El anacrónico paladín vino a decretar la libertad de aquella cuadrilla de penados. Aurelio, sin pensárselo dos veces, echó a correr en dirección a la vecina sierra de Urda, con la intención de ganar desde allí los Montes de Toledo y refugiarse de ese modo de la caza que, sin duda, la autoridad decretaría sobre ellos tanto o más que sobre su libertador, iluminado, loco o lo que fuera. Jadeante y sudoroso en la carrera, se volteó a tiempo de ver a dos de sus ex compañeros de reata y de grilletes dar buena cuenta de los alguaciles, a los que habían derribado y a los que lapidaban sin piedad con gruesos pedruscos. También pudo ver cómo el caballero se alejaba desconcertado, perseguido por una nube de pedradas y denuestos con los que parte de los galeotes le agradecía su magnánimo gesto.

—Ahí, en esa ocasión, comprobé una vez más cuán generalizado está entre los humanos el gran pecado de la ingratitud, esa hidra infecta, para mí peor que alguno de los pecados capitales que proscribe la Santa Madre Iglesia... Yo, que hubiera besado las espuelas del estrafalario y generoso hidalgo por darnos una oportunidad de recobrar la sacrosanta libertad perdida, tuve que asistir al espectáculo bochornoso de ver cómo mis antiguos compañeros de cautiverio le agradecían su arrojo a pedrada limpia.

Anduvo —contó el Aurelio— perdido en la espesura de los montes días, semanas y hasta meses, más de seis, alimentándose de frutos y de bayas, ingeniando trucos para cazar conejos, tan abundantes como sabrosos, pescando musculosas y saltarinas truchas prácticamente a mano y a pulso en los helados chorros, ordeñando las tetas de las cabras y de las ovejas en las tinadas con zorruno sigilo mientras dormían los pastores.

Cuando el sol se ponía, se cobijaba en un chozo de ramas, abandonado y escondido, que reparó y remendó como buenamente pudo. A veces se asomaba de lejos a los pueblecitos de la comarca y le llegaba el eco lejano de las conversaciones labradoras, los cánticos de las mujeres haciendo la faena, los chillos y estridencias de los más chicos. El Aurelio, solo, emboscado y fugitivo, se sentía aproximadamente feliz. De los opacos hombres apenas le llegaba el eco y de su industria y afanes tan sólo libaba la dulzura de la miel de sus colmenas, que rebosaba de su boca y rodaba por sus comisuras y su barba compitiendo con el mismísimo sol.

Puede que pecara de confiado, puede que algún pastor lo siguiera hasta su escondite o que algún colmenero lo sorprendiera sin él advertirlo; el caso es que un día despertó a empellones cercado por seis fornidos agentes de una cuadrilla de la Santa Hermandad Vieja de Talavera, que ni le pareció santa, ni fraternal ni vieja. Allí el viejo era él y encima fugitivo de galeras. Aunque cató el potro una vez más en los interrogatorios, podía felicitarse pues a punto estuvo de ser asaeteado al vinculársele con el exterminio de un alguacil y con las gravísimas heridas infligidas a otro con ocasión de la liberación de Consuegra a cargo del estrafalario caballero. Esta vez sí, fue conducido a galeras. Ya no era cuestión de edad; la mala dieta y el excesivo y duro remo, además de las constantes enfermedades, acababan con los más jóvenes y vigorosos, ¡cuanto más con él que era vigoroso todavía pero no joven!

Pero los designios del Altísimo no dejan nunca de sorprendernos: una galerna vino en su auxilio haciendo naufragar el barco cuando ya él, incapaz de soportar por más tiempo el suplicio de la vida en galeras, pedía en silencio el consuelo de morirse. Pudo ganar la costa de Cádiz remando con los brazos aferrados a una tabla pues, como la mayoría de los galeotes, no sabía nadar.

En las almadrabas de Sanlúcar no hacían demasiadas preguntas a la hora de contratar mano de obra y nunca faltaba trabajo. Allí sobrevivió un par de años hasta que la nostalgia de su tierra, de sus muchos amigos y de su querida Fabiola pudo más que sus temores de meterse en la boca del lobo y un buen día decidió regresar a Toledo, no sin antes ponerse un parche en el ojo para estorbar su identificación.

En Toledo llevaba un par de meses, habitando como un fantasma el desván de su casa, próxima también a las Tenerías y a la que habitaba su hija Fabiola.

Unos vasos rebosantes de espeso clarete de Yepes rubricaron el encuentro. Pero Aurelio quería conocer más sobre el ingenio. Sabía que era la comidilla de toda clase de gentes en la ciudad por ser la gran novedad y su mayor expectativa de futuro y de progreso. Ya Fabiola había tratado de ponerle al tanto. Él mismo había visitado furtivamente las obras y había podido ver los canales que desviaban el agua desde el molino y la torre de madera donde se sustentaba la primera balsa. Ahora le pedía a Juanelo Turriano que le explicase su ingenio del agua con palabras asequibles a un hombre sencillo y escasamente instruido, fuera de las lecciones de la calle y de los caminos, como él era.

Juanelo trató de hacer un resumen de su obra recién emprendida a un expectante Aurelio; Fabiola seguía con interés la explicación mientras que don Antonio, el Hombre de Palo, que contemplaba la escena a través de la puerta abierta de la terraza, parecía asentir silencioso a todo cuanto su creador decía.

Los dos canales paralelos que partían del molino surtirían de agua, en un movimiento perpetuo garantizado por el Tajo, a la rueda que iba a mover la «cadena de cucharas» y a la rueda motriz del edificio propiamente dicho. Una vez que la cadena elevara el agua hasta la primera balsa, situada a unos catorce metros de altura, ciertos cazos de latón armados sobre varios armazones de madera irían vertiendo su contenido el uno en el otro, de manera que el agua ascendería de una a otra balsa hasta remontar los casi cien metros de cota que separaban la torre nororiental del Alcázar del nivel del río.

—¿Y qué trazado llevará esta complicada máquina? —preguntó el Comunero sin salir de su asombro.

—Por la puerta de la Fragua recorrerá el llano del Carmen —explicó el italiano—. De éste al de Santiago; por último el Corral de Pavones y, sin más, entrará en la explanada del Alcázar. Una torreta de diez metros subirá el agua hasta el interior del palacio de la Reina. Como en definitiva se trata de un acueducto, si bien no poco especial, sobrevolará algunos espacios urbanos, tanto explanadas como rúas, para no estorbar el tránsito de personas, de bestias ni de mercancías.

Admirado y pensativo se quedó el Comunero. Aquello era una revolución para Toledo. Lo nunca visto, lo que nadie había conseguido antes: subir el agua del Tajo. Y era su amigo italiano quien estaba a punto de lograrlo. Por un instante, pensó en los centenares de familias que obtendrían un trabajo directo e indirecto gracias al ambicioso proyecto de su amigo y del Rey.

—¿Llegará el agua a las casas particulares y a las fuentes públicas? —preguntó.

—Ésa es la idea y así figura en el convenio firmado.

No necesitaron abundar en el tema. El uno por criado de la Corona, el otro por antiguo combatiente contra el Emperador y galeote convicto, ambos conocían las falacias y maniobras del poder. Ninguno de los dos pondría la mano en el fuego porque aquellos acuerdos efectivamente se fueran a cumplir, si bien los dos deseaban que sucediese así.

Aurelio recordó que, si bien la mayoría del pueblo y todos los estamentos de la ciudad parecían favorables y hasta entusiasmados con el ingenio, había sectores disconformes; gremios como los azacanes, los molineros y los mantenedores de aljibes, pozos y brocales. Asintió Juanelo, matizando que ya se habían producido ciertos sabotajes en las conducciones desde los molinos, a pesar de que las compensaciones y rentas otorgadas al molinero de Barranchuelo eran más que aceptables. Lo que le inquietaba era la pasividad de las autoridades a la hora de redoblar la vigilancia, como si desde los responsables de la propia ciudad hubiera cierto interés en que la empresa fracasara.

—Los molineros —remachó Juanelo— han desportillado y roto los canales por donde fluye el agua hasta el arranque del ingenio, y toman y usurpan más cantidad de la que les pertenece. De esto se seguiría mucho daño y perjuicio al ingenio, porque no andaría con la furia y la presteza convenientes.

Lamentó Juanelo el escaso apoyo que tenía y su sensación de extranjero en una ciudad que, por su parte, había hecho ya suya y a la que empezaba a querer y había admirado siempre. Su nieto era valioso como técnico pero despistado y un tanto ingenuo; Foix era un gran relojero, pero carecía de las dotes de mando de un capataz y, además, su castellano era bastante deficiente. Aurelio se ofreció para lo que fuese menester.

Entre los tres, pues Fabiola participó con ilusión y vehemencia en la confabulación, acordaron que el Comunero se dejaría crecer aún más la barba hasta el punto de que, junto al parche sobre el ojo, lo hiciera casi irreconocible. Fingiría un acento italianizante y, de esta guisa, el ingeniero podría presentarlo como un pariente llegado de Cremona. Su misión sería escoltarlo a cada paso y estar muy atento a acciones de hurto o sabotaje. Allí mismo, con gran regocijo de Fabiola y de Juanelo, Aurelio empezó a hacer prácticas de esa parla ítalo-castellana tan imposible como divertida.

Contentos e ilusionados, renovaron los brindis y sólo lamentaron no poder compartirlos con el semitumbado don Antonio, que parecía aprobar el gozoso reencuentro de espaldas al barranco, en cuyo fondo fluía el Tajo y los cimientos de un sueño antiguo que pugnaba por hacerse real.

Capítulo

8

Años después, tras la muerte de Juanelo,
invierno de 1586

La carroza, discretamente escoltada por dos hombres
a caballo, atravesaba la llana y desolada Sagra, siguiendo por el camino real de Toledo a Madrid, el mismo
sendero que había conducido a la corte desde su antigua
y más emblemática capital al bullicioso Madrid que se desparramaba hacia la vaguada del Prado y el camino de Fuen-
carral, trascendiendo su antiguo límite medieval: la puerta de Guadalajara.

Juan de Herrera, arquitecto del monarca y uno de
sus agentes de la mayor confianza, miraba pasar distraído
las villas de la ruta: Olías, llamada del Rey porque en ella
pernoctaba el monarca antes de entrar al día siguiente perfectamente restaurado, como convenía, en la ciudad sagra-
da de los concilios y del último rey visigodo, Cabañas,

Yuncos, la blanca Esquivias insinuándose en su cerro a la derecha del camino, Illescas, Getafe... El alto dignatario, demasiado alto en opinión de algunos, se sentía a gusto viajando junto a don Antonio, al que había encontrado tirado en un rincón del desván de Turriano.

Era el Hombre de Palo un excelente compañero de viaje, que acompañaba sin forzar al consabido repertorio de frases hechas y de lugares comunes acerca del tiempo y de los últimos chismes de la corte. En eso le recordaba a su amigo recientemente fallecido, al gran Juanelo Turriano, que era el padre y creador de esa entrañable, pero también enigmática, criatura; un hombre nada amigo de perder el tiempo en murmuraciones ni maledicencias.

Cuidadosamente embalados en sólidos paquetes, viajaban en la cabina justo enfrente de ellos los relojes del Rey, así como el *Teatro de máquinas* o libro de los ingenios en el que Juanelo había recopilado todas sus invenciones. El aposentador áulico sentía una punzada de inquietud al pensar en los cuadernillos que faltaban, tan cuidadosamente cortados del manuscrito. Era terrible sospechar que esos diseños del cremonés anduvieran por ahí, en la siniestra almoneda donde las potencias compraban todo aquello que pudiera cercenar el poderío de la monarquía católica. Si el autor de la amputación había sido un agente hostil o, por el contrario, el propio Juanelo, eso lo desvelaría el examen a fondo de don Antonio. Por eso Herrera estaba deseando llegar a la biblioteca del monasterio de San Lorenzo. Por la misma razón, había dado instrucciones al cochero de atravesar Madrid sin detenerse y seguir camino hacia el norte en dirección a El Escorial.

El arquitecto contemplaba a don Antonio y no se cansaba de hacerlo. Su inexpresividad era para él cien veces más elocuente que la palabrería vacua y meliflua de los arbitristas, solicitantes y burócratas con los que había de lidiar a diario. Como hijo de él que era, le recordaba a Juanelo y los tiempos de Yuste: la gloriosa agonía del monarca más poderoso del mundo, que había abdicado para ser rey y dueño de sí mismo.

Había que reconocer que las grandes decisiones estratégicas todavía se seguían tomando desde aquel remoto rincón de la Extremadura, pues todavía era harto bisoño e inexperto el rey Felipe. Pero el César, en una pugna sin cuartel contra la gota y el resto de sus achaques, había querido rodearse de pequeños placeres, fundamentalmente gastronómicos. También le alegraban extraordinariamente esos autómatas que animaba a inventar a su relojero, en aquellos días que precedieron a su muerte y a su sepelio, que él mismo quiso ver representado en vida.

Ente bromas y veras, de un modo natural, Herrera se puso a hablar con don Antonio, el Hombre de Palo, el autómata creado por su amigo muerto. Ahora que hacía tal cosa, en aquel carruaje que atravesaba los polvorientos caminos de la ancha Sagra, recordaba que Juanelo, en uno de sus encuentros en El Escorial con ocasión de su asesoramiento en el asunto de las campanas, le había hablado de don Antonio y de la gran compañía que representaba, hasta el punto de que a menudo se ponía a conversar con él para aliviar las ásperas soledades de su gabinete.

—Sólo le falta hablar, Juan, tenéis que verlo. Si Dios me da fuerzas y un poco más de tiempo, creo que seré capaz de darle también el don de la palabra.

Herrera no pensaba que su amigo lombardo hubiera podido alcanzar ese prodigio, aunque lo sabía capaz de ello y de mucho más; pero la réplica del popular Hombre de Palo de Toledo que ahora viajaba con él en la cabina de aquel coche oficial rumbo a El Escorial contenía prodigios tan impactantes como para comisionarle a él en persona, aposentador áulico y jefe de la inteligencia de la católica monarquía, con el encargo de ponerlos a salvo e impedir que el mundo conociera secretos por entero contrarios a las leyes naturales y a los designios del Sumo Hacedor.

Con un punto de amarga ironía, Herrera pensó en la triste coincidencia: al igual que el cadáver del César tras su defunción en el monasterio extremeño de Yuste, el Hombre de Palo era ahora conducido a El Escorial. Y decidió contarle la curiosa historia de las exequias de sí mismo que el Emperador había organizado pocos días antes de su muerte en Yuste; una escena que él mismo, al igual que Juanelo Turriano, el resto de criados y los monjes jerónimos, había tenido el raro privilegio de presenciar.

Al parecer, le decía, el Emperador acariciaba la idea de un ensayo general de sus propias exequias desde tiempo atrás. Por Yuste corría el rumor de que había mantenido una jocosa conversación con su barbero en los términos siguientes:

—Nicolás —dijo el César al barbero, mientras éste le enjabonaba—, ¿sabéis qué estoy pensando?

—¿Qué, mi señor?

—Que tengo ahorradas dos mil coronas y tanteo cómo hacer con ellas mi funeral.

En este punto de sus recuerdos, Herrera tuvo presente en todas sus consecuencias esa gran paradoja inherente a la monarquía y al Imperio españoles: la toma de decisiones sobre millones de seres, del Perú a las Filipinas, pasando por el Milanesado, Flandes o el bélico escenario europeo, iba acompañada de una falta de liquidez crónica, que hacía peligrar hasta la misma despensa de los reales alcázares. Sin embargo, en modo alguno tales estrecheces podían manifestarse en el boato exterior de los desfiles, protocolos diplomáticos y demás ceremonias regias. El amo del mundo, el Emperador que había abdicado para ser dueño de su alma y preparar el postrero viaje, era feliz con la travesura de disponer de un puñado de coronas y poder organizar con ellas el ensayo general de su sepelio.

—No cuide Vuestra Majestad de eso que, si se muriese y vivimos, acá le haremos las honras —le habría contestado el atribulado barbero.

—¡Oh, cómo eres, necio! Mal lo entiendes —replicó don Carlos—: hay una gran diferencia entre caminar llevando la luz delante de uno o detrás.

—No parece, don Antonio —proseguía hablando en voz alta Juan de Herrera—, sino que Su Majestad quiso pronosticar su muerte, disponiendo que se hicieran las honras de su padre, de su esposa y de sí mismo en vida suya, de manera que él pudiese asistir a ellas y presenciarlas en primera fila.

Un día que el César se levantó animado de verse con salud y buena disposición, mandó llamar a Juan Regla, su confesor, y le espetó:

—Fray Juan, me ha parecido hacer las obsequias y honras de mis padres y de la Emperatriz, pues estoy bueno ahora, aliviado y sin dolor. ¿Qué os parece de ello?

El confesor, según trascendió y ahora Herrera evocaba, habría respondido tras un breve silencio:

—Señor, es decisión muy acertada, mayormente pudiendo Vuestra Majestad hallarse en ellas, como es su deseo. Cuando Vuestra Majestad fuere servido, se harán.

—Pues cuanto antes, mejor, que si algo no me sobra ese algo se llama salud y se llama tiempo; se harán desde mañana mismo y que vayan muy despacio y muy solemnes. También quiero que se digan muchas misas.

Todo se hizo conforme a los deseos del Emperador y éste asistió a todos los oficios, junto al altar mayor, fuera de su aposento.

Al parecer, cuando acabaron estas primeras obsequias por sus padres y su difunta esposa es cuando habría comunicado al padre Regla la resolución, tan bizarra y sorprendente, de celebrar las propias en vida.

—También querría hacer las mías y verlas, hallándome presente en vida —dijo con infantil ilusión, mirando ávidamente a su confesor desde sus ojos velados y húmedos de achaques y de tercianas recurrentes.

Dicen que Regla, a pesar de conocer los designios del César por los comentarios que había suscitado la célebre conversación con maese Nicolás, el barbero, rompió a llorar y, una vez que se recompuso, exclamó emocionado:

—¡Quiera Dios que Vuestra Majestad viva muchos años, como deseamos todos! ¡No quiera Vuestra Majestad anunciar su muerte antes de tiempo!

—¿No os parece que me aprovecharán? —preguntó el Emperador.

Viendo inamovible en su resolución al César, su confesor no tuvo más remedio que responder que sí, que harto provechosas serían sus propias obsequias, como toda obra buena que nace de un buen propósito y para un buen fin.

—Pues dad orden —concluyó Su Majestad— de que comiencen esta misma tarde.

Prosiguió Juan de Herrera refiriendo cómo, a la mayor rapidez, se alzó un gran túmulo en la capilla mayor, bien aderezado de cera, pues eran muchas más las velas y las hachas que en las pasadas exequias. Todos los criados, incluidos Juanelo y él, hubieron de vestir luto riguroso. El acto en sí resultó patético y sobrecogedor: con el pío monarca, vigoroso esa tarde y en plena posesión de sus facultades, de las que pocas veces evidenció merma, asistió en persona, portando su vela, a verse enterrar y a celebrar sus exequias. Muchos de los asistentes, monjes o criados, no pudieron contener las lágrimas.

—El Imperio español hacía el ensayo general de su primera gran pérdida —le decía Herrera a don Antonio, mientras ya las torres de Madrid se dibujaban en el hori-

zonte por debajo de las nevadas crestas del Guadarrama—
y nosotros teníamos el privilegio y al tiempo la desdicha
de ser las personas más cercanas, la familia casi, de aquel
Emperador estoico que examinaba los detalles de su propio entierro.

Conocedor de que para los antiguos la llama simbo-
lizaba el alma, don Carlos salió a ofrecer su vela en las
manos del sacerdote, como para entregarla ya a Dios, anticipándose al tránsito que —todos eran conscientes de
ello y él quien más— no podía demorarse ya por demasiado tiempo.

—En efecto, el desmoronamiento de la salud del Emperador no se hizo esperar. Apenas tres o cuatro días más
tarde, arreciaron las calenturas que pronto derivaron en
tercianas dobles. Tan pronto don Carlos se moría de frío
como ardía de la fiebre. Sólo las sangrías le procuraban
algún alivio y vomitaba prácticamente cuanto comía. Sus
representadas exequias habían sido el 28 de agosto y a
comienzos de septiembre unas terribles tormentas estor-
baron durante varios días el tránsito de los correos con los
despachos regios. El Rey se moría en Yuste, prácticamente aislado de un mundo exterior que, a pesar de los incontables enemigos que tenía, seguía siendo primordialmente
suyo. Sólo la cerveza, el vino aguado y el agua de cebada
muy azucarada le producían un remoto placer. Los perio-
dos de inconsciencia se prolongaban y las alteraciones del
sueño eran constantes. Los médicos calificaban sus tercianas de furiosas y demasiado largas; unas fiebres que en
organismos menos debilitados apenas serían preocupantes,

pero que en el martirizado cuerpo del Emperador amenazaban con el desplome final. Las calenturas empezaron a anticiparse o demorarse, dislocando las previsiones horarias de los galenos. Nunca perdió del todo sus sentidos ni el entendimiento, a no ser en los intermitentes desmayos que le ocasionaban las pérdidas del pulso o en el transcurso de los delirios de la fiebre en sus picos más altos.

El aposentador se dio una tregua y bebió un trago del agua que su petaca de plata forrada de cordobán mantenía aceptablemente fresca. Desde aquellos días ya lejanos, pues más de un cuarto de siglo había transcurrido ya de la muerte del César en Yuste, no se había parado a recordar los detalles de tan ilustre como espeluznante agonía. Sin duda, la muerte de su amigo Juanelo le había hecho evocar la muerte del César Carlos. Pero era don Antonio, su hierática compañía, lo que en realidad desataba esta cascada de recuerdos y de palabras.

—Es tontería ofreceros beber —le dijo a don Antonio, alzando la petaca en el aire—, pues vos no estáis sujeto a estas sumisiones humanas.

El cochero, siguiendo sus instrucciones, estaba rodeando la corte por la ribera externa del Manzanares. Frente a ellos, en un plano superior, las murallas y la mole del Alcázar madrileño desfilaban en una especie de teatro caminante, formando una escena móvil y sucesiva. A Juan de Herrera, brillante en la inventiva pero carente de la formación mecánica de Juanelo, se le ocurrió que éste a lo mejor pudiera haber hecho algún ingenio sobre la imagen de un «teatro que camina».

—En los raros momentos de tregua —reanudó su historia tras echar un buen trago—, el Emperador ordenó algunas cosas y disposiciones, como lo relativo a las pensiones de sus criados, entre los que nos contábamos tu padre y yo, y acerca de su enterramiento, asunto al que, como ya vas viendo, concedía la mayor de las importancias; ordenaba que fuese en Yuste y que se transportase hasta allí el cuerpo de la Emperatriz para que pudieran yacer juntos por los siglos de los siglos. ¿Funesta y morbosa melancolía? ¿Serena aceptación de la muerte? El caso es que dispuso que su cuerpo fuese sepultado bajo el altar mayor de manera que la mitad quedara debajo del mismo y la otra saliera fuera; así el sacerdote que oficiara las misas pisaría su pecho y su cabeza. Tanto gustaba de ese rincón extremeño de Yuste, para la vida como para la muerte, que recomendaba a su hijo, ya Rey, hacer una fundación para garantizar su perpetuidad. Pero los mismos cortesanos que lo rodeábamos advertimos que aquella santa casa no tenía las cualidades ni la grandeza requeridas para ello. Por eso el rey Felipe me encomendó trazar la gran fábrica de El Escorial. Menos de un mes después de sus fingidas exequias, el 21 de septiembre de 1558, a las dos horas y media de la madrugada, falleció en Yuste el César Carlos.

Rodeado Madrid, el paisaje llano y abierto de la Sagra se había hecho progresivamente quebrado y boscoso. Entre las encinas y los robles, los corzos cruzaban retozones el camino. Las cumbres del Sistema Central se agigantaban como colosos y Herrera sentía verdadera impaciencia por llegar a la biblioteca del monasterio y proceder a un examen minucioso de don Antonio. No se lo quiso decir a él pero, en cierto modo, el Hombre de Palo era tan hijo de Juanelo como del propio César, pues éste le había animado a fabricar autómatas y había encarecido especialmente la creación de un prototipo como él. Si bien, desde luego, no había llegado a verlo pues Juanelo demoró el encargo enfrentado a las dudas y zozobras que en su conciencia había provocado ese encargo.

Herrera deseó que Nuestro Señor remunerara adecuadamente los muchos trabajos que ambos, el César y Juanelo Turriano, habían pasado en vida y sus grandes y buenas aportaciones respectivas; pero también que perdonara al uno el haber dado la idea y al otro el haberla llevado a término, aunque fuera tan secretamente. Claro que de poco servirían estos buenos deseos si los folios que faltaban del *Teatro de máquinas* estaban en poder de manos enemigas.

Ya el crepúsculo caía sobre El Escorial cuando el coche se detuvo junto a una puerta lateral. Juan de Herrera quiso acompañar personalmente el traslado del autómata. Uno de los fornidos mozos que se ocupó de llevar los enseres, manuscritos y, con especial encarecimiento, la colección de relojes salió despavorido del coche, desconociendo todavía que se trataba de un muñeco a escala humana:

—Maese Herrera, vuestro compañero parece que tuvo mal viaje pues trae demacrada la color y perdida la mirada. Suba vuesa merced, que mucho me temo que pueda estar muerto o inconsciente como poco, pues ni habla ni respira a lo que me ha parecido...

A pesar de lo grave del negocio, Juan de Herrera no pudo evitar una ancha sonrisa en su gesto habitualmente adusto. El aposentador regresó a la cabina y al instante, ante el estupor de los mozos, salió escoltado por el Hombre de Palo, que caminaba dando grandes pisotones a uno y otro lado. Pronto la extraña pareja se diluyó, como una visión o una quimera, en la alta noche iluminada de El Escorial.

Capítulo
9

Desde la reaparición de Aurelio, Juanelo había dado un impulso renovado a la dirección del acueducto. El Comunero pasó a ocupar un cuarto adosado al gabinete del ingeniero, a pie de obra, en el arranque mismo del artificio. Allí disponía de cama, mesa, arcón y butaca; también había un hermoso fuego bajo donde mitigar el helado relente del río o poder calentar perolos para comer y beber, aunque normalmente el fugitivo compartía el almuerzo principal con su hija Fabiola en la casa de las Tenerías, al otro lado de la ciudad.

Tapado permanentemente en público el ojo izquierdo con un parche de raso negro y acentuando exageradamente su tendencia natural a caminar algo encorvado, Aurelio apenas se mezclaba con la gente, y cuando lo hacía empleaba una algarabía italianizante, previamente ensayada con Juanelo; eso le había permitido propalar a éste que se trataba de un antiguo ayudante en el reparo de los molinos del Po, un viejo camarada que había viajado desde Italia para reforzar su equipo. De esta manera, trataban de protegerlo de una identificación harto peligrosa: las penas se aplicaban sin contemplaciones ni atenuantes a los desertores de las galeras del Rey.

—Por breve tiempo me senté en el remo y breve fue mi estancia en galeras, de las que no hui sino que fui expulsado violentamente por un temporal, de manera que difícilmente puede nadie tildarme de desertor de las mismas...

Claro que estas ocurrencias y sofismas los tenía el Aurelio en los momentos de expansión y chanza que acompañaban a una buena jarra de vino compartida con su reencontrado amigo o después de alguna copiosa comida en el apartamento de Fabiola. En realidad, la idea de representarse su cabeza danzando en la picota del Zoco lo atormentaba a cada rato y no era raro que se despertara sudoroso y aterrado en mitad de la noche después de tener una pesadilla en que esa terrible visión se había producido.

Lo cierto es que Aurelio estaba prestando un buen asesoramiento a Juanelo, no tanto en cuestiones técnicas o hidrológicas que, evidentemente, ni conocía ni tenía por qué conocer, como en lo relativo a la psicología de los operarios y braceros de Toledo, así como en todo lo tocante a las crecidas y bajadas del río que conocía bien y amaba pues en sus riberas había jugado de niño, amado de mozo y luchado de adulto.

—El mar —decía— es algo ciertamente hermoso pero tan grandioso que a veces espanta y excede a nuestras limitadas entendederas; yo añoraba el río y esa gracia y sutil misterio que tiene su constante pasar y pasar, ese ser siempre distinto y siempre el mismo.

La llegada de Aurelio había añadido un factor más: la seguridad. Al parecer, no sólo los azacanes estaban disgustados y resentidos con el alzado del ingenio. También los molineros sentían amenazada su presencia en Toledo, no tanto por el ingenio en sí sino por todo lo que se conjeturaba acerca de futuros ingenios por todo el tramo del Tajo a su paso por la capital, que se alzarían justamente en los mismos puntos donde hasta entonces funcionaban los molinos. En efecto, la misma energía que accionaba las piedras de moler serviría para accionar las ruedas encargadas de elevar las cadenas de cucharas portadoras del agua.

Había un guardés encargado de la vigilancia nocturna y, en teoría, la ronda de los alguaciles tenía encomendada una especial atención a la obra del ingenio, una fábrica de interés tanto para la Corona como para el Ayuntamiento. Pero Aurelio comprobó pronto que el guardés, un orondo hombretón amante en exceso de la buena mesa y de la buena bota, solía ponerse a roncar junto al fuego a poco de comenzar su vela. En cuanto a la ronda, desde la llegada de Aurelio, muy contadas noches se había dignado bajar hasta el molino de Barranchuelo, punto de arranque del ingenio.

Antes de que el Comunero asentara sus baqueteados reales en la casa de fábrica del ingenio, los molineros habían desportillado y roto parte de los canales a través de los cuales se desviaba el agua, usurpando más cantidad de la que les pertenecía en virtud del convenio suscrito. De eso se seguía gran perjuicio para el proyecto pues la rueda no marchaba con la presteza conveniente y requerida.

Pero todo eso cesó la noche en que Aurelio interceptó a los saboteadores.

A pesar de la edad, que dicen aligera el sueño, el Comunero dormía como un lirón. «Dormilón que es uno», decía a este propósito, «y prueba además de que tengo la conciencia bien tranquila y de que si a alguno, hereje o cristiano, ayudé a transitar desde este bajo mundo hasta el infierno, ello fue en legítima defensa o como justa réplica a alguna felonía suya». Dormía pues profundamente el toledano disfrazado de italiano errante y tuerto cuando escuchó un ruido, como si alguien demoliese un muro a golpes contundentes pero espaciados en mitad de la noche. Se escamó de que *Albaricoque,* el perro que rondaba suelto por la fábrica, no ladrase. Así que, ni corto ni perezoso, agarró bastón y faca y saltó del catre en menos que canta un gallo.

Fuera, el río discurría con su fragor de siempre, recobrando en Toledo el brío de sus niñeces serranas y bravías, negro titán escurridizo que parecía desdeñar los renovados afanes humanos por hacerse con parte de su caudal. Al Comunero le llegó un olor a ciénaga y a junco que le hizo recordar amoríos juveniles, una noche de romería a la Virgen del Valle y cierta moza de larga cabellera marrón y ojos verdes y pantanosos... Ah, pero no era aquella ocasión para ponerse sentimental y evocador fuera de que, además, no recordaba que los juncos oliesen a nada en particular. Lo primero era averiguar qué era ese ruido y qué pasaba con *Albaricoque*.

Con sigilo, agachándose con agilidad felina —cuántos camaradas de la aplastada revuelta, más jóvenes que él, andaban renqueantes, cuántos sólo podían caminar apoyándose en el bastón—, salió por detrás de la caseta y se alejó lo más posible de la orilla hacia los canales del molino, que era de donde parecía proceder el ruido. En la garita del gordo guardés ni siquiera se sentían sus ronquidos. Era como no tener a nadie. Aurelio pensó que, una noche más, había preferido la blandura de su jergón de lana y el arrimo de su esposa, tan gorda o más que él. Parapetado entre un denso bosquecillo de carrizos, divisó tres siluetas afanadas en la labor de romper un murete de contención que servía para represar parte del agua y desviarla después al ingenio.

Entre las siluetas que hablaban bajo y golpeaban a intervalos el muro, vio el cuerpo inerte de *Albaricoque*. No es que fuera un perro simpático, la verdad; se trataba de uno de esos perrillos llamados «alanos», pequeños pero musculosos y armados de terrible dentadura, que se solían reservar para la vigilancia y la pelea; los mismos que, decían, estaban haciendo correr despavoridos a los nativos en las refriegas de las Indias. Pero aunque no era de esos perros cariñosos y restregones, le había hecho compañía muchos ratos y tenía sus detalles buenos y leales. El espectáculo del animal muerto lo sublevó por dentro. Aquello era el colmo. Y arremetió sin más contra esa chusma de saboteadores, enarbolando el cuchillo, descomunal casi como espada, en una mano y el recio bastón en la otra.

Al instante, viéndose descubiertos, los tres hombres echaron a correr en desbandada, cada uno en una dirección: uno río arriba, hacia el puente de Alcántara, otro río abajo rumbo a San Lucas y las Tenerías, y el tercero intentó escabullirse por la cuesta, bien machacada por cierto a causa de las carretas que descargaban madera, metales y piedra, en dirección al Carmen.

Contra este último echó a correr el Aurelio: estaba claro que no podía multiplicarse y perseguirlos a los tres. Corría como liebre y se le hubiera escapado a no ser por un resbalón que tuvo y que le hizo rodar cuesta abajo justo hasta el punto en que el Comunero le estaba persiguiendo. Este primeramente le arreó un bastonazo en los lomos y después lo volteó para asestarle sin contemplaciones un señor puñetazo en los morros. En medio de las tenebruras nocturnas, vio un amasijo de labios rotos, dientes ensangrentados y alguno de ellos saltando por los aires.

—Canallas, gentuza, ¿qué ganáis destruyendo el fruto del ingenio de maese Turriano, el trabajo de los otros, la ilusión de toda una ciudad? Sois meras sabandijas. ¿Y qué necesidad teníais de matar al perro? ¿No podíais haberlo reducido y ponerle un bozal para que no pudiese dar aviso?

De repente, una nube debió de moverse y un tímido rayo de la luna iluminó el rostro del asaltante. Era sólo un muchacho, casi un niño. En medio de las salpicaduras de la sangre, en su rostro aterrorizado se advertía la lozana tersura de los imberbes. El muchacho, tirado en el suelo, abatido, podía gimotear, implorar perdón, mentir. Sin embargo, imposibilitado de defenderse de aquel viejo brioso todavía y bien armado de daga y de garrote, nada hacía ni decía. Su entereza impresionó al Aurelio. Éste, inevitablemente, pensó que aquel gañán habría sido un excelente comunero. Conoció a varios de su temple en aquella ocasión; la mayor parte de ellos cayeron alanceados por los imperiales o fueron colgados en las jornadas de represión que siguieron a la derrota. De repente, sintió, además de respeto, lástima por aquel muchacho. Lo incorporó y le dio de beber un par de tragos de la bota de vino que siempre portaba en bandolera. También limpió con un paño húmedo la sangre que salpicaba sus mejillas. Le había partido el labio superior, pero no parecían faltarle más de uno o dos dientes. Sin duda, un travieso rayo de luna y su vista fatigada de viejo le habían provocado la ilusión óptica de que varios saltaban por los aires.

—Creo que me habéis quebrado del estacazo —habló al fin.

Aurelio, experto en lances de lucha y en heridas de guerra, alzó la camisa del joven lo justo para comprobar que tenía un buen hematoma a la altura de los riñones.

—Sois joven, muy joven, unas lociones de aceite de árnica y un poco de descanso y en un par de días estaréis como nuevo. Dad gracias que no os arreé el golpe en la cabeza...

—Pues para ser italiano, habláis el castellano con galana donosura —dijo el muchacho.

Aurelio se quedó cortado y calló unos instantes. No había contado con ello; el lance nocturno le había hecho descuidar la farsa y su disfraz. Miró con atención a ese chico, que razonaba y hablaba con tanto fundamento y perspicacia. Quizá no era tan joven como había presumido.

—Parecéis muy mozo, ¿qué edad tenéis?

—Todo el mundo se confunde conmigo. Tengo cara de niño pero pronto cumpliré los dieciocho.

—¡Ajá! —asintió Aurelio.

—¿Los lombardos decís también «ajá»?

—Hay exclamaciones que son universales y se usan por doquier; deben de ser restos, testigos de la lengua única que hubo entre los hombres antes de esa gran obra de soberbia que fue la torre de Babel.

—Ya —replicó el joven—, pero vos sois más castellano que mi abuela... Os he reconocido, Comunero.

Aurelio se quitó el parche y miró con resignación al malparado chaval.

—Si me habéis reconocido, significa que me conocéis. ¿Se puede saber de qué?

—Me crié en las Tenerías, parroquia de San Sebastián de las Carreras: la misma en la que habéis vivido siempre. Bueno, hasta lo de vuestra prisión y condena a galeras. Yo era muy niño pero mi padre, que en gloria esté, no dejaba de hablar de vos. Por un lado, le intimidabais y reprobaba vuestros gustos libertinos, ya sabéis: mujeres y vino, pero, por otro, admiraba vuestra aureola de héroe popular. Yo me he hecho hombre en el intervalo de vuestra ausencia, aunque siga pareciendo un niño, y vos puede que seáis más viejo pero a mis ojos parecéis el mismo. Os reconocería en el mismo infierno.

—¿Y por qué pensáis que el infierno es para los pobres y los rebeldes como nosotros? ¿Por qué no imaginar un infierno reservado a los grandes y a los ricos de este mundo? ¡Un infierno de grandes, de señores y de obispos, en cuya hoguera más grande y distinguida se tostase para siempre el Emperador!

—No creo que exista esa justicia, por más que resulte razonable soñarla.

—Muchacho, lo que habéis hecho es grave. Si os entrego, según están las cosas en el Reino y en esta ciudad, puede que vuestros miembros sean pasto de los perros en la Bisagra y en el arco de la Sangre y que vuestra carita de niño grande se balancee en la picota de Zocodover.

—Es más que probable, pero considerad que, por mi parte, podría revelar a la autoridad vuestra verdadera identidad.

—Cierto es, desde luego; digamos que esta primera partida acaba en tablas. Yo os suelto y vos mantenéis en secreto quién soy, ¿cómo sé que puedo fiarme de vos? Necesito conoceros un poco más. ¿Cómo os reclutaron para este trabajo sucio? ¿Estabais a sueldo? ¿Quién os paga?

—Os confundís, señor. No somos mercenarios. Hay gran descontento en el gremio de los molineros. De alguna forma, puede decirse que pertenezco al mismo. Al morir mi padre, que era tintorero, me recogió mi tío el molinero y me enseñó el oficio, en el que le ayudo y sirvo para justificar mi paga y la manutención de mis tres hermanos menores. En cuanto a mi madre, unas tercianas se la llevaron con mi padre, a poco de fallecer éste. Nadie, que yo sepa, nos paga nada. Se dice que, de prosperar y llegar a feliz término este ingenio del agua, se alzarán otros en torno a Toledo para garantizar el suministro y que todos se harán en los puntos de mayor corriente, o sea, donde hoy se alzan los molinos...

—Yo también he escuchado ese plan, pero, si es que se aprueba y lleva a término, los molineros recibirán buenas indemnizaciones; algunos podrán retirarse a una vida regalada y otros alzar sus nuevos molinos próximos a Toledo pero en otros puntos del río...

—No les basta esa perspectiva. Están muy inquietos. Es que llueve sobre mojado, como suele decirse. La sequía prolongada hace que los ríos bajen menos agua, por lo que ya están introduciendo esos molinos de viento que traen de Flandes. Dicen que se pueden alzar en cualquier loma y que muelen con tanta o mayor eficiencia que los nuestros. Asocian el ingenio a esos molinos, como una seria amenaza para sus intereses. Y no hay quien los baje del burro.

—Este ingenio es la gran esperanza de Toledo: una fábrica que remediará su sed crónica y que da empleo a media ciudad. El artefacto, después de trasponer la puerta de la Fragua y el llano del Carmen, ya ha subido hasta el llano del Hospital de Santiago. Pronto atravesará el corral de Pavones y de ahí a la explanada del Alcázar no hay más que un paso. Entonces sólo faltará hacer las oportunas comprobaciones y ajustes, revestir los cazos de paredones de ladrillo y Toledo tendrá un nuevo motivo de orgullo para pasmo y asombro de propios y extraños. Estos grandes avances demandan un poco de esfuerzo y de sacrificio de parte de cada uno de nosotros.

—Todo eso que dice vuesa merced está muy bien traído pero los molineros, como los azacanes, vemos peligrar nuestros intereses, nuestros oficios, nuestras vidas en definitiva. De ahí que actuemos movidos por la ira y por la desesperación, como acaba de suceder esta misma noche.

—¿Seguro que nadie os alecciona?

—Si aleccionar es pagar, podéis descartar la idea. Lo que sí os digo es que en el estamento de los notables hay descontento también. A nadie se le oculta el poco apego por la obra de los patricios que ven el ingenio como una imposición de la Corona. Sé que mi tío ha recibido alguna visita confidencial estos días. Ayer mismo se retiró a hablar con ese extranjero que entra y sale del palacio municipal como Pedro por su casa.

—No sé de qué extranjero me habláis. Hay tantos en Toledo. Yo mismo soy uno de ellos...

—Todo el mundo lo conoce y lo teme. Es de aspecto fiero y tiene un colmillo plateado...

El colmillo de plata fue una buena referencia. Hizo que algo se removiera en sus recuerdos: Aurelio se prometió retener el dato.

—Bueno, creo que podéis marchar. El trato está hecho: secreto por secreto... —concluyó el Comunero.

El joven, que dijo llamarse Julián, se levantó con algún mohín de dolor pero ya menos maltrecho. Antes de alejarse cuesta arriba, dijo:

—Lamento lo del perro; no fui yo. Alguien dijo que era de los que hacen presa en la pantorrilla y no la sueltan hasta descarnarla y tocar hueso, como el del naipe del tarot egipciano. Pero antes de irme, quiero deciros que sé algo más sobre vos. Conozco a vuestra hija, a Fabiola...

—¿Fabiola? Claro, mi hija...

Aurelio se sintió vulnerable. Para nada quería involucrar a su pequeña en la trama de su fuga, que ahora se complicaba con la construcción del ingenio de su amigo y protector Juanelo. Miró al joven, tratando de medir sus intenciones, el porqué de esa mención de su hija, allí y entonces, en ese preciso momento: después de sabotear la obra en nombre de un gremio que veía sus intereses y perspectivas amenazados, después de ser atrapado in fraganti por él y castigado por ello... El Comunero se calmó un tanto cuando comprobó que Julián hablaba de otro tiempo, de su infancia en la parroquia de San Sebastián, en el distrito de las Tenerías, al otro lado del río, donde sin duda habría podido conocer a Fabiola.

—Yo era un crío y ella ya toda una mocita. La recuerdo guapísima. Todos decían que era el orgullo del barrio, una nueva Melibea.

Aurelio comprobó que Julián parecía no haber vuelto a ver en años a su hija y que no mencionaba en absoluto su recogimiento actual en el burdel de la vieja Josefa; se dijo que era posible que ignorase la dedicación actual de aquella musa de su infancia. Se limitó a dar las gracias secamente al muchacho en reconocimiento a su elogio extemporáneo y a observar cómo se perdía en la noche cuesta arriba, en dirección al llano del Carmen, desde donde probablemente seguiría subiendo hasta Zocodover.

En la lejanía un relámpago iluminó el cielo, que se manifestó sombrío, cargado de oscuros nubarrones. A poco, un trueno retumbó entre los barrancos del valle. Aurelio se dijo que venía lluvia y que, con ella, lloverían complicaciones en la fábrica del ingenio de su amigo Juanelo Turriano.

Capítulo
10

Los meses pasaban con rapidez y el ingenio había trepado inexorable hasta la misma explanada del Alcázar. Los ensayos estaban funcionando y el artificio mejoraba su rendimiento y su seguridad con cada nuevo ajuste que Juanelo introducía en él. Ya pronto se alzaría la última torre, adosada a la de la esquina nororiental del palacio del Rey, que permitiría introducir el agua del Tajo en su interior y, desde allí, mediante una simple tubería, al resto de la ciudad. En tres años largos, menos de cuatro con un poco de suerte, la obra quedaría terminada y lista para dar el servicio pactado en el convenio de 1565.

Cuanto antes finalizase el alzado, mejor para todos. Para la Corona, que vería cómo el agua llegaba en cantidad suficiente para cubrir las necesidades de la obra de reconstrucción del Alcázar, parcialmente devastado por el incendio de tiempos del César y por las injurias de su larga edad; para la ciudad, que podría disfrutar por primera vez en su dilatada historia del agua de su río; para el propio Juanelo, que vería culminado el proyecto de mayor envergadura de cuantos había acometido, y que podría empezar a resarcirse de los enormes gastos en que había incurrido, fiado de su bolsa —más bien pobre en relación con una empresa tan descomunal— y del crédito otorgado a la misma y a su persona por los banqueros lombardos de Madrid y de Medina. Desde luego, no dejaba de inquietarle el desapego que mostraban el señor corregidor y, en general, la mayor parte de los ediles y patricios municipales, poco afectos y más bien escépticos en relación al éxito del proyecto.

—Es que son muchos los experimentos que han fracasado para subir el agua del Tajo, algunos incluso dentro de este mismo siglo; por ello, el Ayuntamiento se muestra escéptico —le había explicado alguien. Sin embargo, Juanelo no lograba quitarse de la cabeza la idea paradójica y un tanto perversa de que los principales promotores de la fábrica deseaban en el fondo su fracaso.

Frente a ellos, el pueblo llano, con las públicas y notorias excepciones de azacanes y molineros, parecía haber hecho suyo el ingenio, que ya se parangonaba en prestigio con la catedral, con San Juan de los Reyes o con el mismo Alcázar. Cifraban orgullosos en él todos sus vagos anhelos de progreso individual y colectivo: el sueño de una vida mejor.

Si sus antepasados tardaron veinte o treinta generaciones en ver culminada la construcción de la soberbia catedral gótica, la fábrica del artificio, también soberbia y espectacular, en sólo tres años desde su inicio alcanzaba ya el llano de Santiago, hospital aledaño del Alcázar si bien situado en una cota inferior. Los cuatro siglos que el magno proyecto del arzobispo Ximénez de Rada había tardado en realizarse iban a ser cuatro años en el caso del ingenio de Juanelo Turriano.

Y la gente, sin salir de su asombro, empujaba hacia ello en un esfuerzo colectivo mágicamente sincronizado por la ilusión, agradeciendo el empeño de ese lombardo de fiero aspecto y maneras en extremo suaves.

Cuando Aurelio entró sin llamar en el gabinete de Juanelo, como era costumbre suya, éste hacía alguna clase de comprobación o de reparo por detrás de la túnica de don Antonio, presumiblemente en el cajetín donde se escondía el aparato relojero que regulaba sus movimientos y sus prestaciones.

Rápidamente, el lombardo cesó en sus operaciones con el Hombre de Palo y se dirigió a Aurelio, ofreciéndole asiento en la poyata y un vaso de vino.

—Gracias, Juanelo, mas hoy prefiero agua fresca.

—Servíos del botijo, lo tenéis justo debajo.

—Está tormentoso el cielo y mi cabeza parece a punto de estallar. ¿Qué tal don Antonio? —preguntó el Comunero tras un largo trago al botijo.

—Es quien vive mejor en Toledo. Siempre tumbado, contemplando cómo el ingenio crece y se expande en busca del Alcázar.

—¡Cómo ha progresado, maestro! Da gozo y maravilla, pasma y hasta espanta a propios y a extraños. Para don Antonio viene a ser una especie de lento desfile de una Tarasca escapada del río...

—¿Tarasca? ¿No es ése el dragón que desfila el día del Corpus antes de la procesión de la Custodia, entre la algazara de viejos y chiquillos?

—El mismo es. Como el artificio, pone a volar la imaginación, provoca cascadas de imágenes, le vuelve a uno medio poeta...

—Igual —apuntó irónicamente Juanelo girando la mirada hacia don Antonio, quien seguía recostado en la pared de la terraza en el lado de la sombra para que el sol no pudiera dañarlo—, igual se nos vuelve poeta don Antonio. Poeta además de fraile: no sé si podría soportarlo. O puede que le dé por hacerse cronista y nos cuente un día en sus memorias el alzamiento de esta fábrica.

—Pero ¿tiene memoria un hombre de palo? —preguntó Aurelio.

—Quién sabe —contestó enigmático Juanelo—, puede que tenga cosas que nadie podría imaginar... Pero dejemos al bueno de don Antonio. No traéis buena cara.

—Me dejé caer por el barrio y hablé con la gitana.

—Siempre que visitáis a esa bruja egipciana, volvéis demacrado y con ojos de espanto, como si hubierais visto al mismísimo Satanás.

—En cierto modo es así. Yo no creo en las supercherías de los curas. Para mí el infierno es este mundo y Satanás, el futuro. Ella me hace ver ambas cosas y me protege de los muchos males que acechan. Si este gaznate sigue tragando, a ella se lo debo.

—¿Y qué os ha contado hoy que os trae tan desquiciado y fuera de vos?

—Me habló del ingenio y, entre plutónicas invocaciones y una especie de sahumerio que olía a sapos chamuscados, escuché palabras como fuego, éxito, ruina y acabamiento. Comparaba vuestro ingenio con la torre de Babel y dijo que en ésta bien se vio cómo el Sumo Hacedor hace pagar a los humanos la osadía de querer equipararse a él y a sus obras...

Juanelo se había servido una taza de vino y escuchaba con gran atención las palabras de su amigo.

—¿Qué más os dijo? —preguntó.

—Creía que desdeñabais esas cosas de oráculos y adivinos...

—Una cosa es que no recurra a ellos y otra que los desprecie —alegó en su defensa.

—Pues la gitana dijo que el elemento tierra, o sea Toledo y su gran peñasco, está irritado por el modo como habéis ligado el agua y el aire, y que castigará la profanación con un incendio. Le pedí detalles pero no supo o no quiso dármelos.

—¿Es eso lo que os trae tan abatido? No le deis más vueltas. Lo importante es que nos mantengamos ojo avizor. Por cierto, Aurelio, quiero daros las gracias: desde que os habéis incorporado a la guardia nocturna del ingenio y residís en él, pernoctando con un ojo abierto y el otro tapado por el parche, los sabotajes y robos de material han descendido hasta casi desaparecer. Esto os lo debemos a vos.

—Es lo menos que puedo hacer por un amigo tan leal como vos, Juanelo... Pero ahora recuerdo otra cosa que dijo la gitana. Dijo aquello de que no hay mal que por bien no venga y que el accidente del fuego evitaría males mayores.

—¡Qué galimatías!

—Tampoco yo alcanzo su significado y, al no dejar de darle vueltas, la cabeza parece que me vaya a reventar...

—Así que era esto. Vos tenéis la tormenta dentro más que fuera.

—Cierto, Juanelo, así será si vos lo decís... Esto del ingenio nos tiene a todos un tanto trastornados... Por cierto, ¿cómo van las cosas con el corregidor?

—No se digna visitar la obra, al menos conmigo presente y casi siempre lo estoy. Recibo mensajes y citaciones a través de intermediarios. Todo en la fría jerga burocrática de escribanos, oficiales y notarios. En el 66, tuvimos que ir a Madrid para suscribir una obligación mutua sobre las capitulaciones del 65 para la construcción del ingenio. Recelo, desconfianza, eso es lo que me transmite.

—Se rumorea que piensa que todo es un capricho egoísta de la Corona y fruto de la inmensa egolatría de un relojero italiano y, además, megalómano —apuntó Aurelio.

—Lo de mi egolatría lo dejo a un lado: tengo mi vanidad, creo, satisfecha con los logros y reconocimientos obtenidos. No tanto la seguridad económica para nosotros y para la prole de nietas que se va avecinando ya a la edad adulta. Pero puede que haya algo de cierto en esa suposición. Lo que no admito es la idea de un rey que vaya en contra de sus ciudades y de los legítimos intereses de su pueblo. Ante eso me rebelo y digo no, no y no...

Juanelo, en el acceso de ira que le acometió, aplastó el vidrio del vaso con la presión de su puño. Cuando soltó el amasijo de cristales, de su mano chorreaba una mezcla viscosa de sangre y de vino. Aurelio le pasó un paño limpio mojado en agua y el relojero se limpió cuidadosamente la mano, extrayendo pequeñas esquirlas de cristal hirientes como puñales. En medio de un sol cenital que entraba a raudales por la terraza, el Comunero tuvo la extraña sensación de que el Hombre de Palo había girado repentinamente la cabeza hacia el interior de la botica. «Maese Antonio quiere saber, como buen hijo, de qué son las quejas de su padre. Menos mal que sólo he bebido agua», añadió para sí mismo.

Cuando Juanelo acabó de lavarse y de ponerse un pequeño vendaje que sólo dejaba libres los cinco dedos de la mano herida, Aurelio reanudó la charla.

—Aunque la familia del marqués jugó a dos barajas en la Comunidad, cosa que hicieron la mayor parte de las familias patricias de Toledo y su alfoz, es cierto que la represión de los imperiales y de vuestro César fue dura con esta ciudad. ¡Qué puedo decir yo con mi apodo, que llevo con orgullo! Todo eso pesa: de aquellos polvos, estos lodos...

—De acuerdo, de acuerdo, Aurelio, hemos hablado tantas veces de esto, creo que desde la noche misma en que nos conocimos. Sin embargo, la represión se cebó en los cabecillas populares que no figuran en el perdón general porque fueron sumariamente ejecutados en los días inmediatos a la capitulación. De todos es sabido que el César

Carlos fue en extremo magnánimo con los capitanes de noble estirpe que lideraron el alzamiento toledano. Y sin embargo, ya veis, el pueblo agradece los proyectos del Rey y los patricios los admiten a regañadientes, si es que los admiten...

—Dejadme hacer de abogado del diablo. Son muchos los retos, señoríos y frentes abiertos de nuestro rey Felipe, y pocos los millones de su presupuesto. No digo yo que no desee abastecer de agua a Toledo, pero lo que le preocupa es que llegue cuanto antes a la faraónica obra de reconstrucción de su palacio, porque resulta carísimo subirla en carretas como hasta ahora se viene usando. Hasta cierto punto es lógica esa desconfianza.

—Lógica pero no legítima... Mirad cómo desconfían que en el documento de la obligación imponen que se incluya el alzado de una torre adosada al propio Alcázar para asegurar que el agua no se queda allí. Mirad, tengo el documento por aquí...

De un cajón ancho y bajo, escondido entre planos y bocetos, el cremonés extrajo la copia de un protocolo notarial. Pasó algunos folios y leyó:

—«Ítem, que para que Su Majestad se pueda mejor servir del agua que hubiere de quedar en el Alcázar de la dicha ciudad y para que se pueda lo demás del agua llevar y guiar a cualquier parte de la ciudad que quisiere, se haya de hacer y haga un edificio de dieciséis pies de altura, haciendo tres pies una vara de medir; el cual se haga en la parte y lugar delante del Alcázar donde el agua se vaya a subir y poner de manera que la dicha agua se suba y ponga aquellos dieciséis pies más alto del suelo para el edificio que está dicho, el cual edificio se haya de hacer y haga a costa de la dicha ciudad». Este artículo sobre la última torre del ingenio, y el hecho de reservarse su ejecución, revela esa desconfianza de que hablamos, pues la torre en cuestión figura en todos mis bocetos, modelos a escala y descripciones del artificio. Yo sí creo en la palabra y en la buena voluntad del Rey.

Se hizo un silencio expresivo. Aurelio, con las cicatrices imperiales inscritas en la espalda y la condena a galeras blandiendo sobre su cabeza como espada de Damocles, tenía pocas razones para amar al Rey, a ningún rey. En cuanto al Hombre de Palo, era difícil saber si se sentía monárquico. ¡Si por lo menos hubiera conocido en Yuste a su verdadero progenitor, el káiser Karol!

—También se propala desde el concejo que don Felipe detesta la relojería y que os odia por lo muy amigo que fuisteis de su difunto padre y la alta estima en que éste os tenía, y que por eso os ha alejado de su lado, exiliándoos, como quien dice, a Toledo.

—Insidias, mentiras, exageraciones... —De nuevo, tensaba sus músculos faciales y apretaba el puño sano en el que parecía comienzo de otro acceso de cólera el bueno de Juanelo; pero respiró hondo, a la vista de la mano vendada, y recobró una cierta calma—. Es cierto que el Emperador era un fanático del arte de la relojería y de cualquier artilugio que implicase algún automatismo. Pero también lo es que don Felipe tiene en la máxima consideración y estima su colección de relojes heredada, que yo tengo la alta responsabilidad de custodiar y mantener. La falsedad de esas historias se advierte al considerar que, incluso, me encargó incrementar la colección con un reloj astrario magnífico como lo fue el del César, al que todos han dado en llamar el Cristalino. Mirad, precisamente aquí veo el documento ordenando el pago de este reloj, del puño y la letra del propio Rey: «Pedro de Santoyo, nuestro pagador del Alcázar de Madrid y Casa del Pardo, mandamos que paguéis a Juanelo Turriano, nuestro relojero, mil ducados a cuenta de lo que hubiese de haber de un reloj de cristal que hizo para nuestro servicio y de sus gajes y salario ordinario que le tenemos consignado en vos, además de otros dos mil ducados que antes le mandamos pagar en cuenta y parte del pago del valor de dicho reloj, etc., etc.».

—No podréis negar que os emplea en otras cuestiones: presas, canales, lo de la navegación del río, el nuevo calendario papal... —alegó Aurelio.

—No lo niego, pero eso entra en las obligaciones del nuevo cargo, más amplio, a que fui ascendido: matemático mayor. Además, esas cuestiones incluyen también la relojería: como el encargo de las campanas y los relojes de El Escorial. No, lo de Toledo no es ningún exilio: para mí es un premio, una bendición, el reto de mi vida. Y el Rey así lo ha comprendido, encajándolo en sus planes para Toledo y los reales sitios.

El sol caía espléndido, derramándose en mil matices granates y hasta morados, fulgente como el primer día que tal hizo o el último que le tocará hacerlo, y por unos minutos se perfilaron en la lejanía los aristados filos de la

sierra de Gredos. Aurelio, tras el agua, había bebido finalmente varias tazas de vino y estaba aparentemente abotar-
gado, hundido entre la poyata y la cal de la pared. Juanelo se había levantado a contemplar el crepúsculo presa de
una actividad permanente. Los ratos se les pasaban volando, a ellos que tantos tenían consumidos ya de sus vidas.
Lo que era bueno y a la vez terrible.

—Con lo descansado que podíais estar y la vida tan
regalada que os correspondía, Juanelo... —El Comunero
alzó un brazo y señaló hacia el esqueleto de madera y de
metal que trepaba como gigante de pesadilla por la abrupta ladera y ya casi alcanzaba el objetivo final: la explanada
noreste del Alcázar del Rey—. ¡Meteros en este berenjenal,
en una obra propia de faraones!

—Quizá hasta ahora no estaba realmente preparado
para enfocar correctamente ciertas cosas. No se trata sólo del ingenio del agua, donde desarrollan conceptos de
hidráulica y de relojería que tengo diseñados y hasta ensayados en pequeña forma desde hace mucho. —Entonces
Juanelo caminó hasta el Hombre de Palo, se arrodilló y
acarició con ternura su esquemática perilla de fraile—.
También don Antonio es el mejor de mis autómatas. Muchos se sorprenderían con las cosas que él es capaz de
hacer. Cada reto, cada logro tiene su momento en la vida.
Lo importante es perseverar, seguir el propio camino, llue-
va, truene o granice. O haga un sol radiante, como el que
Dios nos ha regalado hoy.

Cuando Juanelo trató de levantarse, se oyó un leve
chasquido, como una rama seca que alguien rompiera al

pisarla inadvertidamente, y el lombardo hincó las dos rodillas en el suelo y tuvo que apoyarse en la pared para evitar la caída, quedando rostro con rostro frente a su última
creación toledana. Aurelio amagó levantarse para correr
en su auxilio, pero Juanelo se incorporó por sí mismo, reprimiendo un gesto de dolor.

—Este maldito reúma de las articulaciones. Desde
que estamos junto al río, no ha hecho sino multiplicarse
—dijo mientras se incorporaba.

—No queremos darnos cuenta, Juanelo, pero somos
dos viejos actuando como hombres maduros en la plenitud
de su vigor.

—¡Paparruchas! Ahora es cuando sabemos más, cuando hemos comprendido al fin y, por consiguiente, cuando
somos capaces de dar lo mejor de nosotros mismos. Voy
a retomar en cuanto pueda un proyecto que esbocé hace
tiempo sobre un ingenio para activar las desgastadas rodillas y caderas de los mayores...

—En fin, Juanelo —dijo malicioso Aurelio, recupe-
rando el buen humor—, mientras no se nos instale el reúma en salva sea la parte, vamos bien servidos. Anoche dejé
bien satisfecha a una joven amiga que cuenta las horas que
faltan para nuestro próximo encuentro. Vamos, ni de chaval, os lo digo en serio, no penséis que se trata de faroles
ni de gallerías, que nunca me gustaron.

Pero en vez de seguir la broma, Juanelo se puso serio.
Pensaba en Fabiola, a la que seguía deseando en secreto
después del magnífico encuentro con ella de las Tenerías.
Y en el hecho de que estaba ahí, escuchando a su padre,

que también era su amigo, bravatas sobre lances de amor con mujeres jóvenes y hermosas.

—No vayáis a pensar que se trata de una niña de veinte años o menos, no; andará frisando la cuarentena, que es la edad en que más libremente huelgan y donde dan y reciben mayor placer —explicó el Comunero.

—Habiendo mutuo consentimiento, la edad no es impedimento; yo no me entrometo en los placeres de los otros —dijo el cremonés.

Juanelo, habitualmente, procuraba no mencionar a Fabiola, aunque al menor descuido se sorprendía pensando en ella y evocando aquel crepúsculo de dulce pecado en la húmeda mancebía de San Sebastián. Sabía que el paso era osado, incluso peligroso, pues su amistad con el Comunero era sincera: una de las pocas gratificaciones humanas directas y auténticas que la empresa del ingenio le había procurado. A pesar de ello, no pudo o no quiso resistirse y sacó el tema a colación:

—Si habéis estado donde la bruja, habréis visitado a vuestra hija, supongo. ¿Cómo se encuentra?

Nada pareció recelar de entrada Aurelio, que contestó con franqueza y naturalidad:

—Está como siempre: guapísima y cariñosa. Es la alhaja de mi vida. Lo mejor que he sabido hacer y ya casi ni recuerdo cómo lo hice...

Tan galán viejo y secretamente enamorado andaba Juanelo que hasta le pareció advertir un mohín de atención en el gesto de don Antonio al mencionar él a Fabiola. ¡El Hombre de Palo también la quería! ¿Y quién no tras conocerla y sentir una de sus caricias? No obstante, debería controlar en lo sucesivo la ingesta de vino de Yepes; se dijo que éste producía curiosas y sorprendentes ilusiones ópticas.

—¿Comisteis con ella?

—Pocas ganas de comer me dejó la gitana, con sus funestas predicciones de fuego y de ruina del ingenio que al final no es tal ruina. ¡Qué agorero galimatías! Pero mi Fabiola sabe cómo disipar esos miedos y esas aprensiones. Sólo verla me restaura el alma. Y el cuerpo, qué caray: si vierais qué carcamusas me tenía aderezadas. Sólo de olerlas, recobré el apetito. Un día tenéis que venir conmigo a comer con Fabiola; veréis cómo cocina...

Juanelo sintió un estremecimiento de culpa y reaccionó a la defensiva:

—Oh, gracias, amigo... Nada me encantaría más. Pero apenas puedo comer con los míos un par de veces entre semana. Vos conocéis bien el ritmo de esta fábrica y las sumisiones a que nos obliga. Apenas si saco diez minutos para comer un tentempié en este despacho.

El relojero del Rey hizo una pausa deliberada mientras recogía los documentos que había mostrado poco antes al Comunero. Cuando cerró el alargado cajón empotrado bajo el tablero de la mesa de trabajo, dijo con fingido sosiego:

—Me preocupa esa muchacha. ¿No creéis que merece estar en otro sitio?

Tocado, casi hundido. La jovialidad del viejo Comunero se disipó como niebla a mediodía, mostrando un corazón herido, del que empezaba a manar un negro reguero de amargura. Habían bebido demasiado vino. También él.

—¿Y dónde *merece* estar una *meretriz* si no es en una mancebía? —contestó tras un breve pero pesado silencio.

Los dos hombres callaron: tan irrebatible parecía el argumento, tan contundente y fatal. Y ese silencio, que crecía como un perro infernal entre los dos, fue más elocuente que cualquier palabra dicha, y hablaba de cunas pobres, de decisiones equivocadas, de huidas a destiempo, de injusticias padecidas, de opciones de placer que en algún lugar de la cadena de causas y de efectos provocaban siempre dolor a alguien que no estaba precisamente entre los gozadores. Comparecía entre ellos, invisible, la rueda de la fortuna, como una noria que en vez de agua acarrease destinos humanos; sólo que para los pobres, los rotos y los desfavorecidos casi siempre parecía detenerse hacia abajo, equivaliendo finalmente al naipe del ahorcado en el tarot de Marsella.

Pero el Comunero tenía años, tablas y mundo. Sacaba energía de los peores momentos, aquellos en que el cuello depende del humor de un juez que no se sabe si durmió bien tras una cena indigesta; aunque, en realidad, sentía que una hija era algo mucho más valioso y querido que el propio pescuezo. Sin embargo, fingiendo jovialidad tabernaria, exclamó alzando la copa:

—Querido amigo mío, aunque os hayáis dejado la vista y los años construyendo relojes y soñando máquinas, seguro que conocéis las cosas de la vida. Ésas tan elementales y evidentes que apenas reparamos en ellas. Y tienen que ser los poetas, esos golfantes y malandrines, quienes nos las recuerden con sus versos jocosos y llenos de malicia.

Y alzándose para marcar con un paso sobre la tarima el arranque de cada verso, Aurelio se puso a recitar con su voz aguardentosa y profunda:

Putas son luego en naciendo,
putas después de crecidas,
putas comiendo y bebiendo,
putas velando y durmiendo,
putas y no arrepentidas,
putas por todos mesones,
putas por plazas y calles,
putas por esos cantones,
putas por los bodegones,
putas por cerros y valles.

Putas por campos y ventas,
putas en paz y con guerra,
putas pelando hambrientas,
putas y nunca contentas,
putas por mar y por tierra,
putas mozas en romance,
putas en griego y latín,
putas son a cada trance,
putas son sin perder lance,
putas viejas son al fin...

—¡Basta! —gritó Juanelo.

El vino le había sumido en un estado de humor sombrío y maldita la gracia que la copla satírica le hacía. Cada verso tenía el efecto de la opresión de una mano invisible apretando su cuello. El contexto la hacía, en su opinión, particularmente detestable pues Aurelio la había recordado a propósito de su propia hija.

—El grito era fuera de razón pues ya el cantar estaba acabado —replicó el Comunero, y añadió—: Se ve que no fue el poema de vuestro agrado.

—A cada verso se me representaban mi madre, que Dios acogió en su seno, mi buena esposa, mi querida y brava hija Bárbara Medea... ¿Todas putas? ¡Por Dios! Vos también tuvisteis madre y tenéis hija. No tenéis derecho a faltarles al respeto de ese modo.

—No era sino un chiste —adujo huraño y sombrío el viejo toledano.

—Un chiste amargo de borracho y de padre incapaz de sacar a su hija de un burdel.

Aurelio saltó como impulsado por un resorte invisible. Su banqueta quedó tirada, mostrando las tres patas que apuntaban hacia un lado. Acercó su rostro congestionado de ira hasta casi tocar el de Juanelo, quien trataba de contener la furia que también sentía. Parecían dos toros, dos ciervos viejos disputándose en la dehesa el liderazgo del grupo o los favores de una hembra joven.

—¡No os consiento que me habléis así! No sabéis de la misa la media. Sois un gran cínico. Sé que gozasteis de los servicios de Fabiola: ella me lo ha contado. Mucha gravedad y moralina, que si la madre, ¿cómo decís los italianos, *la mamma?*, que si la hija, que si la suegra, y luego sois un grandísimo putero, que no duda en yacer con la hija de un amigo...

Juanelo se incorporó sin decir palabra, tras emitir una especie de bufido. Los dos hombres se trabaron con los brazos aferrados al hombro contrario, embistiéndose con las frentes, en una imagen de sorda tensión que recordaba una escena de lucha inscrita en un vaso griego. El Hombre de Palo giró su rostro hacia ellos; luego se incorporó con un movimiento incomprensiblemente rápido y se arrimó hasta el umbral que separaba el gabinete de la terraza. Pero los dos hombres estaban demasiado rabiosos como para darse cuenta de los movimientos de don Antonio.

—Retiro lo de putero. Fabiola también me contó que fue ella la que os embaucó...

—Yo tan sólo fui allá para saber de vos, Aurelio, para tratar de encontraros —declaró Juanelo mientras aflojaba la presión de su brazo y sentía cómo el Comunero aflojaba la de los suyos—. No sabía que esa joven fuera vuestra hija, ni siquiera sabía que tuvierais una hija.

—Pues vos debéis retirar eso que habéis dicho de que soy un padre «incapaz de sacar a su hija de un burdel».

—Retirado queda. Pero creo que Fabiola se merece una vida mejor. Me ofrezco a ayudaros a sacarla de allí.

Los dos hombres, que se habían desasido y separado, volvieron a mirarse. Aurelio apreció la sinceridad que transmitía la expresión del maestro lombardo. Sin embargo, éste quiso remachar su buena disposición con más palabras:

—No busco nada que no sea el bienestar y la dignidad de vuestra hija, a la que tengo también por un poco mía...

—¿Sólo un afecto filial sentís por Fabiola?

—Es el sentimiento que prevalece; pero sois mi amigo y debo reconoceros que significa algo muy bello además, una ilusión, el recuerdo de un instante mágico, la proximidad de la belleza... Sabéis que no hablo por hablar. Estoy dispuesto a ayudar a vuestra hija.

—Si la traéis acá, será mi perdición, el señuelo que conducirá hasta mí, pobre prófugo de galeras, a los perros que me persiguen. Fabiola es lista y se queja de que se nota acechada, como si alguien vigilara sus pasos de continuo.

—Hay que sacarla cuanto antes de ese lugar siniestro. Decidme, Aurelio, ¿cómo es que acabó allí?

—Es una historia triste y larga. Pero os la resumiré en sus hechos esenciales. Fabiola es fruto del amor, pero víctima del desamor. A poco de nacer, su madre, una mujer bellísima, quizá aquella a la que más amé, me echó de la casa. Yo bebía demasiado por aquel tiempo y discutíamos constantemente. Era tan orgullosa que no consintió ninguna ayuda mía ni para ella ni para la hija. Pronto cambió de domicilio y nada supe de ninguna de las dos por un dilatado espacio de tiempo. Al cabo de unos años, me enteré de que mi antigua compañera y madre de mi hija oficiaba de meretriz, o sea, ejercía la prostitución, en una mancebía de la colación de San Sebastián, al lado del río. Allí pude verlas y comprobé que Fabiola estaba bien atendida, recogida en esa casa de vicio donde la conocisteis y donde también había personas de bien. Pero murió la madre, que en paz descanse, a mí me prendió la justicia con ocasión del asalto que sufrí, haciéndome culpable de la pérdida de los dineros, y tuve que andar fugitivo por los montes, según ya sabéis, durante meses y aun años... Fabiola, la pobre, no tuvo donde ir, nada mejor que hacer, ni apoyo alguno para escoger una ocupación más honesta. De manera que ahí sigue en la casa de mancebía de Josefa. ¿Creéis que no me llevan los demonios cada vez que me cruzo con un hombre saliendo de la casa y pienso: «Éste viene de gozar a mi pequeña»?

Una tregua de silencio se instaló entre los dos hombres tras la explosión de mutua franqueza que se había producido entre ellos.

El crepúsculo cernía sus oscuras alas violáceas sobre las riberas del Tajo y sobre el arriscado promontorio festoneado de torres sobre el que la ciudad se apiñaba. Las torres inclinadas de madera y los cazos de latón trepaban ladera arriba, semejando una pacífica y nunca vista armada que tratase de expugnar la alta y vieja ciudad cercada por su río; a la escasa luz del anochecer y desde la perspectiva que tenían donde estaban, a los dos amigos, acodados ahora en la baranda de la terraza del gabinete de Juanelo, les parecía que casi tocaba ya el lado nororiental del Alcázar; de hecho, pronto llegaría hasta el torreón de ese lado. Eso significaría el final de esos meses de lucha titánica y de incertidumbres. Aquella gigantesca estructura se pondría por fin en movimiento: sus cazos subirían el agua del río hasta el palacio y, desde éste, a las sedientas fuentes públicas.

Por primera vez en su antiquísima historia, Toledo tendría la posibilidad de disfrutar el agua de su río. Los dos hombres habían hablado mucho, quizá demasiado. Ahora preferían guardar silencio, dominados por la magia del escenario y del instante, asombrados al contemplar el ingenio que la osadía y el tesón de Juanelo habían conseguido alzar.

Detrás de ellos, don Antonio había vuelto a tumbarse con la espalda apoyada en el muro enjalbegado de la terraza, en la que era su posición habitual, sólo que un par de metros desplazado hacia la izquierda, casi en el umbral de la puerta del gabinete. Pero demasiado arrobados en la contemplación del ingenio y del crepúsculo, ni Aurelio *el Comunero* ni Juanelo Turriano, el relojero del Rey, su creador y padre, parecían haberse dado cuenta de eso.

No podemos consentir que se salga con la suya ese lombardo arrogante y viejo.

El marqués de Sauces dejó su copa y contempló el valle desde el amplio ventanal de su despacho en el palacio municipal. No se veía el río pero no le hacía falta. Desde que, casi cuatro años atrás, la Corona había impuesto el proyecto del ingenio de las aguas, no se sacaba al Tajo de la cabeza; se había convertido en una prioridad, casi en una obsesión.

—¿Y decís que está haciendo pruebas con éxito? ¿Cómo es que no nos invita a presenciarlas?

El secretario se tomó unos segundos y respiró profundo antes de responder. Los despachos con el corregidor a propósito de Juanelo y su ingenio solían ser especialmente desagradables y el marqués acostumbraba a montar en cólera precisamente con él. Por otro lado, tampoco le hacía ninguna gracia el tratar de continuo con ese mercenario extranjero, a quien habían incorporado al séquito municipal por la puerta de atrás. Naturalmente, los alguaciles y funcionarios de la ciudad tenían libre acceso a las obras del ingenio, cuyo seguimiento puntual podían y debían efectuar. Pero Juanelo disponía de la mayor discrecionalidad y podía hacer sus ensayos y probaturas a horas intempestivas.

—Se queja de la frialdad y falta de entusiasmo de las autoridades locales, o sea, de vos, hacia su proyecto; recela, desconfía... Y luego es muy perfeccionista, quiere tenerlo todo a punto, sin que nada falle. Naturalmente, nuestros espías han registrado todos los detalles de esos experimentos. Los he hecho transcribir al papel y están a vuestra disposición.

—Ya he tenido ocasión de ojearlos. Cualquiera sabe que el agua es escurridiza por su propia naturaleza y tiende a verterse en todas direcciones; no hay que ser ingeniero, basta con asomarse a cualquier rústica noria para comprobar que los cangilones derrochan agua a raudales en el ascenso de su giro. ¿No es algo exagerado y temerario afirmar en ese informe que se comprobó cómo los cazos del artificio no perdían ni una sola gota? ¿Es que estaba borracho el espía que dio esa noticia?

Nuevo silencio del atribulado secretario. Otra respiración profunda.

Sabía que dar esa respuesta era cosa comprometida. No le gustaba asistir a las explosiones de cólera del marqués de Sauces; particularmente cuando se producía por cuestiones en las que él no había intervenido y sobre las que no tenía ningún control. Como aquel embrollo del ingenio de las aguas, que en el fondo a él le parecía una cosa buena para el futuro de la ciudad. Se le escapaban las razones últimas de la mortal animadversión de su jefe hacia esa fábrica y hacia su inventor y promotor. Pero no era el momento de preguntas esenciales; él sólo deseaba acabar cuanto antes aquel molesto despacho, poder regresar al fresco aislamiento de su propio gabinete.

—Señor, yo mismo acompañé al espía en uno de esos ensayos: ni una sola gota de agua vimos que se desperdiciara en el complicado proceso de vertido entre cazo y cazo —respondió finalmente.

—¡Increíble! Es verdaderamente magnífico, va a conseguir lo que nadie logró nunca...

—Es más, señor —añadió el funcionario con una nota de malignidad, dispuesto ya a no callar nada—: nuestros agentes han constatado que dispone de un recurso secreto para acelerar o desacelerar a su antojo la marcha del ingenio. Hasta ahora lo desconocemos todo sobre ese acelerador secreto. Salvo su existencia.

Por un momento, un infantil arrobo, una sincera admiración, casi un punto de alegría, asomó al rostro curtido del marqués. Pero al advertir el gesto de desconcierto de su secretario, inmediatamente tensó sus músculos faciales y apretó amenazador su puño izquierdo.

—¡Maldito italiano! Se va a salir con la suya. Me parece que fue un error contratar a Nero.

—Desde luego, ha puesto orden entre los hampones de las Ventillas. Eso hay que reconocérselo.

—Ya, a costa de que le reconozcan a él como el primer hampón, pero no se le contrató para eso. Ha fallado en lo principal: parar a Juanelo y su artificio.

—Los molineros han preferido la senda de las indemnizaciones; temen a ese guardés italiano que contrató Juanelo. Por lo visto, ya han tenido ocasión de catar su acero. Y los azacanes no tienen agallas más que para negarle una jarra al lombardo.

—Sabemos sobradamente que el italiano no es tal sino ese comunero fugitivo de galeras. Podríamos haberlo detenido hace mucho, casi un año, que es cuando un confidente delató la tramoya. Si no lo hemos hecho, ha sido por reservarnos una baza que ya es inevitable utilizar: su hija. Quedan pocas semanas para la entrega del ingenio. Y ya no podemos diferir por más tiempo la solución final. ¿Dónde está Nero?

—Estará con alguna de sus queridas, bebiendo y folgando, como suele. O jugando en algún tugurio de las Ventillas. ¿Queréis que lo haga llamar?

—No, prefiero no verlo por el momento. Cada vez me pone más nervioso su presencia. No soporto su sonrisa inerte ni el destello de su colmillo de metal.

—La gente disputa sobre su origen: que si alsaciano, que si flamenco, que si austriaco. Hasta polaco dicen que pueda ser... ¿De dónde viene exactamente?

—No fue fácil averiguarlo. Pero es italiano.

—¿Como Juanelo?

—De otra república, del Véneto. Pero, en realidad, su familia procede de Eslovenia, de más al este.

La sombra de Nero planeó sobre la dependencia municipal. Había impuesto el orden, su orden, en los barrios bajos de la ciudad. Todos parecían temerlo. Muchos funcionarios y una tupida red de confidentes trabajaban para él y se beneficiaban de sus extorsiones. El marqués sabía que empezaba a constituir un peligro objetivo, una amenaza andante para él, que había promovido su contratación. Sus métodos lo comprometían y ahora estaba por verse si sería capaz de pararlo, de frenar ese abusivo contrapoder. Pero había algo más en relación a Nero, una intuición, una zona de sombras que se le escapaba.

—Desconfío de ese hombre. Se le contrató para impedir la buena marcha del ingenio pero percibo que ésa no es su prioridad. Juanelo sí, pero no el ingenio. Pienso que, en realidad, se ocupa de otra cosa, relacionada con Turriano pero distinta de la fábrica; y eso no es todo, tengo la corazonada de que trabaja para alguien, alguien distinto de nosotros. Lo que no es de extrañar en tan grandísimo mercenario... He llegado a pensar en la mismísima Corona.

—Nunca se sabe, corregidor —asintió el secretario.

—Que active el plan sobre la muchacha. Después, nos desharemos de Nero.

* * *

La mancebía de Josefa era una de las más apartadas y discretas de la ciudad, situada allá abajo en las Tenerías, donde el fragor del río encajonado entre los altos barrancos del valle apagaba los roncos bufidos de los clientes y los fingidos gemidos de las meretrices. Por eso era la preferida de algunos clérigos y altos dignatarios civiles de la ciudad, quienes periódicamente la visitaban para hacer uso de sus servicios y procurarse algún que otro desahogo.

Pero el silencio que reinaba en la casa de placer aquella noche de primavera tenía algo de extraño, de excesivo, de inquietante.

A veces se producían algunas visitas extemporáneas, particularmente de estudiantes ociosos o de mercaderes beodos que celebraban algún trato importante. Pero esa noche, ya entrada la madrugada, Josefa había sentido un no sé qué de aprensión al escuchar dos secos y contundentes aldabonazos. Al abrir el portón, se encontró con tres hombres que fingían una siniestra cordialidad y recababan sin más los servicios de Fabiola.

No era la primera vez que tal cosa ocurría: tal era la fama y la belleza de la joven meretriz. Pero por alguna razón, quizá por la sardónica sonrisa del hombre que parecía liderar el trío o por el destello metálico que emanó de uno de sus colmillos; quizá por el mal disimulado aspecto de rufianes de los tres, el caso es que Josefa, sin franquear el paso, les contestó:

—Se retiró pronto, aquejada de escalofríos y de dolor de cabeza; no anda buena la muchacha, vuelvan otro día.

El del colmillo metálico objetó imperioso, haciendo palanca con su brazo contra el portón de la mancebía:

—Ha de ser esta noche, madama.

—No sabemos si será achaque de tercianas o mal de madre, ¡la menstruación, que le causa mucho quebranto a la pobre y la deja inservible por cuatro o cinco días como poco!

—Para lo que la queremos, poco importa el mal de madre.

Más tarde, Josefa pensaría que fue en ese momento cuando debía haberse puesto a gritar y a alborotar al vecindario, provocando la llegada de la ronda de los corchetes. Pero no lo hizo y los hombres entraron. Dos se quedaron en el zaguán y el del colmillo enfiló hacia el patio, tras la tintineante vela de Josefa, rumbo a la pieza de Fabiola.

Nero había oído hablar de la bella puta toledana de las Tenerías. Pero nunca le había gustado frecuentar las mancebías, excepto para dar un escarmiento a algún gordo fabricante de cerveza o a algún que otro moroso entregado a su vicio favorito. ¡Qué indefenso resultaba el mayor magnate tumbado en cueros al lado de una prostituta! Nero había tenido siempre las mujeres que había deseado, mujeres del entorno del hampa, ligeras de cascos, sí, pero no estrictamente prostitutas en sentido literal. Puede que hubieran desempeñado el oficio en algún periodo de sus azarosas biografías antes de conocerlo, puede que lo fueran a desempeñar en algún momento del incierto futuro, tras separarse de él; pero cuando estaban con él, si es que eran putas, lo eran sólo para él.

Sin embargo, desde que había llegado a Toledo, con lo bellas que eran las españolas, las mujeres parecían haber dejado de interesarle. Decían que Toledo era la capital de la mística: ¿se estaría volviendo un místico? La búsqueda del arma secreta y la astucia de ese lombardo, escurridizo como una anguila del Po, lo tenían desconcertado y obsesionado a la vez. Y luego había de aguantar de continuo el bilioso humor de ese corregidor envidioso y resentido, padecer sus estallidos de cólera y sus caprichosas órdenes.

Nero se dijo que tal vez todo fuese una cuestión de edad. Ya no era ningún joven a pesar de que se mantenía en buena forma. Incluso podía decirse que era bastante mayor, tanto que ya hacía tiempo que había perdido la cuenta de aquellos a los que había enviado a mejor vida. Pero también sobre él actuó la rara magia de Fabiola cuando irrumpió en su habitación: esa «españoleta» cuyo camisón dejaba entrever las dos pomas de sus pechos coronados por sendos fresones, y que se retiraba con indolencia las legañas de unos ojos almendrados y verdes.

La sonrisa de la joven terminó de decidirlo. Se daría un capricho. Además, así ganarían tiempo. El hombre que estaría ya llegando al artificio podría cerciorarse mejor de la ausencia del Comunero, cuando éste saliera a la carrera, y realizar sin riesgos su cometido. Un muchacho de los que deambulaban por el ingenio en busca de algún pequeño cometido que le valiera una moneda o un pedazo de pan había sido contactado para que cierta noche comunicara cierta noticia al guardés de la fábrica. Al resultarle familiar el golfillo, Aurelio saldría enseguida de la obra y el emboscado podría culminar sin obstáculos su misión.

El plan estaba, pues, bien definido y concertado. El tiempo podía marcarlo él, Nero, con generosos márgenes, estirándolo o comprimiéndolo como hacen con el barro los alfareros en sus tornos. Ahora estaba con esa joven toledana de extraña belleza. Había escuchado habladurías sobre ella pero nunca pensó que pudiera impactarlo de aquel modo. Y la ventaja es que en ese punto podía comportarse como un cliente más antes de hacerse con la joven o de ejercer alguna clase de violencia contra ella.

Fabiola se había tumbado en el lecho. Percibía algo en aquel forastero que la desasosegaba ligeramente, quizá fuera que proyectaba una sombra demasiado evidente. Sin embargo, el trabajo era siempre bienvenido y en el fondo le halagaba recibir visitas nocturnas, fuera del horario usual de la mancebía. Pocas mujeres de la misma, por no decir ninguna, las recibían. Además, el caballero, quizá un rufián disfrazado de caballero, parecía también avezado galán y hombre de mundo.

—Todo Toledo celebra vuestra belleza, Fabiola —dijo. A lo que, tras quitarse capa, espada, jubón y calzas y quedarse en camisa, exhibiendo dos largas y finas piernas exentas de pelo y blancas como el requesón, añadió—: Al conoceros esta noche en esta humilde casa junto al río, compruebo que todos esos elogios se quedan cortos.

Fabiola, estimulada con los halagos cortesanos de Nero, se empleó a fondo. Conocía su oficio y había aprendido a satisfacer los deseos de los hombres.

A punto ya de saciar entre grandes bufidos su ansia, el esloveno se separó de Fabiola. Rojo, congestionado, frenando la respiración con violencia, logró parar el clímax que ya alcanzaba. Parecía un loco en trance, casi un animal, pero a Fabiola eso no la asustó: estaba acostumbrada a presenciar en los hombres toda clase de transformaciones cuando llegaban a los aledaños del orgasmo.

—¿Qué os sucede? ¿No os encontráis bien? —preguntó.

Toda la cortesía y obsequiosidad de unos minutos atrás había desaparecido. Nero era un animal, un animal en celo y desbocado:

—Calla, puta. Casi consigues que me corra así. No me gusta hacerlo por delante.

—Nunca lo hago a la manera griega. Si tanto os apremia, puedo conseguiros otra compañera que lo consienta. Las hay en esta misma casa.

Fabiola sabía que era inútil. Aquel hombre deseaba gozarla a ella, en ese momento y del modo que más satisfacción le daba. Intentó escurrirse del lecho pero un brazo musculoso y rápido como un látigo la arrojó nuevamente contra la almohada. De algún recoveco de su camisa el extranjero había sacado un refulgente cuchillo que esgrimió y colocó entre sus dientes. Un cuchillo cuyos destellos alternaban con el del inquietante colmillo de plata que rompía la simetría de su blanca y pulida dentadura.

Fabiola decidió que no valía la pena jugarse la vida y dócilmente se dio la vuelta de rodillas hasta aferrar con ambas manos los barrotes del cabecero. El hombre se tomó su tiempo, demorándose en cada acometida, hasta la descarga final, que fue una apoteosis de alaridos y espasmos.

Mientras se cubría, con una mirada de asco, Fabiola le dijo:

—Os agradecería que no pisarais más esta casa; tened bien claro que esta habitación os está vedada para siempre, al menos mientras yo la ocupe.

—Que será por poco tiempo; vestíos pero de calle. Os venís conmigo de grado o por fuerza. —Y Nero volvió a blandir el espectacular cuchillo, mientras dejaba unas monedas en el tocador, cuyo espejo le permitía seguir las evoluciones de la muchacha, que se vestía con desgana.

—Creo que esto bastará; no estoy muy al día en lo tocante al precio de estos servicios; sois puta y merecéis que vuestro trabajo os sea remunerado —añadió.

Detestaba hacerlo pero Fabiola no pudo reprimir lanzar un escupitajo contra el rostro de ese hombre peligroso y altanero que acababa de forzarla de aquel modo.

Nero respondió asestándole un bofetón que volvió a arrojarla al lecho. A continuación, abrió la puerta y franqueó el paso a los dos sicarios. Uno de ellos ató con un cabo de soga las muñecas de la joven y la amordazó con un pedazo de tosco fieltro. Fabiola trataba de resistirse, se convulsionaba y retorcía pero de nada le sirvió. Al sujetarla, el hombre se percató de que uno de los pechos de Fabiola, exacto y coronado por un pezón que era como una gema de carne azulada, se salía de la camisa. Una sonrisa lúbrica y siniestra dejó ver unos dientes amarillos y cariados, con numerosos huecos entre sí.

—Amo, podríamos solazarnos con esta putilla. Mucho se habla de ella en el zoco y en las gradas del Corral de Comedias, y a fe que no exageran...

—Si quieres, te solazo con éste. —Y Nero volvió a blandir su gran cuchillo de cachas de asta, pero en esta ocasión contra su subordinado.

—No hay para tanto, amo; tan sólo pensábamos seguir su ejemplo, respetando siempre el orden y jerarquía establecidos. Y tiempo sobra, larga es la noche... —refunfuñando, el matón culminó la tarea de atar y amordazar a la hija del Comunero.

Nero escuchó las campanas de San Sebastián, tan próximas que parecían resonar encima de su cabeza.

—No tan larga: ya dio la una. Y esta noche es la noche. Mañana se hará la probatura oficial del ingenio. ¿Cómo queda la vieja?

—Atada a una silla en un cuarto trastero. Sus ligaduras son endebles; acabará por romperlas, según lo previsto, y formará buen alboroto. Vaya carácter el de la Josefa: se resistió como gato panza arriba y me arreó un mordisco en el dorso de la mano.

Quedaba un tanto ridículo aquel rufián, avezado y entrado en años, mostrando puerilmente una mano peluda en la que efectivamente se percibían algunas enrojecidas marcas de diente.

—Querréis decir que se resistió como perra panza arriba: ¡mira que si os inoculó la rabia! —exclamó malicioso el otro esbirro, que hasta entonces no había despegado los labios.

—¡Chsss! Dejaos de chácharas inútiles y bajad la voz, no sea que despertéis al resto del puterío, que aquí hay otras putas fuera de ésta, aunque desde luego no con su calidad —dijo Nero, acariciando la cara amordazada de Fabiola; después, tras descorrer unos visillos, espió la oscura calleja—. El muchacho ya hace plantón fuera.

Que uno de los dos se asome al portón y le haga la señal convenida.

* * *

Aurelio se había estado retorciendo en su camastro como una peonza descascarillada y vieja. Por la tarde hubo aguacero y ahora la tormenta alejaba solemne hacia el norte su nube negra con tintes azulados, precedida por una feroz vanguardia de relámpagos, truenos y algún que otro rayo. Pensaba que era a causa de la tormenta por lo que no era capaz de conciliar el sueño; siempre le habían afectado de un modo especial.

Pero había algo más aquella noche, algo que flotaba espeso y amenazante a su alrededor. Se había revuelto como gato panza arriba, casi había llegado a las manos con él, ¡con el único de sus amigos que le había ayudado verdaderamente en su delicada situación!, pero debía reconocer que Juanelo llevaba toda la razón: no tenía ninguna gracia saber a una hija en una mancebía; más aún, era indigno de un verdadero padre no hacer nada por remediar esa situación tan lamentable.

Así que Aurelio, atormentado por el espectro de la culpa, miraba al interior de sí mismo y repasaba el encadenamiento de sucesos de su vida que le habían hecho descuidar la crianza de su hija Fabiola. Era cómodo tenerla a cargo de su madre. El hecho de que se llevara mal con ésta justificaba su ausencia y su inacción. Cierto: habían desaparecido de su vida durante un dilatado periodo de tiempo, puede que dos o tres años, ya ni se acordaba con precisión, pero en cuanto a él, ¿había hecho realmente algo por localizarlas? Según ellas mismas le habían contado después, en realidad nunca se fueron de la ciudad, tan sólo se limitaron a cambiar de parroquia: se habían mudado a la de San Sebastián, junto a las Tenerías.

Harto de fatigar un lado y otro del catre, Aurelio decidió levantarse y caminar un poco. Tal vez eso le ayudara a conciliar el sueño. Las cosas suelen verse menos negras a la luz del día.

En un rincón de la terraza, don Antonio yacía en su posición habitual, recostado contra la cal, que la humedad del río corroía y salpicaba de desconchones; el Hombre de Palo aparecía nimbado de esa aura de calma beatífica que solía emanar de él. Al Comunero le pareció de repente que no estaba exactamente en ese mismo sitio la última vez que lo había visto; era como si se cambiara siguiendo el recorrido del sol o de la luna. O quizá lo hicieran para avizorar mejor la orilla del río y los diferentes tramos del arranque del ingenio. En ese momento, don Antonio recibía un plateado haz de luz lunar: parecía más beatífico y bondadoso que nunca y Aurelio simplemente pensó que debía rebajar la ingesta de vino de Yepes.

—¡Buenas noches, don Antonio! —lo saludó en voz alta—. Buenas para vos, que no tenéis cuitas ni ansiedades humanas, ni cuentas o culpas pendientes con vuestra conciencia... ¡Qué imaginaciones más bizarras me asaltan: mira que pensar que sois un zascandil que muda sutilmente de sitio!

Al alejarse, los últimos relámpagos iluminaban el soberbio entramado del artificio.

Aurelio contempló el armatoste de ingenio. A mediodía del día siguiente, sólo unas horas después, la ciudad asistiría al primer ensayo general. Sería casi como cuando conoció a Juanelo, nueve años antes, con ocasión de las últimas Cortes imperiales celebradas en Toledo. Todos los estamentos estarían representados: el Ayuntamiento, principalmente, con el corregidor al frente; el arzobispado; la milicia; la Universidad; la temida Inquisición, visible institucionalmente en su soberbia casa-presidio de San Vicente e invisible en todos los sectores de la sociedad hasta los que había irradiado sus poderosos tentáculos; los gremios y hermandades, que habían hecho posible la ejecución del magno artificio; los maestros, oficiales y braceros que habían dado lo mejor de sí en los vertiginosos meses del alzado de ese entramado de madera y metal, cuyos cazos reverberaban con mágicos destellos de luz de luna.

El Comunero era bastante viejo, casi marchaba con el siglo, como su amigo Juanelo, y había asistido a muchos actos masivos en la ciudad, algunos alegres, otros tristes y luctuosos. Desde luego, ninguno de la trascendencia que aquél iba a tener.

Anticipándose unas horas, casi podía ver al verdadero protagonista, al pueblo de Toledo, al estado bajo, agolparse multicolor en las barandas del puente, en los rodaderos de San Servando, en las riberas del río, en la explanada del Alcázar, expectante y pasmado ante el descomunal e incomprensible artilugio que iba a acabar con el secular divorcio de Toledo y su río. Intuitivamente, todos percibirían que del éxito de la empresa iba a depender el futuro de la ciudad: ¡su vieja y querida ciudad tendría una nueva oportunidad! Todos estaban, pues, con Juanelo, todos deseaban su triunfo... Bueno, casi todos.

—Don Antonio, vos presenciaréis la prueba en primera línea, en un lugar de privilegio —le dijo al Hombre de Palo.

Fue entonces cuando escuchó el ruido inconfundible de unos pasos dirigiéndose a la casa de obras donde hacía su guardia. Eran pasos suaves, como de persona menuda que hacía crujir ocasionalmente un cardo seco al pisarlo, pero no eran sigilosos. Quien venía deseaba ser oído. Por eso no se alarmó y se limitó a blandir su sólida estaca mientras concentraba la mirada en la senda, recién restaurada, que bajaba hasta el punto de arranque del ingenio. Entonces vio al muchacho, un rapaz que le sonaba vagamente de verlo merodear por la fábrica al acecho de algún pequeño recado que le permitiera ganar alguna moneda o un pedazo de pan. Uno de tantos hijos del río y de los barrios bajos de la ciudad.

—¿Dónde vas, hijo? —le interpeló desde la baranda, bajando la estaca hasta dejarla apoyada en el suelo—. No son horas para venir aquí.

—Vengo a dar un recado al guardés de la obra, sois vos, ¿no es así?

—Lo soy, ¿de qué se trata?

—Me dijeron que os diga que Fabiola, la de la mancebía de por San Sebastián, fue sacada con fuerza de la casa de la Josefa por hombres armados.

Aurelio sintió un latigazo, algo así como si una culebra acerada y fría le retorciese el corazón. Aun así fingió entereza.

—¿Quién te dio esa información? ¿Fue la Josefa?

—No, un hombre embozado fue.

—¿Pero de qué se trata? ¿De una redada de la autoridad?

—No, no eran alguaciles.

—¿Recuerdas algo del hombre que te habló?

—No alcancé a verle el rostro con claridad, era ya noche muy cerrada...

—¿Cuándo sucedió?

—Esta misma noche, no habrá pasado ni una hora...

—¿Y no recuerdas nada de él?

—Hablaba extraño, como forastero. ¡Ah, y tenía un diente de plata!

Otro latigazo fustigó los adentros del Comunero. Ese demonio del colmillo de plata, al acecho siempre de Juanelo y de él mismo, volvía a mostrar con toda su insolencia, con toda su arrogancia, su probada capacidad de hacer daño. Y ahora, donde más podía dolerle. El muchacho, dándose cuenta de que su misión estaba cumplida y de que estaba ya hablando de más, dio media vuelta y echó a correr por la rampa hacia el camino que sobrevolaba mediante un vertiginoso puente el primer tramo del ingenio.

El Comunero había pensado por un momento acompañarse del muchacho en su camino al otro lado de la ciudad, a la casa de la Josefa. Sopesó la posibilidad de que se tratara de una trampa, pero lo probable es que el golfillo hubiera cobrado unas pocas monedas por su trabajo y no quisiera meterse en más líos ni asumir riesgos innecesarios para él.

La noche se había complicado y del peor modo posible, se dijo Aurelio; en vísperas además de la prueba final del artificio. No le hacía ninguna gracia tener que abandonar su puesto, pero una hija era una hija. Controlando la ansiedad y la furia que sentía, el Comunero se dirigió hacia el rincón donde yacía el Hombre de Palo, lo tomó bajo los hombros y lo incorporó hasta acodarlo sobre la baranda exterior.

—Don Antonio, me temo que os quedáis al cargo de la obra.

Por último, liberó a *Capitán*, un perro alano de probada fiereza, del cercado en el que vigilaba la zona del molino y la gran rueda. Sus colmillos habían dejado cicatrices en varios merodeadores, ladrones de material y saboteadores de los molinos. Se contaba que al mozo de un molinero habían tenido que amputarle una pierna después de un encontronazo con el nuevo perro del ingenio.

Tras ello y después de cerrar minuciosamente todos los candados y cancelas de la casa de obras, Aurelio salió del recinto bastón en mano y con una buena faca entremetida en el fajín. Antes de pasar por debajo del puente de Julio César, se volvió a mirar la casa de fábrica. Se distinguían recortadas por la luz de luna las siluetas de *Capitán*, trazando nerviosos recorridos circulares, y, ante todo, la de don Antonio.

Desde esa distancia, nadie hubiera dicho que ese hombre pudiera no ser verdaderamente humano.

* * *

Las nubes, densas y oscuras, tapaban intermitentemente la luna, de manera que producían intervalos alternativos de oscuridad, donde podía aparecer cualquier cosa. Eso no le gustaba a Nero. La noche es proclive a encuentros y sucesos inesperados y las tinieblas propiciaban sin duda accidentes e imprevistos desagradables. Pero lo importante era que todo avanzaba según lo previsto: el Comunero había picado el anzuelo y abandonado su puesto en la guardia nocturna del ingenio; Juanelo Turriano habría conseguido conciliar el sueño, haciendo valer su larga experiencia y su seguridad en el éxito del artificio sobre los nervios propios de la víspera de una prueba tan decisiva; *Capitán*, el perro, había sucumbido sin lanzar un ladrido de un limpio tajo que Lanzarote le había asestado en el cuello con su daga... En cuanto a él, contemplaba el espectacular ingenio de Juanelo desde la terraza de la casa de obras, sin poder reprimir un sentimiento de admiración, pero satisfecho de cumplir su misión destructora. Unos inventan y crean, otros impiden que esos inventos prosperen o estorban su implantación: puede que ahí radique una de las claves del avance de la humanidad.

Mientras Lanzarote vigilaba cuchillo en mano la bajada hacia el río, Pocopelo se había encaramado, trepando entre una selva de maderos y de grandes cucharones, has-

bieran decidido a incautarlas, comprobado el escaso entusiasmo del lombardo por la vertiente bélica de sus inventos.

Nada podía descartarse, se repetía obsesionado Nero, nada, incluso —la peor de las hipótesis— que el relojero de Cremona hubiera optado por la destrucción de esos folios y con ellos de todo lo que contenían. Desde luego, siempre quedaba la opción última del secuestro de Juanelo y de su hija Bárbara Medea, o de alguno de los nietos, para conseguir que hablara y lo revelara todo acerca de esa arma secreta que traía en jaque a todas las cancillerías del mundo. Lo que tenía que reconocer, admirado ante la magnificencia de un artefacto capaz de elevar el agua del Tajo más de cien metros por encima de su cauce hasta las alturas del Alcázar, es que ese lombardo del demonio era muy capaz de haber concebido el arma más letal y definitiva que cupiera imaginar.

Del sendero que bajaba hasta el molino le llegó el ruido de pisadas y el jadeo de respiraciones alternadas con un llanto sordo. El espía no se alarmó. Serían Fructuoso, el tercer matón con que había contado para esa acción, el muchacho que había dado aviso al Comunero y la bella Fabiola, de la que tendría que deshacerse cuando todo se hubiera cumplido.

—Lástima tener que prescindir de su arisca belleza castellana —exclamó el veneciano en voz alta.

Enseguida se preguntó por qué lo había hecho. ¿Para quién había hablado? Y, volteándose hacia él, tuvo que reconocer que había hablado para ese ridículo Hombre de

Palo que acompañaba su espera. Nero se agachó y aproximó su rostro al de don Antonio hasta encararse con él. Serían imaginaciones de una noche ajetreada como aquélla o efectos de la cambiante luz lunar, lo cierto es que tuvo la sensación de que el muñeco había cambiado su gesto hierático pero cordial para mirarlo con cara de pocos amigos, con una clara e inquietante hostilidad...

Pero la llegada de sus dos compinches escoltando a Fabiola, amordazada y maniatada con gruesas ligaduras de cuerda, sacó a Nero de sus espectrales aprensiones con el Hombre de Palo.

—Quitadle la mordaza, nadie escuchará sus gritos si es que está tan loca como para darlos —ordenó.

Fabiola se mantuvo en silencio. Se veía que había llorado pero en ese momento una rabia serena le hacía mostrarse altiva ante el hombre que la había forzado esa misma noche y que pretendía utilizarla para dañar al protector de su padre. Nero acarició su barbilla con una prepotencia que no ocultaba el febril deseo que le provocaba la joven. Fabiola replicó con otro escupitajo.

—Me encanta el carácter de estas leonas de Castilla, ¡enmascara tanta dulzura! —dijo mientras se limpiaba la mejilla con un pañuelo granate.

—Traed la antorcha —exclamó con una repentina ansiedad, y tomándola se encaminó hacia arriba, por debajo del tramo del ingenio en que estaban actuando Lanzarote y Pocopelo.

Nero los llamó por sus nombres con voz apagada pero enérgica.

—Hemos agujereado ya varias cucharas —escuchó.

Tras ordenarles bajar, regresó con ellos a la casa de fábrica.

—Con los boquetes que hemos hecho queda perforado el fondo de latón; el agua nunca llegará hasta el Alcázar —aseguró Lanzarote.

La misión estaba casi cumplida: todo estaba preparado para el fracaso y el descrédito del tenaz relojero. Sólo quedaba un detalle: deshacerse de la joven prostituta. Nero era un profesional, había pasado por todo pero eso no evitaba que le desagradase tener que hacerlo en aquella ocasión.

La luna había vuelto a esconderse por detrás de las nubes. Lo que podía ver de Fabiola en medio de aquella oscuridad la hacía sin embargo más bella todavía. Una meretriz degollada atrapada por los cañaverales del río no sorprendería a nadie. Cosas de la mala vida, pensaba Nero que dirían, mientras sentía el desagradable impulso de ponerse a llorar. Quizá en otro momento, en otra coordenada de sus malas vidas..., sí, quizá Fabiola era la compañera que el destino tenía reservada para él, y sin embargo...

¿Cuánto tiempo hacía que Nero no había sentido ganas de ponerse a llorar? Resolvió acabar con aquello cuanto antes.

—Fructuoso, Lanzarote, sacad a la dama de la casa, esperadnos junto al río —ordenó.

—¿Dama? Puta diréis —bromeó Fructuoso, empujando a la joven.

Nero propinó un puñetazo en la boca al rufián.

—Dama dije, y tratadla con deferencia —añadió secamente.

En un aparte, retirados hacia la parte en que yacía don Antonio, el mercenario le dio indicaciones más precisas a Lanzarote, mientras Fructuoso se limpiaba la sangre que rezumaba su boca.

—Procurad que no sufra —le decía en voz baja, para que Fabiola no pudiera oírle—; y que no queden heridas, que parezca una caída en el río o un suicidio. Estranguladla y después depositad el cuerpo entre los juncos.

No había acabado de pronunciar esta frase Nero cuando el Hombre de Palo se incorporó con una sorprendente rapidez. Don Antonio avanzó hasta quedarse, tieso como un gigantón de las fiestas, a un par de palmos de donde Lanzarote y Nero estaban acordando los términos de la eliminación de Fabiola.

El esloveno dio instintivamente un paso atrás y desenvainó la espada. Había algo amenazante en la actitud del fraile de madera, aparte de la sorprendente manera que había tenido de incorporarse, que no le había pasado desapercibida y no le gustaba nada. «Como activado por un resorte», pero eso era exactamente lo que había sucedido: un resorte se había activado dentro de su estructura interna de madera y metal, ya que era un autómata, uno más de los muchos que Juanelo había ideado y fabricado. Sin embargo, Nero estaba teniendo una premonición inquietante: tal vez había minusvalorado al Hombre de Palo, tal vez no era un autómata *más*.

Lanzarote, dejando ver sus dientes cariados con una sonrisa de estupefacción, se acercó a don Antonio y, levantando un brazo hasta tocar uno de los hombros del fraile, dijo:

—Caramba, el bueno del fraile de madera quiere ponerse al cabo de la calle. ¿Mas quién os dio vela en este entierro?

Sucedió todo tan rápido que las retinas, sorprendidas o despavoridas, de todos los presentes apenas pudieron registrar otra cosa que la transformación final.

Con un sonido de cuchillas hiriendo el aire, de algún pliegue de la madera de don Antonio emergieron unas láminas de acero que convirtieron al instante su busto en refulgente armadura. Algo parecido sucedió con su cabeza, que quedó revestida por un potente yelmo, distinto a cuantos se solían ver en guerras y torneos. Donde antes estuvo el báculo policromado que se ajustaba a los pliegues de las faldas del hábito, había aparecido ahora la vaina de una gran espada que el monje, vuelto soldado, esgrimió con temible destreza mientras su mano izquierda sostenía un pistolón que parecía un trabuco recortado.

Lanzarote sólo tuvo tiempo de reírse bobamente y de exclamar:

—¡Diantre!

Luego se desplomó sobre las baldosas. Don Antonio había atravesado limpiamente su pecho con la espada.

Nero se movía entre el terror y el placer de, con todo, culminar un viejo empeño. Sus labios ordenaron a Pocopelo arremeter contra el inesperado soldado artificial, mientras que su mente descomponía la transformación de don Antonio en secuencias sucesivas. Las planchas metálicas del busto, el casco, las armas empotradas que súbitamente habían girado desde sus escondrijos y se habían manifestado... De repente, había podido presenciar, animadas en movimiento real, esas láminas que tan infructuosamente había rebuscado en los cajones y cuadernos del lombardo.

Comprendió que don Antonio *era* el libro con los proyectos de arma secreta del Imperio español que tan obsesivamente había estado buscando. Su hierático pero afable rostro y su túnica policromada escondían el proyecto tan ansiosamente anhelado por todas las potencias, el arma secreta con que el Emperador soldado había querido morir matando. ¡Lo había tenido tan cerca, lo había despreciado tantas veces, considerándolo una excentricidad o un síntoma de chochez de un inventor viejo cuyo máximo aliciente sería entretener a sus nietecitos!

No había sabido ver, pero ahora veía, vaya si veía: era aquel soldado artificial lo que tenía que hacer suyo para venderlo al mejor postor. Pero primero había que pararlo. Y no estaba nada claro que pudiera conseguirlo.

Aparte de en su propia pericia con la espada, acreditada en cientos de lances, Nero sabía que sólo podía confiar en Pocopelo, el jaque más diestro con la navaja de cuantos había tratado en las Ventillas toledanas; el mejor quizá en esa modalidad de lucha que había conocido nunca y en cualquier parte. Nada tenía que envidiar a los pomposos rufos y matarifes del Lavapiés.

No tuvo que darle la orden más que una sola vez. Bastó una señal de apoyo de sus ojos: Pocopelo ya estaba plantado en la plataforma de acceso a la base del ingenio, justo entre don Antonio y él, con el cuerpo de Lanzarote tirado a los pies en medio de un charco de sangre que enseguida se tornó viscosa y oscura. Del fajín había sacado su navaja de cachas nacaradas, una pieza de colosales dimensiones, de más de un pie de largo, forjada en las míticas ferrerías de Asturias. Bailaba diestramente, obligando al muñeco soldado a dar nerviosos giros a uno y otro lado, sabiamente escudado en el capote que tenía recogido a modo de escudo en torno a su brazo izquierdo.

Si fallaba Pocopelo, poco podía esperar de Fructuoso. Sólo era bravo pavoneándose y presumiendo: pero las palabras son baratas y solamente los hechos se pueden tasar. Si fallaba Pocopelo... En medio del pánico y de la sorpresa, algo en el interior de Nero estaba disfrutando realmente con aquel espectáculo, con la irrupción de ese ser concebido por el diablo lombardo por encargo de un César agónico no menos diablo que él, aunque algunos quisieran transmitir la idea de que había sido un santo.

El baile de Pocopelo parecía desconcertar al autómata, que descargó dos mandobles en el aire, si bien uno rozó el capote, rasguñando la piel de su hombre. A diferencia de Lanzarote, Pocopelo gustaba de callar en la lucha, incluso si el rival lo cubría de improperios y se acordaba de su difunta madre, que en gloria estuviera, como solía ser habitual. Sentir el sudor perlando sus sienes o escuchar los jadeos de la respiración potenciaba su concentración, ritmaban su combate. Así que Pocopelo profería mentalmente sus insultos y sus percepciones, generalmente despectivas, acerca del rival.

«Con lo bonachón que parecíais en la esquina de la Lonja, implorando monedas como cualquier mendigo y repartiendo cachetes a los chicos, como hacen los que empujan a la Tarasca y soportan a las cabezudas de las fiestas... ¿Quién me iba a decir que acabaría librando un duelo a muerte con vos?», pensaba el gran navajero.

Los movimientos del antiguo fraile parecían algo lentos así que Pocopelo, tras un movimiento de desconcierto hacia un lado, giró al contrario y se plantó de espaldas al soldado. Le pensaba acometer en la juntura entre el yelmo y la coraza, en la parte de la nuca: presentía que por ahí tendría acceso al mecanismo que regía al soldado artificial. O que, por lo menos, desde atrás tendría una posibilidad de derribarlo para, con el auxilio del capitán Nero, inmovilizarlo y hacerse con él.

Pocopelo se abalanzó con toda la energía de su cuerpo hacia el muñeco, su brazo y su cuerpo todo fue uno con la inmensa faca. Pero don Antonio ya se había volteado y con el brazo de la pistola neutralizó la navaja de Pocopelo, que salió volando y chirrió al impactar contra los guijarros de la plataforma.

Simultáneamente, su espada se hundió entre los ojos estupefactos del sicario de Nero.

Nero, fascinado, no se planteó siquiera la posibilidad de la huida. Por lo demás, la pistola permanentemente alzada en la mano del autómata la desaconsejaba por completo. Fructuoso se había abalanzado contra éste con un ímpetu que no dejó de sorprender a su jefe. En una mano llevaba una navaja algo menor que la de su compañero pero también de considerables dimensiones; en la otra, se servía de la antorcha para amagar contra el rostro de don Antonio. Fructuoso era de los que insultaban.

—Haremos una gran hoguera con vosotros dos: con vuestro infame cuerpo de madera y con el artefacto del agua que nos ha plantificado el brujo de vuestro padre, ese puto italiano.

Por un momento Nero pensó que Fructuoso, al que tenía por un charlatán inútil, conseguiría lo que Lanzarote y Pocopelo no habían logrado. Y es que el humo negro de la antorcha parecía estorbar la visión del soldado artificial o que, acaso, su alma de chatarra y de madera recelaba del fuego. Fuese lo que fuese, Nero vio retroceder por vez primera al soldado de Juanelo y concibió alguna esperanza de éxito. De hecho, la antorcha de Fructuoso había ahumado las junturas por donde asomaba el cuerpo de madera, en codos, muslos y rodillas. Incluso el rostro del monje estaba chamuscado. Pero un disparo acabó con todo eso. Fructuoso rodó por el frío y húmedo suelo.

Un tajo de la espada de Nero lanzó el pequeño trabuco del autómata por los suelos casi al tiempo que la antorcha del inerte matón. Enseguida las llamas prendieron en algunos matojos resecos y desde allí avanzaron hacia la base del ingenio.

Ya le tocaba a él. Quizá su mandoble había sido demasiado tardío. Había respetado, pensó, las reglas de una caballerosidad absurda puesto que el contrincante no era un humano. Admirado, Nero comprobó que el soldado era también un gran espadachín. Sus torpes desplazamientos no impedían que, prácticamente, lo parara todo. No tenía estilo pero era temible. Sin embargo, el esloveno ya sabía que no era invulnerable. Un amasijo de cordeles y de alambre asomaba por la muñeca que le acababa de romper. Nero se empleó a fondo, como si fuera el último combate de su vida. La pugna duró interminables minutos. Pudieron ser tres o cuatro, pero al mercenario le parecieron horas. Él era el dueño de la lucha, don Antonio se limitaba a repeler sus golpes, retrocediendo hacia el río; parecía que el tajo en la muñeca lo había dañado seriamente y que podía tener serias opciones de éxito para derrotarlo en singular combate y hacerse con ese prodigio, el secreto mejor guardado del Imperio, que había estado, sin embargo, a la vista de todos, en boca de todos. Hasta coplas le habían dedicado.

Que ardieran Troya, Roma y Toledo. Se iba a hacer con el soldado automático de Su Católica Majestad. Eso era lo único que importaba.

Pero todo fue nada. El primer y único ataque del monje soldado artificial bastó. Un recio mandoble y la cabeza de Nero quedó separada del cuerpo en un limpio tajo. Desde el suelo aún pudo decir:

—He visto mucho pero esto es lo mejor.

El fuego se estaba propagando: una ventolera que se había levantado lo izaba en sacudidas y violentos remolinos en dirección contraria a la casa de fábrica, en sentido ascendente y hacia la ciudad. Don Antonio pasó por encima del cuerpo de Nero y avanzó hacia Fabiola y el muchacho. Éste, aunque rufián, estaba espantado ante tamaña carnicería y se apretujaba a la joven como si fuera su hijo, buscando esa protección maternal que tal vez nunca había conocido. Fabiola presintió la intención del guerrero, que ya estaba a un paso de ellos. Por eso dijo:

—No, al muchacho no, él sólo es una víctima más de los engaños de ésos —dijo horrorizada.

Don Antonio la hizo a un lado, con enérgica deferencia. Luego alzó al muchacho sirviéndose del brazo lisiado. Nadie podía conocer el secreto de su existencia. Ni siquiera ese pobre muchacho de los barrios bajos, ya bastante maliciado por su trato con matones y furcias. Estaban en juego asuntos de la mayor trascendencia. El chico, bloqueado por el terror, no pudo gritar ni siquiera imploró piedad. El soldado, tras envainar su espadón, lo estranguló y luego lo arrojó al río.

Envuelto en llamas, el ingenio iluminaba la noche del valle, mientras el Hombre de Palo, transformado en guerrero implacable, iba arrojando uno por uno los otros cuerpos que acababa de abatir.

IV
Oros

VI

OTOS

Capítulo

1

Toledo, comienzos de 1569

D on Antonio volvió a su afable apariencia de fraile y a ocupar su puesto de inmóvil y mudo vi-
gía en la terraza de la casa de fábrica. Su padre, Juanelo,
restañó amorosamente sus heridas, pues algunas llamas
habían chamuscado la madera de su cuerpo, y también
lo había lastimado el certero tajo que Nero le propinara
en una de sus muñecas. Sólo Fabiola conocía el secreto
del Hombre de Palo, pero la joven había pasado a ser
algo así como una nueva hija, o quizá una nueva nieta,
que había venido ya crecida a aumentar la ya prolífica familia del relojero. Acogida con afecto en la casa de la familia Turriano, al cambiar de parroquia en el lado contrapuesto de la ciudad y de vida, pronto todos parecieron
haberse olvidado de su etapa en la mancebía de madama
Josefa.

Juanelo había conseguido transformar su pasión otoñal por la bella «hija del río» en pura afección paternal, que compartía con Aurelio. Uno de sus nietos, llamado como él, Juanelo Turriano de Diana, que era de la misma edad que Fabiola, ofreció todos los síntomas de un enamoramiento incurable. Era la ley de las cosas y de la vida, y un prometedor augurio de renovación familiar. Aurelio *el Comunero* pasó a ser un pariente singular de los Turriano, ese tío excéntrico y divertido que lo trastoca todo con sus regalos y sus divertidas ocurrencias. De hecho, las más pequeñas de las nietas y los primeros biznietos que empezaron a llegar le llamaban el *chío* Aurelio.

Juanelo no necesitó ponderarle a Fabiola la importancia de guardar absoluto silencio acerca de todo cuanto había presenciado la noche de su secuestro y del posterior ataque e incendio del ingenio. Sobre la implacable resolución del autómata y el modo expeditivo como había eliminado uno a uno a todos los asaltantes, se limitó a decir:

—La maldad no reside en don Antonio sino en los hombres. Él está programado para enfrentarse a todo elemento hostil y devolverles su hostilidad. La muerte del Emperador hizo que no presentase este ingenio, fruto de un encargo personal suyo. Tengo la esperanza de que haya caído en el olvido, aunque mucho me temo que eso es imposible. No quiero que llegue a conocimiento de ninguna potencia. A ser posible, ni siquiera al de nuestra católica monarquía...

Fabiola se quedó mirando al plácido fraile. Era una mañana soleada. El ingenio había sido restaurado: cambiados los tablones chamuscados, reparados o permutados los cazos perforados; naturalmente, se pospuso la inauguración del artificio. Las gaviotas chillaban incesantes sobre sus cabezas.

—Si tanto teméis que se conozca esta invención, ¿por qué no os deshacéis de él? —preguntó.

Juanelo calló unos instantes. Se había hecho la pregunta a sí mismo un millón de veces. Su pulso no había temblado al destruir los bocetos, anotaciones y diseños relativos al autómata soldado. Ahora bien, destruirlo a él, dañar a don Antonio... Sonaba ridículo pero había llegado a quererlo como se quiere a un ser humano, a una persona: con su lado bueno y también con su lado oscuro y con su peligro escondido.

Podía hablarle a Fabiola de la lealtad hacia un proyecto encargado y financiado por el Emperador, del que había sido criado, como criado seguía siendo de Su Católica Majestad. Tampoco ignoraba Juanelo, que era hombre capaz de afrontar ante el espejo moral de su alma sus errores e imperfecciones humanas, otro dato que concernía a su vanidad de inventor: mucho se había avanzado en el siglo en el campo de las invenciones militares, pero nadie había llegado tan lejos como él.

Nadie había conseguido hasta entonces, que se supiera, un soldado artificial listo para entrar en combate. En cualquier clase de combate, terrestre o marítimo. Y renunciar a ese logro: arrojar sus maderos al fuego, reconvertir en un mecanismo distinto o desechar como chatarra su parte metálica le parecían atentados insufribles hacia una invención que él parangonaba con sus mejores relojes astronómicos o con el mismísimo ingenio toledano de las aguas.

—Le tengo cariño tal como es, con su lado bueno y con su lado... peligroso —respondió el lombardo.

En cuanto a Nero y sus compinches, nadie pareció echarlos en falta. Una rápida inspección de las riberas a cargo de un alguacil y de dos corchetes, acompañada de unas cuantas preguntas desganadas al Comunero, eso fue todo. Sucedió un par de días después de la noche del incendio, que fue sofocado con ayuda de población civil, una vez las campanas tocaron a fuego y se vio que podía extenderse a las casas de la colación del Carmen calzado. En cuanto al fuego, Juanelo desistió de hablar de sabotaje, aun sabiendo que aquellos hombres habían actuado por designio de alguien que no deseaba el éxito del ingenio.

En cierto modo, al marqués le vino bien la desaparición de Nero. Éste había acumulado mucho poder sobre los bajos fondos de la ciudad y circulaban demasiadas habladurías acerca de sus connivencias con un personaje tan oscuro. Su reputación y hasta su honra empezaban a resentirse de ello y él mismo veía ya al mercenario como una amenaza potencial. Desde luego, era positivo para él perderlo de vista para siempre.

Pero no dejaba de irritarle el éxito de Juanelo y de su proyecto. ¿Cómo con tan pobres recursos había conseguido parar un ataque tan bien planificado? Realmente, ese lombardo arrogante, se decía, tenía una buena estrella sobre su tosca cabeza.

Lo que más irritaba al corregidor era que una parte de él se alegraba con la fortuna del italiano. No podía evitarlo: tenía que reconocer que su tenacidad era, por lo menos, tan admirable como su genial inventiva. La máquina hidráulica estaba a la altura —y nunca mejor empleado el símil— de la gran ciudad de Toledo. ¿Y si, finalmente, la Corona cumplía lo pactado y el agua llegaba al Alcázar para beneficio de todos, incluida la populosa y sedienta capital?

El marqués, al conocer la noticia del fuego que había afectado parcialmente al tramo principal del ingenio, aquel que iba de la rueda motriz principal a ras de río hasta la plaza del Carmen, mientras acordaba y comunicaba el inevitable aplazamiento de la prueba inaugural «en tanto no se efectuaran los reparos pertinentes», reafirmaba su convicción en el buen ángel tutelar del relojero. Y no pudo dejar de evocar la leyenda acerca del constructor del puente de San Martín, el otro gran puente de la ciudad: un incendio provocado por su esposa había salvado del deshonor a su arquitecto, quien se habría equivocado en ciertos cálculos fundamentales.

Mientras apuraba una taza de cacao bien cargada, se dijo que no habría otro Nero. Sobraban en la ciudad rufos, jaques y matones: estaban en chulesca almoneda las veinticuatro horas del día en sus fondas, tabernas, gradas y ventillas de los bajos fondos; sólo se trataba de elegir al más capacitado para hacer el mal. Pero no iba a hacerlo; además de comprometer su prestigio, ya no hacía falta. Al regidor le empezaba a tranquilizar una idea que provocaba en él una actitud nueva: no hacer nada. Sentarse a esperar cómo ese viejo arrogante y genial se derrumbaba con su babélico artificio. Los brazos que lo estrangularían serían finalmente los suyos propios.

Aun suponiendo que el agua alcanzase un día las fuentes públicas, cosa que dudaba, la Corona y la municipalidad tardarían en formalizar y ejecutar los pagos a Juanelo. Siempre eran lentos los gastos y libramientos públicos. Y Juanelo era cada vez más viejo, incluso aunque su corpulencia y su vigor le restasen diez o quince años en apariencia. Un viejo que se había endeudado por completo. Los prestamistas, a diferencia de la administración, pagaban con presteza pero exigían una rapidez semejante en el cumplimiento de las devoluciones conforme a los plazos pactados. Y, si no había devolución, crecían los intereses y con ellos la deuda misma. La sombra de la ruina sobrevolaba a Juanelo como un águila.

«Pronto será un buitre devorando la carne sobre su espalda», pensó el marqués, mientras devolvía la taza vacía a la mesa en medio de un agradable estrépito de lozas y de plata.

Era curioso: el gran cazador del tiempo, el mejor relojero de su siglo, sería finalmente cazado por el tiempo. Los achaques y el debilitamiento de la vejez no harían sino empeorar las cosas para él. El polvoriento Cronos no era un aliado de Juanelo sino su feroz y despechado rival.

Y por tanto un aliado suyo.

* * *

Por todo el valle retumbaba el fragor de la obra del ingenio. Los talleres y la fragua funcionaban a pleno rendimiento, reparando piezas averiadas y fabricando nuevos componentes. En el interior del laberinto urbano, los gritos de los vendedores voceando la mercancía, la algazara de los muchachos y el repique de las cien campanas de Toledo apenas apagaban el sonido de la obra, que se amplificaba y extendía, sin embargo, como un círculo sonoro por el tajo casi perfecto en su circularidad que el río tallaba a los pies de la vieja ciudad castellana. Juanelo había contratado algunos peones más y un par de oficiales nuevos para el reparo y el impulso final previos a la inauguración y puesta en marcha del artificio. Por otra parte, había extremado la vigilancia. Un hombre mayor y un niño reforzarían a Aurelio por las noches. Un nuevo alano vino a sustituir al perro muerto; era el tercer perro guardián de la obra, tras *Albaricoque* y el bueno de *Capitán*. En la fábrica del ingenio reinaba una frenética actividad.

En tanto la ciudad autorizaba nuevas talas de encinas de sus montes para permutar algunos puntos dañados por el fuego en las ruedas del ingenio, Juanelo solicitó más madera a los oficiales del Alcázar. Pronto quedó aprobado un envío de urgencia desde las obras del real sitio de Aranjuez. Su Católica Majestad no estaba tan sólo entregado a la construcción del mayor templo y del más imponente sepulcro nunca visto desde los remotos siglos faraónicos, San Lorenzo de El Escorial; por el contrario, había impulsado, bajo la dirección de Juan de Herrera, un ambicioso proyecto de reformas y mejoras en sus palacios, alcázares y posesiones, incluido desde luego el emblemático Alcázar toledano. El gobernador de Aranjuez recibió la orden regia de hacer llegar a Juanelo Turriano, a través de los oficiales del Alcázar, «cincuenta piezas de machones de entre veinticuatro hasta treinta pies de largo» para poder reparar el ingenio que estaba alzando su relojero y matemático mayor.

Concentrado en la culminación del artificio, Juanelo Turriano le había hecho repetir decenas de veces a Fabiola la sucesión de hechos que se habían desarrollado ante sus ojos la noche del asalto. Le fastidiaba reconocerlo pero no dejaba de pensar en don Antonio y en su transformación en soldado. Había cosas manifiestamente mejorables en el prototipo: el certero tajo en la muñeca del hábil esgrimista que Nero fue indicaba que era conveniente blindar los puntos más vulnerables desde el punto de vista del mecanismo interno; los tramos de madera chamuscados por el fuego, que debería revestir al autómata de alguna clase de ungüento o barniz ignífugo.

En cierto modo, don Antonio era un gran amigo y su mejor confidente, el portador y guardián celoso de su mayor secreto. Si se hubiera deshecho de él, si lo hubiera vaciado de su mecanismo oculto como, por lo demás, había pensado hacer más de una vez, el fracaso habría acompañado a la presentación del mayor proyecto de su vida.

Cuando acababan aquellas frenéticas jornadas que siguieron al incendio, Juanelo se retiraba a su casa de la Antequeruela, frente a la pequeña parroquia de San Isidoro. En su gabinete, tumbado sobre una camilla yacía don Antonio, convaleciente de aquella noche agitada de fuego y espadas. De manera semejante a lo que por el día sus operarios hacían con los machones y cucharas dañados del ingenio, Juanelo iba permutando minuciosamente las piezas y elementos dañados del autómata soldado. Un cirujano que operase a su hijo no habría actuado con mayor diligencia y cuidado. El rostro de don Antonio mantenía el hieratismo del muñeco de la calle de la Lonja, aquel al que vio arder en la pantomima del brasero de la Inquisición una noche ya lejana. Sin embargo, Juanelo sabía que algo sutil, un hálito de vida superior al sofisticado mecanismo que él le había injertado, latía desde hacía tiempo en aquel Hombre de Palo. Don Antonio, sin palabras, le agradecía sus cuidados porque demostraban que Juanelo le reconocía su defensa del ingenio la noche del ataque.

Ahora Fabiola y Aurelio conocían también el secreto del Hombre de Palo, pero Juanelo no había necesitado hacerles prometer su silencio: tal era la confianza que tenía en ellos. El inventor comprobó que la muñeca de don Antonio volvía a funcionar a la perfección. Pronto estaría en condiciones de vestir otra vez su pacífico hábito de monje giróvago y podría regresar a su puesto en la casa de fábrica. Mucha gente, no sólo los peones y el personal de la obra, preguntaba por él. Su ausencia era ya más llamativa que su presencia.

En menos de un mes don Antonio volvió, perfectamente restaurado, a la casa de obras en medio de una gran algazara de oficiales y peones.

* * *

Uno de aquellos días, Juanelo irrumpió en mitad de la noche en su gabinete a pie de la obra del ingenio. A pesar de los afanes e incertidumbres de toda clase que lo acosaban, solía dormir bien, de un plácido tirón tras un plato de sabrosa y humeante pasta con tomate frito y mucha albahaca. Siempre había oído que la gente con la conciencia tranquila dormía bien, y él la tenía; nunca había hecho daño a nadie, deliberadamente al menos.

Sin embargo, llevaba un tiempo con la desazón de pensar que estaba descuidando el mantenimiento de la colección real de relojes, que había sido imperial en otro tiempo. La construcción del Reloj Grande para el César y el cuidado y custodia de la colección, quizá la afición máxima del Emperador, habían sido la razón de su vínculo con los Habsburgo y, finalmente, de su empleo en la élite de los cortesanos más próximos al monarca. Cierto que el rey Felipe no era tan aficionado a los relojes como su progenitor. De hecho, no mostraba el menor interés, salvo quizá el puramente estético y decorativo, por el sofisticado mundo de los relojes, que tan gran impulso había experimentado en el último siglo. Felipe, desde su marcada tendencia a una escueta austeridad, cargada desde luego de simbolismos y resonancias secretas, declaraba que bastaban para reloj dos vasos superpuestos, una sencilla estructura de madera y un puñado de arena.

—¿Qué otra cosa somos sino polvo, tierra de la que surgimos y a la que inevitablemente retornaremos un día, fugaces hijos del tiempo? —Cosas como ésta habían brotado a veces de los labios del monarca en presencia de su relojero y matemático mayor.

Esa noche una pesadilla lo había desvelado jadeante como un gamo acosado por los cazadores. Recordaba de aquel ominoso magma de imágenes unos brazos hurtando el Reloj Grande, un rayo incendiando la torre de un palacio, el reloj del Emperador descompuesto y chamuscado sobre unas baldosas ajedrezadas. Las agujas estaban retorcidas y desquiciadas; las esferas derretidas; el latón sobredorado fundido por el fuego; sólo algunos fragmentos se esparcían aquí y allá por el suelo, renegridos y perfectamente inservibles.

Juanelo se sintió repentinamente culpable. Tanto el ingenio como el perfeccionamiento del autómata soldado absorbían todas sus energías y el noventa por ciento de su atención. De repente, se le ocurrió que el gabinete, si bien protegido por una puerta de roble macizo y por unas cancelas a toda prueba, quizá no pudiera resistir un asalto en toda regla. Había gente saboteando la obra del acueducto y gente dispuesta a asaltarlo en su propia casa en busca de sus inventos: ¿y si decidían robar o destruir nada menos que la colección imperial de relojes? Sería una forma muy efectiva de dañarle, de arruinar su prestigio.

Saltó del lecho, se calzó unos zuecos y se cubrió con un capote sin molestarse en despojarse del camisón. Mientras prendía una lámpara de aceite, se dijo que trasladaría los relojes al Alcázar en cuanto estuviera listo el sector oriental del mismo. Pensó en lo lentas que marchaban las obras de reconstrucción y le hizo dudar la imagen de su sueño con el rayo incendiando una torre. Sin embargo, la seguridad del palacio, frente a la del ingenio, ya no sería cosa suya y ese pensamiento le produjo un alivio innegable.

No se cruzó con nadie en su trayecto hasta el río, no tuvo que dar explicaciones enojosas a los alguaciles de la ronda. Bajo la tenue luna nueva, el río espejeaba y una brisa leve ondulaba los carrizos, que emitían una cascada de gemidos; a Juanelo no le hubiera sorprendido ver emerger de entre ellos a una de esas ninfas que había cantado Garcilaso de la Vega, el gran poeta toledano, medio siglo atrás.

Al llegar a la casa de fábrica, reinaba el sosiego y el Comunero roncaba plácidamente semitumbado en su catre, pero algo le intranquilizó mientras acariciaba al perro guardián, que había venido solícito a lamerle las palmas de las manos: don Antonio no estaba en su sitio habitual. Se temió lo peor, siempre había concedido una gran importancia al aspecto premonitorio de sus sueños.

Juanelo rodeó la construcción por la baranda exterior presa de una angustia creciente, hasta llegar a la ventana enrejada de la cámara de los relojes. Cuando llegó, exhaló aliviado todo el aire retenido en sus pulmones: el Hombre de Palo hacía plantón frente a esa ventana. El autómata se hizo a un lado para dejarle paso y el relojero limpió de vaho una parte del cristal. Entre tinieblas distinguió algún reflejo dorado de las piezas pequeñas y la mole del Reloj Grande, presidiendo el conjunto a la manera de un retablo. Incluso alcanzó a ver las siluetas de la bailarina y del tañedor del laúd, los hermanos mayores por así decir de don Antonio.

Totalmente tranquilizado, se dijo que el Hombre de Palo también había presentido el riesgo que podían correr los relojes. Últimamente, estaba teniendo a menudo la sensación de una especie de sintonía entre don Antonio y él mismo. Se preguntaba si el autómata no estaría desarrollando alguna clase de empatía, de capacidad emocional más allá de los mecanismos lógicos y racionales con que lo había programado; algo similar a eso que suele denominarse ánima.

Pensó que tan eficiente guardián, desde luego mucho más digno de confianza que el bueno de Aurelio, cuyos ronquidos turbaban la paz del río, se merecía un premio y decidió que el Hombre de Palo lo acompañaría adentro para efectuar la inspección de la colección de relojes.

A la tenue luz de la lámpara, cobraron vida aquellos hermosos artefactos que no hacían sino embellecer el misterio del perpetuo tránsito de la vida a la muerte y de la muerte a la vida. Sintió una gran emoción cuando vio a don Antonio maravillado ante los pequeños autómatas que lo habían precedido y que tanto deleite producían entre el César y su séquito, incluidos los buenos padres jerónimos del monasterio de Yuste. Agradecido por su lealtad, Juanelo hizo que tocaran y bailaran para el Hombre de Palo; incluso el pájaro mecánico revoloteó alrededor de sus sienes de madera pintada, y era de ver cómo el bueno de don Antonio sonreía y se protegía cómicamente de los vuelos circulares del pajarillo, inclinando a uno y otro lado su tiesa cabeza. Sin duda, disfrutaba reconociéndose en aquellas pequeñas criaturas que eran como sus ancestros, su peculiar familia.

Pero lo que cautivó por completo su atención fue el Reloj Grande del Emperador, obra maestra de todos los proyectos de Juanelo en el campo de la relojería. Veinte años había tardado en imaginar el reloj y tres y medio en ejecutarlo. Quería incorporar a ese planetario todos los movimientos que la astronomía considera, reflejarlos allí con total fidelidad y afinarlos por años y meses, por días y horas. Ya era hora de rebasar en materia de astrarios los logros de Arquímedes y aquellos que Plutarco había referido. De la gran vehemencia que había puesto en el estudio y proyecto del reloj, con el añadido de la gran carga del cliente de que se trataba, el Emperador en persona, el relojero enfermó dos veces en aquel tiempo y estuvo a punto de morir.

Con un gesto, don Antonio le pidió permiso para tocar aquel pequeño monumento pensado para medir el tiempo y los movimientos de las siete esferas. Tras otorgárselo Juanelo con un asentimiento de su despeinada cabeza, el Hombre de Palo recorrió suavemente, casi acariciándola, la superficie de aquel ingenio de casi dos pies de diámetro y forma redondeada. Sus dedos de madera se deslizaron por casi toda la superficie labrada de latón dorado, trepando hasta la torrecilla superior, una estructura transparente que descubría los movimientos de Saturno, del Sol y de la Luna, para acabar en lo más alto, en la campanilla para las horas y para el despertador.

Al advertir el arrobo del autómata, el cremonense se sintió recompensado del largo esfuerzo dedicado a la concepción y ejecución del Reloj Grande. De los profundos estudios matemáticos que le permitieron integrar los movimientos del primer móvil, de Mercurio y las horas desiguales de la Luna; de la tarea de tener que labrar a diario, salvo las fiestas de guardar, tres ruedas diferentes en tamaño y en número y forma de sus dientes, y en la manera de estar trabadas. Este trabajo, tan ingente como minucioso, le obligó a inventar un torno que pronto fue calificado de maravilloso y empleado para labrar ruedas de hierro con la lima al compás y con el tamaño de los dientes que se requiriera en cada caso. Era gratificante advertir el pasmo de don Antonio ante el Reloj Grande porque todas esas cosas, buena parte de los recursos adquiridos en su gestación, habían servido para crearlo precisamente a él.

Del sobresalto Juanelo había pasado a la satisfacción; realmente, aquella noche mágica se sintió feliz rodeado de sus tres creaciones más excelsas: el ingenio trepando ya hacia el Alcázar del Rey y prácticamente acabado, el Reloj Grande que un día ya lejano de su juventud le había encargado el Emperador y don Antonio, el Hombre de Palo, el autómata más complejo, y completo, jamás construido por los hombres.

Al advertir una pequeña efigie de Juanelo inscrita en el reloj, don Antonio lo miró cómicamente como cerciorándose de que, efectivamente, era él el rostro representado. Luego sus dedos repasaron el lema en latín que la acompañaba. El relojero se lo fue traduciendo palabra por palabra, convencido de que su sentido, bastante sutil, escaparía a las entendederas del autómata: «ENTENDERÍAS QUIÉN SOY SI HICIERAS UNA OBRA COMO ÉSTA».

Don Antonio asintió tres veces y Juanelo supo que había captado el mensaje cifrado en esa frase.

Capítulo

2

El oro predominaba por encima de cualquier otra cosa, por encima de cualquier otro color.

Salía Su Majestad de su cámara con una ropa de tela morada alcarchofada de brocado y sayete de lo mismo. Su Majestad el difunto César Carlos, no su hijo Felipe. Un César Carlos en la plenitud de su vigor y su juventud, dispuesto a revivir al rey David y a Carlomagno, a preparar el terreno para que su hijo y heredero, nuevo Salomón, alzase a Dios su gran templo en una libertada Jerusalén.

La acción era en Italia, en Bolonia. Él era joven, aproximadamente de la edad del César: estaba allí porque era el relojero más famoso de Milán y había que reparar el viejo astrario de Pavía, como regalo para la coronación imperial del César. Por eso él, Juanelo Turriano, un relojero de Cremona, asistía entre los más grandes de los grandes a la ceremonia. Todo sucedía conforme a su recuerdo, con una precisión admirable incluso en los detalles.

Venía delante el marqués de Astorga: vestido de tela azul bordada de unos penachos de canutillo de oro enforrado de martas, en la mano portaba un cetro.

Detrás de él el duque Alejandro vestido de raso morado, bordado de oro; llevaba en la mano un mundo de oro con piedras. Oro, oro...

Otros grandes que figuraban en el séquito del monarca eran el marqués de Villafranca, con una ropa de terciopelo encarnado, forrada en tela de oro y sayo de lo mismo. El conde de Saldaña: ropa de tela de oro forrada de martas con una tira de terciopelo negro en calzas y jubón de lo mismo al modo de Guadalajara. El conde de Aguilar: ropa de tela de oro forrada en tela de plata con una tira de terciopelo encarnado y el sayete a bandas de lo mismo. Don Alonso Téllez: ropa de tela de oro forrada de martas y sayete de lo mismo. Don Manrique de Toledo: sayo y capa castellana de tela de oro negro con dos tiras de tela de plata bordadas de hilo de oro. Don Pedro Manrique: ropa de tela de oro forrada de raso blanco y sayo de lo mismo. Y don Alonso Manrique con sayo de brocado y capa castellana de terciopelo azul forrada en raso blanco.

Por detrás el marqués de Monferrán: llevaba la corona que Su Majestad recibió en Alemania la primera vez.

Y, por último, el marqués de Villena: vestido de brocado con dos tiras de tela de plata recamadas de oro, la tela forrada de martas que para ese día le habían cortado; se decía que su traje estaba valorado en mil ochocientos ducados. Llevaba el estoque en paridad con el de Su Majestad.

Tres cardenales, uno de los cuales era de la familia de los Médicis, aguardaban al rey Carlos y su áulico cortejo a las puertas de la capilla de palacio. Hecha oración, el que decía la misa hizo una larga disertación sobre el cargo de Emperador del orbe que Carlos recibía y la cuenta que había de tener en ello; ni más ni menos como a un obispo cuando lo consagraban. El monarca juró cumplirlo sobre los evangelios. Después se hincó de rodillas a los pies del cardenal y se desnudó de ropa y sayo. Quitada la manga del jubón del brazo derecho, le pusieron óleo y unos algodones y se lo volvieron a cubrir.

A continuación, se quitó el jubón para que le olearan la espalda. En una cámara se limpió y se puso una ropa basta de pelo ceñida por los pies y ancha de mangas.

Juanelo se sentía en el interior de una extraña representación, como si en el patio de comedias todos fueran actores más allá del tablado y sólo un espectador invisible asistiera a la función.

El momento estelar sucedía entonces. Frente al rey Carlos, que pronto iba a ser coronado Emperador del orbe cristiano, vestido de mendigo ambulante o buen salvaje, aparecía sobre el altar en su máximo boato el Papa, todo fulgente y espléndido. Carlos se arrodilló y escuchó de labios del Papa la misma oración que le había dicho el cardenal.

Luego el Papa tomó la corona de hierro y se la puso en la cabeza y, dichas unas oraciones, se la quitó y en su lugar le puso una corona muy grande de oro y piedras y perlas. Después colocó en una de sus manos el globo terráqueo de oro (oro, oro, oro...) y el cetro en la otra mano. Por último, le dio el estoque desenvainado y, con él, el ya César de la cristiandad dio tres golpes en la tierra y lo blandió en el aire otras tres.

Esgrimiendo todos sus atributos y hecha la obediencia al Papa, el Rey comulgó.

De repente, el rostro del César se fue transformando hasta que se le superpuso el suyo propio, el de Juanelo, y era él y no Carlos el portador del orbe, del cetro y de la corona, y ya no estaban en Bolonia sino en Toledo y el Papa señalaba con benevolente y admirada sonrisa el ingenio de las aguas, que nimbado de un aura dorada arrancaba su rítmico caminar...

Capítulo
3

Por qué había soñado con la coronación imperial del rey Carlos justo la noche antes de la puesta en funcionamiento oficial del ingenio era uno de esos misterios de la mente humana, cuyas simas eran más insondables que los abismos del Guadarrama y que no estaba a su alcance explicar. Lo tomó, simplemente, como un buen augurio, como un presentimiento de cierta confianza en el éxito tras tantos años de ideación oscura y cuatro de faraónico esfuerzo contra la acción de los elementos, la de los hombres y las limitaciones, siempre presentes, del dinero.

Aquella jornada lejana en el tiempo, casi medio siglo atrás, había resultado gloriosa para aquel al que todavía no servía en calidad de criado áulico y del rango más elevado, precisamente porque fue por entonces cuando trabaron conocimiento. El magnífico reloj astrario de Pavía con que las autoridades italianas deseaban agasajar al monarca, sabedoras de su pasión por la relojería, les había unido a ambos en una empatía ya indestructible desde el instante preciso de su primer encuentro. Aquel artefacto varado era magnífico, como una belleza ajada que conservara inextinguible un aura de seducción, tan maltratado por aquello que justamente le daba sentido y estaba obligado a mimar: el tiempo. Sus injurias le habían reducido a lo que era: una bella y valiosa antigüedad. Pero los reyes no deben permitirse la melancolía ni tampoco la quimera. Y allí, en un gabinete el día previo a la coronación, rodeados de unas autoridades locales gentiles y pomposas que se habían tornado invisibles para ambos, se habían encontrado frente a frente dos reyes: el Rey del mundo y el Rey del tiempo. Ambos se reconocieron como tales y ese reconocimiento habría de durar tanto como sus vidas respectivas. Sólo que en Carlos la línea de la vida de la palma de su mano alcanzaba bastante menos que los dos tercios de la de Juanelo.

El astrario tenía un siglo y, a pesar de su deslumbrante apariencia de valiosísima joya, había pasado por una cadena de transmisiones en la que cabía rastrear saqueos, envenenamientos, peleas conyugales, descuidos en el mantenimiento, simples sabotajes, manipulaciones infantiles y caprichosas... Esa cadena de avatares había dañado si no su aspecto exterior, sí su mecanismo. Juanelo aprendió mucho observándolo, abriendo sus tripas delicadamente como el galeno que explora un organismo enfermo y muy desgastado. Carlos, adelantado en el sillón de cordobán y esgrimiendo su silueta de águila, seguía atentamente los movimientos del relojero lombardo, que se prolongaron durante unos cuantos minutos.

—No vale la pena restaurarlo —concluyó el joven relojero, que vestía de negro como era su costumbre aunque había cambiado la sencilla ropa habitual por un sayo bordado y recamado de algunas piedras igualmente oscuras.

Se escuchó un «oh» de pasmo colectivo proveniente de los jerarcas y funcionarios boloñeses. Carlos V, sagaz y rapaz, tras escrutar a Juanelo, le preguntó si es que no se sentía capaz de reparar un reloj tan complejo. Juanelo meditó la respuesta, sonrió y acariciando el aura del astrario dijo:

—Majestad, podría restaurarlo, sí que podría, yo no he dicho otra cosa; sólo digo y sostengo que no vale la pena hacerlo.

El secretario de más rango, tenso y muy alarmado, pidió excusas al inminente Emperador y, tomando del brazo a Juanelo, lo apartó tres pasos para sostener con él un irritado coloquio, haciendo estériles esfuerzos por bajar la voz y que no se oyera lo que decía:

—Turriano, no os hemos llamado para escuchar vuestra opinión, sin duda muy autorizada, sino para reparar el astrario que es nuestro regalo para el César. No importa el tiempo que os lleve, el grado de dificultad ni los dineros que el trabajo comporte. Habéis reconocido que el aparato se puede reparar, pues entonces no hay más que hablar.

—Pero señor, yo sólo deseo lo mejor para el Rey.

—Vuestras reticencias y vuestra actitud pueden interpretarse como arrogancia. La arrogancia es vicio muy feo pero ante un Emperador en ciernes es todo un crimen...

Carlos interrumpió el coloquio.

—Gracias, secretario. Pero dejad que el relojero se explique. Creo que quiere proponernos algo. Quizá valga la pena escucharlo.

Juanelo Turriano dijo que, en efecto, cabía volver a poner en marcha el astrario, cosa que sería ardua, laboriosa y harto lenta: una reparación que podría ocupar la vida entera de un relojero. Por lo demás, en un siglo, edad que contando por lo bajo era la del gran reloj de Pavía, muchas cosas habían cambiado: concepciones astronómicas, conocimientos sobre el universo y las estrellas pero, más que nada, la propia tecnología, la maquinaria y el arte de la relojería en sí mismo considerado. Él se sentía capaz de ofrecer allí, junto al gran astrario viejo y en presencia de los príncipes, autoridades y patricios de Bolonia y de la cristiandad, la realización de un nuevo astrario conforme a los conocimientos y la técnica del nuevo siglo.

Juanelo era osado y ambicioso, Carlos era ambicioso y osado; los dos jóvenes, apasionados de la técnica y de los relojes. El desafío quedó aceptado. El nuevo reloj, pasmo y deslumbramiento de Europa, tardaría más de tres lustros. Pero desde aquel momento quedó rubricada una amistad inextinguible y una relación de dependencia personal y profesional que, aunque se formalizara plenamente casi dos décadas después cuando Juanelo pasó a ser considerado «criado» —esto es, alto funcionario de la corte—, empezó a contar justo tras la aceptación del encargo aquel día en la Bolonia de 1520.

¿Por qué habría soñado con la coronación del César a la que éste le dio el privilegio de asistir? ¿Sería un mensaje de apoyo del Emperador, desde el trasmundo en que se hallaba, a la culminación del empeño de su leal relojero, de la gran aventura de su vida, acometida cuando el común de los mortales, y no digamos los funcionarios de corte, sólo pensaban en un plácido retiro del mundo, de sus pompas y de sus mortales celadas?

¿Sería un reconocimiento al deber póstumo cumplido por él de diseñar y ejecutar el soldado autómata, aquel encargo postrero de un César doliente, gotoso y terminal?

Sin embargo, Juanelo no pudo dejar de hacerse otras consideraciones bastante más oscuras. En realidad, la coronación quedó reducida a un deslumbrante ceremonial cargado de oro y de riqueza simbólica. Ninguno de los dos grandes objetivos, o sueños, del joven César se cumplieron: ni la unificación de la cristiandad bajo su cetro, que lejos de ello se había escindido para siempre, ni la derrota del Turco y la liberación perpetua de Jerusalén y los sacros lugares. En cierto modo, su coronación —«maravillosa», la habían llamado los cronistas castellanos—, siendo triunfal y admirable, había devenido un fracaso.

¿Sucedería algo parecido con su ingenio?

* * *

Había amanecido un día radiante de primavera. Un intenso olor a tomillo se expandía por el valle anticipando la gran explosión solsticial de los sentidos de la fiesta mayor que daría paso al verano, el Corpus. A pesar de que, al contrario que la frustrada vez anterior, en previsión de nuevos contratiempos, no se había publicado el día de la prueba, una considerable multitud se agolpaba en las cornisas, sobre las rocas y encima de los muros para mejor presenciar el arranque oficial del ingenio que traería agua y prosperidad a la ciudad. Eran muchos los trabajadores, oficiales, peones y suministradores que directa o indirectamente habían intervenido en la gran fábrica. Inevitablemente, habían compartido el dato del día fijado para el arranque con parientes y amigos, de manera que una buena parte de la sociedad toledana había acudido a presenciar el gran momento.

Desde la perspectiva oficial, no se quiso dar gran boato a la inauguración. Subyacían demasiados recelos y tensiones como para correr el riesgo de exhibir en público unas diferencias entre Toledo y la Corona que a nadie beneficiaban. Además de Juanelo y su equipo inmediato, en el que no faltaban ni su leal Bárbara Medea ni el Comunero ni por supuesto Fabiola, sólo los oficiales de las obras del Alcázar representaban a Su Majestad. Ningún alto funcionario de los Consejos se había desplazado desde Madrid. Al fin y al cabo, se trataba de una prueba de carácter eminentemente técnico.

Por el ayuntamiento, la representación fue mucho más nutrida. Había varios regidores, un justicia y un par de jurados, además naturalmente del escribano del Secreto, encargado de certificar y levantar acta de la prueba. El corregidor y justicia mayor, el marqués, había acudido también. Su sobrio ropaje negro sugería alguna clase de pesaroso augurio, a no ser porque se conjugaba a la perfección con la vestimenta de Juanelo, quien había permutado para la ocasión su gorra de paño por otra de terciopelo.

Cuando los alguaciles trajeron un gran reloj de arena que depositaron sobre una gran mesa cubierta por un tapete de raso granate, se hizo un silencio expectante y súbito. La prueba estaba a punto de comenzar.

Una hora exacta tardaría en caer la arena en el vaso inferior del gran reloj de cristal. Juanelo se dijo que, ironías del destino, su aliado, su cómplice de siempre, el tiempo, iba a ser ahora el juez que decretase su suerte y la del mayor invento de su vida.

El Comunero se había puesto un chaleco de ante verde y estrenaba un jubón que había reservado especialmente para la ocasión. Se había tomado la molestia de visitar al barbero y se había perfumado con un jabón de almizcle que había comprado en una especiería del Alcaná. Iba aseado y transmitía una cierta coquetería viril, pero lo que él entendía por elegancia no hacía sino intensificar su extravagancia habitual. Parecía en fin, más que nunca, un personaje de baraja. Aunque todo el mundo estaba al cabo de la calle de quién era, mantenía su parche y el habla italianizante en la que tenía como maestro a su jefe y amigo, Juanelo Turriano, y también a Bárbara Medea: ninguno de los dos habían logrado quitarse el pegajoso acento italiano. Las autoridades, siguiendo discretas indicaciones del marqués, habían archivado su caso, temerosas de que, viéndose apurado, pudiera revelar cosas comprometedoras acerca de Nero y su relación con la ciudad.

Bárbara Medea, parcialmente enlutada a causa del fallecimiento no demasiado lejano de su esposo Orfeo de Diana, irradiaba su serena belleza madura al lado de su padre.

En cuanto a Fabiola, vestía una larga túnica de raso azul celeste coronada por un breve sayo de piel marrón. Había recogido en una gruesa y larga trenza su poderosa melena negra. Estaba contenta, integrada en la familia de Juanelo, donde la llegada de bisnietos y la ausencia de Antonia Sechela, que había fallecido hacía algunos años, a poco de comenzar las obras del ingenio, revalorizaban su dedicación y su laboriosidad. Los hombres la miraban entre la admiración y el deseo, puede que alguno la recordara todavía de los años de la mancebía próxima a las Tenerías. Pero ella se sentía segura, arropada en su nueva vida, protegida por la proximidad del hijo de Bárbara Medea, que pronto sería su esposo.

Junto al Comunero, don Antonio parecía no haber querido perderse el gran momento. Hierático y cordial, transmitía la sensación de una atención extrema a cuanto se estaba desarrollando en el entorno del ingenio.

En la parte de arriba, entretanto, técnicos de ambas partes, del Alcázar y de la municipalidad, se ocuparían de medir la cantidad de agua que el ingenio acarrearía tras esa primera hora de actividad.

A una señal de Juanelo, la gran rueda motriz del río dio su primer giro sobre sí misma. El silencio expectante que se creó intensificó un estrépito de golpes de madera, chirriar de clavos, breves cascadas entre cucharas de latón, chorros de agua llenando balsas. Pronto ese conjunto de ruidos aparentemente disformes e incompatibles se fueron armonizando y haciéndose progresivamente sinfónicos: un ritmo se produjo entre todos ellos y todos los presentes quedaron pasmados del espectáculo del ingenio caminando el agua hacia el cielo, hacia la torre nororiental de los reales alcázares. Había un momento, apenas un segundo, en que parte del ingenio parecía pararse y la sinfonía de sonidos cesaba. Luego, en medio de un renovado asombro, el ingenio reanudaba su movimiento que ya, a pesar de llevar sólo minutos, empezaba a parecer perpetuo.

Un hombre, ajeno a la obra pero que había conseguido ponerse entre Aurelio y el Hombre de Palo, exclamó:

—¡Milagro! ¡Santísima Virgen del Valle!

A lo que el Comunero repuso:

—¿Miracolo? Ma quién parla aquí de miracolo: esto non é cosa miracolosa. Sino de la ideachone de mesié Yanelo Torriani y del laboro de tuti cuanti...

Bajando la voz, el hombre dijo:

—Vamos, Aurelio, no te hagas el italiano, no hace falta que finjas conmigo, que no soy ningún alguacil ni mucho menos un malsín. Que jugamos de niños en la Antequeruela, que mi hermano, que en paz descanse, era de los que marchaban a galeras contigo, sólo que no tuvo tanta suerte como tú y cayó preso enseguida.

—¿Galeri? ¿Antequeruela? ¿Ma cosa diche questo señore, don Antonio?

Como si don Antonio hubiera dicho algo o le hubiera dado la razón, el Comunero se volvía hacia el perplejo paisano y le decía con un gesto de las manos que había visto cientos de veces hacer a Juanelo y que tenía por muy italiano:

—¡Ah! ¡Ah!

El espectáculo era tan bello y tan novedoso que la hora transcurrió rápidamente. Nadie habló, excepto con admirativos murmullos en voz baja, nadie abandonó su sitio. Era como si aquel inmenso artefacto, con su rítmico caminar donde se hermanaban el agua del río, la madera y el metal, sumiera a los espectadores en una especie de trance hipnótico.

Depositada la arena en el vaso inferior del gran reloj y transcurrida pues una hora de tiempo, se vio cómo durante ella corrieron noventa cántaros de a tres azumbres y tres cuartillos cada uno, lo que vendría a hacer entre día y noche quinientas seis cargas y un cántaro de a dieciséis azumbres por carga.

La prueba había sido un éxito.

Capítulo
4

El deslumbramiento, «pasmo» y hasta «espanto» según ciertos cronistas, que el funcionamiento del ingenio del agua provocó en todos aquellos que lo presenciaban fue tal que pasaron a segundo término determinados aspectos prácticos. Las obras para derivar la parte del agua subida correspondiente a la ciudad, según el convenio seis sobre un total de siete partes, ni siquiera habían empezado a planearse y exigirían no sólo inversiones adicionales sino enajenaciones, expropiaciones y otros procedimientos administrativos lentos y complejos.

El reto era hacer subir el agua del Tajo los noventa abruptos metros que la separaban de la población, cosa no vista que ni romanos, ni godos ni árabes habían sido capaces de lograr. Eso lo había conseguido el gran Juanelo y el resto no importaba. Al menos, en ese momento.

Se acuñó la expresión «caminar el agua»; en efecto, el ingenio la hacía caminar, la elevaba riscos y callejas arriba trepando o reptando según los tramos. Toledo volvió a ponerse de moda. Literatos, pintores, matemáticos, embajadores, toda clase de viajeros, ilustres o meramente curiosos viajaron a la antigua capital de la España visigoda para conocer la asombrosa novedad del ingenio de Juanelo. Si la catedral había sido la magna obra pública del Medievo, ciertamente el ingenio había sido su equivalente en el primer siglo de la Edad Moderna, y un argumento para visitarla tan atractivo por lo menos como la soberbia fábrica gótica. Muchos de los visitantes llegaban comisionados por sus ciudades de procedencia para estudiar el artificio y contemplar posibilidades de importar el modelo para salvar situaciones similares: un desnivel espectacular entre la cota del río y el emplazamiento de la población.

Uno de los viajeros ilustres que llegó a Toledo para conocer a Juanelo y su invento fue Ambrosio de Morales, cronista oficial del Rey que por aquel entonces preparaba sus *Antigüedades de España*. Como criados de Su Majestad que ambos eran, el encuentro fue inmediato y muy fluido.

Juanelo le reveló a Morales que la primera vez que oyó hablar sobre el problema de Toledo con el agua fue en Italia, en el Milanesado, a poco de conocer al César y asumir el encargo del astrario. Don Alonso de Ávalos, marqués del Gasto, tenía gran afición a Toledo, de donde había procedido el tronco primero de su ilustre linaje. Se lamentaba ante el Emperador de la falta que tenía de agua la ciudad por estar tan alta y su río tan hundido en lo profundo del valle por donde fluye.

Juanelo había escuchado esta plática y comprendió el alcance del desafío que suponía para la técnica del siglo el problema y también la dimensión de asunto de estado que conllevaba. Al instante, se puso a pensar en cómo se podría subir el agua a aquella tan inmensa altura. En su mente, había revivido las norias y molinos del Po que había visitado en sus mocedades con su padre y ayudado a reparar. Había norias gigantescas pero ninguna lo bastante como para alzar el agua a noventa metros. Durante muchas noches se sorprendió desvelado maquinando el nuevo ingenio que sería capaz de ello. Habría que generar algo nuevo a partir de algo ya existente. Sólo tenía claro algo: la rueda vertical de los nuevos molinos propulsaría el agua del río con la propia energía del río y sería la base de todo el artificio, pero ¿en que consistiría el resto del acueducto?

Sin haber visitado Toledo todavía, Juanelo empezó a fabricar en su entendimiento la suma de la idea y el modelo de su máquina futura, aunque lo dejó reposar por estar entonces muy entregado a la fabricación del reloj imperial.

Antes de proceder a la visita guiada del acueducto o castillo del agua, Ambrosio de Morales y Juanelo Turriano compartieron unas tazas de chocolate en la oficina del relojero y matemático mayor. Allí el lombardo le mostró al ilustre viajero real la maqueta, o «modelo en pequeñita forma», de la que se había servido para la ejecución del artificio. Admirado por lo que escrutaba de él a través de sus gruesos anteojos de oro, el cronista comentaba:

—¡Hum! Es manifiesta la grandeza y extraña profundidad de vuestra invención, Turriano.

Aguzó la vista el historiador y advirtió cómo los maderillos del modelo tenían asentadas unas sumas tan complejas que no fue capaz de entenderlas. Al ver esto, le dijo:

—Señor Juanelo, esta manera de proporciones es muy diferente de la que conocemos.

—Así es —respondió Juanelo, que pareció alegrarse con la observación—. ¿Veis todo lo que he hecho con los relojes? Sinceramente, conozco personas que saben tanta o más astronomía y geometría que yo; pero creedme: hasta ahora no he conocido a nadie que sepa tanta aritmética como yo.

Juanelo mostró a don Ambrosio todas las fases y mecanismos de su ingenio. El cordobés lo escrutaba todo con avidez de rapaz cordial y ocasionalmente tomaba notas en un cuaderno de tapas flexibles de pergamino español. Al llegar al busto en mármol del relojero, que habría de ponerse a los pies del acueducto, Morales reparó en el lema que lo rubricaba:

«Virtus nunquam quiescit».

Literalmente: «El valor [o la virtud] nunca reposa».

—Sencillo lema a la par que profundo, como deberían serlo todos —comentó el cordobés—. ¿Fue idea del escultor?

—No, me pidieron alguna sugerencia propia y quise que grabaran esa simple frase.

—No tan simple, maestro Juanelo. ¿Cómo la interpretáis vos?

—Admite varias versiones, es lo que me gusta de esas tres palabras. Primeramente, puesto que se refiere al artificio, vendría a aludir a la idea del movimiento perpetuo.

—Más que idea —objetó Morales—, ideal.

—De acuerdo, de acuerdo... —concedió el lombardo mientras repasaba el cuadro de mandos que gobernaba el ingenio—. Pero lo más parecido al movimiento perpetuo es este ingenio de las aguas de Toledo. En teoría, una vez que la gran rueda dio su primer giro, nunca debería cesar su caminar ni su trajín de ir subiendo el agua del río, a no ser que el nivel del Tajo experimentara un descenso brutal a causa de la sequía o el estiaje, algo no frecuente, o una espectacular crecida con las lluvias de otoño, cosa más vista por aquí: una crecida capaz de hacer fuerte estrago en estas instalaciones...

—Pero hay más lecturas del lema, habéis dicho...

—Bueno, se trata de algo más moral, esto es con validez general, y a la vez muy personal, casi íntimo. Aquí en vez de fuerza traduciríamos «virtud» o «valor», puede que incluso «arrojo». Si reparáis en la frase, de tres palabras dos contienen fuerte carga de temporalidad: *nunca*, el adverbio, y *reposa* o *se aquieta*, el verbo. Frente a ellas, el sustantivo permanece firme como el mármol de que está hecho este busto con mi efigie. Se leería, conforme a esta segunda versión: «La virtud nunca descansa».

—Una buena divisa para cualquiera, pero muy indicada para un relojero...

—Veo que habéis captado, maese Morales, el aspecto personal de la frase a pedir de boca. El relojero, como el reloj, debe permanecer atento ante el tiempo y las cosas fugitivas en su naturaleza. Mientras su propietario duerme, un buen reloj debe seguir haciendo su trabajo, no puede descansar.

—Desde luego, la frase tiene miga, mi caro Juanelo. ¡Nunca pensé que tres palabras dieran tanto de sí!

Se hizo un silencio nada tenso. El fragor del ingenio retumbaba con un eco rítmico y lejano y era sedante y armónico contemplar el camino ascendente de los cazos vertiéndose incesantes el agua de unos a otros. Había un momento en que parte del ingenio cesaba en el movimiento y enseguida reanudaba su tantálica rutina.

—Es lo que yo llamo «el ángel del ingenio», como cuando se calla todo el mundo en una conversación y alguien dice: «Ha pasado un ángel»...

—¡Admirable! —rubricó Ambrosio de Morales, cuyo arrobamiento parecía ir a más según conocía mejor los entresijos del castillo del agua—. Pero sospecho que hay una tercera versión o lectura de la frase de la estatua... Por cierto, ¿es vuestro lema de siempre?

—No, qué va... Se me ocurrió hace poco, cuando me lo pidieron para el busto, después de que el artificio fue probado y empezó a dar servicio. Precisamente, el haberlo pensado ahora tiene que ver con esa tercera lectura que mencionáis.

—¿Cómo es ello?

—Se refiere a que el valor no tiene edad, cada tiempo de la vida (infancia, juventud, madurez, senectud) cuenta con formas de coraje y de expresar la propia valía. Nunca hay que renunciar a ello. El valor nunca desfallece, nunca hay que renunciar a él, nunca hay que domeñarlo o descartarlo... Mirad todo esto: me metí en esta pirámide hidráulica, empeñé todo el fruto de una vida de relojero imperial, me traje a la familia desde Milán, de nuestra patria lombarda, al filo de cumplir los setenta años. Bueno ésa es la edad que ahora tengo, entonces tenía sesenta y cinco.

—Sabía que erais mayor pero no tanto. Permitid que mi asombro y mi admiración sigan aumentando...

—Pues bien, hay que luchar por las buenas causas, por los proyectos virtuosos sin autolimitarse a causa de la edad. Ésa era la tercera lectura de la frase. Y dejemos ya el lema y el busto, que ya me fatiga contemplarme en este frío espejo de piedra...

Los dos camaradas siguieron recorriendo, ajenos al transcurrir de la tarde, los mil y un recovecos del gran artefacto hidráulico que suministraba agua al gran laberinto toledano.

Cuando el sol desapareció tras las agrestes peñas del valle y la luz comenzó a bajar, se despidieron con un fraternal abrazo. Ambrosio de Morales admitió que tenía sobrado material para su relación sobre Toledo y que daría el protagonismo debido en ella a la invención de Juanelo, prometiendo enviar el texto al relojero antes de darlo a imprenta.

RELACIÓN DE AMBROSIO DE MORALES, CRONISTA REAL, SOBRE EL MARAVILLOSO ACUEDUCTO DE TOLEDO

Tiene ahora Toledo de nuevo una cosa de las más insignes que puede haber en el mundo, y es el acueducto con que se sube el agua desde el río hasta el Alcázar. Lo inventó y lo ejecutó Juanelo Turriano, natural de Cremona, en Lombardía. Y aunque este ingenio, ensalzado sobre todos los que hemos visto y leemos había hecho antes tales maravillas en los dos relojes que fabricó para el Emperador don Carlos V y para el Rey Nuestro Señor y en otras invenciones menores que había puesto espanto con ellas al mundo, todavía parece que se sobrepujó a sí mismo en esta invención del acueducto, siendo mayor prueba de su ingenio que todo lo pasado. Y porque los que no lo ven gocen en alguna manera de esta extraña y sutilísima invención, diremos sobre ella algo de lo que mejor se pueda comprender... Se concertó el acueducto entre Su Majestad y la ciudad de Toledo, obligándose a darle cierta cantidad de agua perpetua que manase junto al Alcázar, de donde puede llevarse a toda la ciudad. Y habiendo hecho su modelo en pequeñita forma, se descubrió luego bien manifiesta la grandeza y extraña profundidad de su invención. La suma de ella consiste en engoznar unos maderos pequeños en cruz por el medio y por los extremos, de la manera que en Roberto Valturio está una máquina para levantar un hombre en alto, aunque esto de Juanelo tiene nuevos primores y sutilezas. Estando todo el trecho así encadenado, al moverse los dos primeros maderos junto al río, se mueven todos los demás hasta el Alcázar con gran sosiego y suavidad, como convenía para la perpetuidad de la máquina. Y esto ya parece que estaba hallado por Valturio, aunque como digo Juanelo le añadió tanto más en concierto y sosiego del movimiento que es sin comparación más de lo que antes había.

Pero lo que es todo suyo y más maravilloso es haber encajado y engoznado en este movimiento de la madera unos caños largos de latón casi de una braza de largo con dos vasos del mismo metal en los extremos, los cuales subiendo y bajando con el movimiento de la madera, al bajar, el uno va lleno y el otro vacío, y juntándose por el lado los dos, se están quietos todo el tiempo que es menester para que el lleno derrame en el vacío. Hecho esto, el lleno se levanta para derramar por el caño en el vacío, y el que derramó ya y quedó vacío se levanta para bajarse y juntarse con el lleno de atrás, que también se baja para henchirle. De esta manera, los dos vasos de un caño están alguna vez vacíos, al tener sus dos colaterales un vaso lleno, yéndose mudando así que el que tuvo un vaso lleno luego se queda vacío del todo, y el vacío del todo tuvo luego un vaso lleno, y siempre entre dos llenos hay un caño con los dos vasos vacíos. Éste es el resumen del artificio. Las particularidades de gran maravilla que hay en él son muchas, mas dos de ellas ponen mayor espanto que todas las demás.

La una es el templar los movimientos diversos con tal medida y proporción, que estén concordes unos con otros y sujetos al primero de la rueda que se mueve con el agua del río, como entre la arteria más baja del pie humano y la más alta de la cabeza se guarda una perpetua uniformidad y correspondencia de pulso con la que causa el hálito que entra por la boca y mueve el corazón por los pulmones.

Y si todos los caños tuvieran igual peso, no sería tanta maravilla guardar aquel concierto en el movimiento. Pero estando el uno vacío como decíamos y el otro lleno, guardar tan grande uniformidad el uno con el otro en el moverse es cosa que sobrepuja todo entendimiento, incluso después de vista, cuánto más al inventarla y ponerla en razón. Además de esto, si todo el movimiento del acueducto fuera continuo, no habría tanta maravilla; mas siendo tan diverso, pone espanto y ataja luego el entendimiento sin que pueda discurrir ni dar un solo paso en la extraña invención. Porque no cesando nunca de moverse la madera y estando enejados en ella los caños de latón con los vasos, y moviéndose con el mismo movimiento que ella, cuando se juntan para dar y recibir el agua, así se detienen y paran como si fueran inmóviles por el tiempo que dura el vaciar el uno y el henchirse el otro, no cesando entretanto el movimiento de la madera. Y acabando el dar y recibir, vuelven los caños a su movimiento como si nunca lo hubieran dejado.

La otra maravilla que hay en el acueducto es la suavidad y dulzura del movimiento. Tiene más de doscientos carros de madera harto delgadita, éstos sostienen más de quinientos quintales de latón y más de mil y quinientos cántaros de agua perpetuamente; y con todo eso, ningún madero tiene carga que le agrave, y si cesase la rueda que mueve el río, un niño menearía fácilmente toda la máquina. No se pudo hacer esto sin grandes consideraciones de proporción en el sosiego del movimiento; y el atinar a ellas el ingenio es cosa rara y nunca oída, y el ponerlas después en ejecución con tanto punto fue mayor maravilla.

Otras particularidades también hay de gran ingenio al inventarlas y de gran extrañeza y dificultad al ejecutarlas.

Una es la forma de los vasos acomodada con un extraño talle para dar y recibir sin que se vierta una gota. Dicho esto así no parece mucho, pero visto cierto espanta porque se ve cómo fue necesario ser de aquel talle sin poder ser de otro, y éste es totalmente nuevo.

Otra es que si toda la máquina fuera derecha desde el río al Alcázar, con la primera invención se habría acabado todo; pero dando tantas vueltas como da en aquel trecho, con tantos traveses y ángulos y rincones en ellas, fue menester nuevo artificio para continuar y proporcionar allí el movimiento. También en un trecho largo de calle muy ancha que la máquina hubo de atravesar, hizo Juanelo el maravilloso puente de madera que Julio César había hecho en el cerco de Marsella. Además de todo esto, la forma de la cadena y de los arcaduces de cobre con que al principio se toma el agua del río es también invención propia de Juanelo y tiene mucha novedad y facilidad en el movimiento, como se ve en las norias semejantes que Juanelo ha hecho después en Madrid, sacando un asnillo tres dedos de agua perpetua de veinticuatro estados de hondura y andando seis y ocho horas de ordinario sin cansarse.

Hasta aquí la descripción del acueducto a cargo del cronista oficial Morales, quien pedía disculpas a Juanelo por los errores de comprensión o técnicos que en ella pudiera haber.

Añadía que pronto incorporaría a este texto otro sobre las obras maestras de Juanelo en el campo de la relojería, así como un párrafo sobre su afición a la construcción de autómatas para divertimento de la corte. Todo ello figuraría en su libro sobre las antigüedades españolas y con sumo agrado se lo haría llegar una vez saliera de la imprenta.

Capítulo

5

Toledo se puso súbitamente de moda.

Desde cualquier punto de España o de Europa pero fundamentalmente desde la corte, nobles y plebeyos se desplazaban a la vieja capital de la España goda, islámica y judía para ver sus dos maravillas más renombradas: la catedral y el castillo del agua.

Los arrieros, cuchilleros y amoladores, los vendedores de fruta, los tratantes de mula y de ganado, los peregrinos, los mendigos, los matones a sueldo, los predicadores ambulantes, los ciegos romanceros, las meretrices, los murcios o ladrones, los escritores inadaptados, los cómicos y bululúes, los fugitivos de la Inquisición o de la Santa Hermandad, todos los hijos e hijas de la legua y del camino se desviaban o hacían un alto en Toledo para darse una tregua en su caminar incesante y disfrutar del magnífico y nunca visto espectáculo de las aguas ascendiendo desde el bronco Tajo a los olimpos del Alcázar del Rey.

El marqués atravesaba un periodo de sentimientos encontrados. El cumplimiento de sus previsiones acerca del éxito del artificio —frente a otros, él nunca había dudado de Juanelo— le irritaba pues nunca había esperado semejante unanimidad en el clamor público: todos los estamentos vitoreaban al «genio lombardo», mientras se ponderaban la generosidad para con Toledo de la Corona y la moderna y amplia visión de los munícipes toledanos para acoger dignamente la propuesta.

Todos salían beneficiados de ese discurso pomposo, triunfalista y huero. Un discurso que irritaba al marqués. Sinuoso y oscuro en las artes de la política, detestaba sin embargo la hipocresía de las formas. Al fin y al cabo, se sabía y se sentía castellano de arriba abajo: de los de al pan pan y al vino vino.

Pero quizá, en el fondo, exceptuado Juanelo y su entorno más directo, pocos habían sentido mayor satisfacción por el reto tecnológico y natural que Turriano había sido capaz de superar. Nimbado de honores y privilegios con reminiscencias neofeudales, el marqués añoraba a veces aquellos tiempos rudos de sus antepasados en que había que marchar al sur para conquistar la gloria en combate contra los infieles que habían usurpado el Santo Sepulcro. Ganada Granada, ¿qué restaba? La aventura de las salvajes e ignotas Indias quedaba para segundones y caballeros de fortuna de los más variados pelajes. Sólo las maniobras en el campo de la política ofrecían salida a tipos como él.

Sin embargo, con eso y con todo, el marqués era un hijo de su tiempo, había crecido en el siglo de los grandes navíos ultramarinos, de la letra de cambio, de los descubrimientos y conquistas incesantes en todos los campos del saber. Era y se sentía un hijo del Renacimiento. Como dignatario toledano había presenciado sucesivos fracasos en los intentos de subir el agua del Tajo.

Por eso, cuando llegó Juanelo, precedido por su fama de ser el mejor relojero del mundo, al servicio del Emperador primero y del rey de España después, y aureolado con su prestigio de ingeniero hidráulico con importantes trabajos acreditados en varias repúblicas italianas y en los mismísimos Estados Vaticanos, presintió que efectivamente esa vez era la buena: el Tajo dejaría de ser un lujo inaccesible para Toledo, un espejo de abrupta poesía del que emergían ocasionalmente las ambiguas ninfas cantadas por Garcilaso y otros vates; saciaría la sed y las necesidades de progreso de una ciudad deseosa de salir de unas dudosas nostalgias imperiales y de ofrecer su grandeza al proyecto de una nación renovada y moderna.

Satisfecho del triunfo de la técnica sobre los obstáculos de la naturaleza. Asombrado, «pasmado» escribían los cronistas contemporáneos, por la armonía y la eficacia de la solución de Juanelo. Orgulloso de la perspectiva tan beneficiosa para su ciudad que abría la subida de las aguas.

Así se sentía el marqués.

Mas también resentido, rencoroso, abatido. El Ayuntamiento había sido utilizado por la Corona. Difícilmente saldría el agua del Alcázar y, si se conseguía, sería a costa de los intereses municipales y en proporción mucho menor de la acordada.

Todos agasajaban al lombardo. Aunque la monarquía española fuera un conglomerado de reinos plenamente internacional, él no dejaba de verlo como un extranjero, un italiano. Si, por lo menos, hubiera sido castellano... De todos modos, ¿qué podía esperarse? Si hasta el propio Rey era de linaje extranjero. Se hablaba en la corte y por toda Castilla de un Trastámara encubierto que restauraría la nación y pondría orden en la cristiandad. Pero eso sucedería cuando los lobos provocados por el Imperio de los Habsburgo, esto es: protestantes y turcos, hubiesen dejado encima de la mesa del banquete tan sólo los pútridos restos despedazados del cadáver de la patria.

El marqués escanció sombrío el licor de una botella en su copa de grueso vidrio; a pesar del cuidado con que procuró hacerlo, no pudo evitar que una mancha carmesí se expandiera sobre el mantel.

«Vaya, este fallo no habría podido permitírselo Juanelo Turriano», se dijo mentalmente.

Aunque hubiera sido castellano, su vanidad se habría sentido igualmente injuriada. Ése no era el problema. El problema era que había unos que encargaban, gestionaban y administraban. Y otros que inventaban y ejecutaban. Él pertenecía al primer grupo. Juanelo al segundo.

Los segundos se llevaban la gloria. Para ellos era la fama. Ellos recibían las loas de los poetas y la recompensa de los príncipes.

Había oído que ya, recién inaugurado y puesto en marcha el ingenio, alguien había encargado un busto de Juanelo para instalarlo en el arranque del artificio, aguas abajo del puente de Alcántara. Ni siquiera se estaban tomando la molestia de esperar a que muriera.

Capítulo
6

Juan de Herrera no descansaba, en una frenética sucesión de despachos, proyectos, informes, audiencias, viajes y reuniones. Su cargo de aposentador mayor le haría pasar a la posteridad como un arquitecto genial, creador de un estilo que, en realidad, estaba ya ahí cuando él llegó. «Herreriano»: con eso se quería decir revestimientos de ladrillo, bolas graníticas, perfecta geometría, chapiteles de pizarra. Renacimiento a la española, apoteosis del estilo imperio español, sobriedad lujosa y la más alta espiritualidad cifrada en piedra.

Y, en verdad, Herrera era y no era básicamente un arquitecto. Cierto que el gran impulso subyacente al magno proyecto escurialense suyo era, mas no las trazas que lo precedieron y que eran básicamente colegiadas, siguiendo además los designios y hasta las manías del Rey.

Fuerte y vigoroso, montañés moreno y de mediana estatura, Herrera era arquitecto en un sentido más profundo, casi un ideólogo de la monarquía católica. Lo que él trazaba era la consolidación de un imperio amenazado por los cuatro puntos cardinales: reformistas y hugonotes al norte, turcos y bereberes por el este y por el sur, corsarios de cualquier bandería y piratas sin ella en las Indias, al oeste.

Y lo que era peor: amenazado desde dentro. Y más que por minorías sojuzgadas —moriscos o judaizantes—, por la propia paranoia de la ortodoxia. El miedo al miedo hacía reales los fantasmas. Y lo que pudo ser bueno un día para propulsar la recién ganada unificación de la patria se había vuelto un peligroso y bien afilado puñal que amenazaba también a su portador. Todos eran susceptibles de ser señalados ante la Inquisición. La delación anónima por cualquier opinión tipificada como herética bastaba para la apertura inmediata del proceso. Ni siquiera un hombre con un grado de poder acumulado en la corte tan inmenso como el que él, Juan de Herrera, había obtenido estaba absolutamente a salvo de la Suprema y de sus oscuros procedimientos jurídicos.

Nunca albergó la menor duda acerca del éxito de Juanelo en su proyecto de un acueducto capaz de subir el agua hasta Toledo. En el transcurso de una expedición con embajadores extranjeros, a los que acompañaban algunos ingenieros y pintores, pudo comprobar el grado de fascinación que el ingenio suscitaba en aquellos que lo contemplaban por primera vez. Los informes acerca de su rendimiento eran también favorables y él sabía que Juanelo lo iría mejorando sobre la marcha: determinados engranajes darían más servicio si se cambiaban a metal, sin contar con que Juanelo ya le había comunicado que era factible trabajar a mayor velocidad, hacer caminar el sistema más rápido, con lo que se incrementaría a voluntad el número de cántaros diarios. Pero, de momento, no había por qué forzar la máquina. Los oficiales de la obra del Alcázar estaban satisfechos con el agua que subía y comprobaban con alivio cómo se había eliminado del presupuesto la enojosa partida diaria de la carreta con los cántaros precisos para proseguir la fábrica.

Juanelo estaba eufórico, locuaz como italiano que era, disfrutando del merecido agasajo por su nuevo triunfo. Pero Herrera no deseaba ponderar el éxito del ingenio, que siempre dio por hecho; necesitaba un aparte con el maestro para hablar de otras cuestiones. El séquito había partido en busca del almuerzo preparado en el palacio municipal. Como Juanelo necesitaba depositar ciertos bártulos en su oficina próxima a la base del ingenio, Juan de Herrera quiso acompañarlo.

—Juanelo, estamos muy satisfechos con los progresos obtenidos —dijo mientras Juanelo reubicaba en sus estantes correspondientes los planos y maquetas mostrados durante la visita.

—Oh, gracias, Herrera... Supongo que el *nos* incluye a Su Majestad...

—No enteramente, Juanelo. Por supuesto, está perfectamente informado del éxito del ingenio. Pero cuando he hablado de vuestros progresos, no me refería a este proyecto...

Juanelo cesó por un momento en su tarea de ordenar documentos y modelos. Sus chispeantes ojillos azules entrechocaron con la ancha mirada oscura del montañés.

—Mirad, Juanelo: en realidad, no hay tal o cual proyecto, todos son inseparables, todos se resumen en uno: El Escorial. Pero éste no es sino la metáfora, la concreción de lo que verdaderamente importa: el triunfo del cristianismo, la misión unificadora que Dios o el destino han encomendado a España en un mundo cambiante y hostil.

—Yo sólo soy un mecánico, un relojero —objetó Juanelo.

—Sois mucho más que eso, Juanelo, sois una de las líneas de fuerza del proyecto. Pero dejadme seguir con el argumento. El Tajo es el gran río de España. Es el eje de su proyección exterior, por eso queremos hacerlo navegable entre Madrid y Lisboa. Pero también es el eje de su defensa y afecta a los reales sitios de mayor categoría, Aranjuez, Toledo, el propio Madrid. Por eso mejoramos regadíos, presas, canales y acequias, sistemas de abastecimiento de agua. Por ello es tan importante este ingenio ejecutado por vos para Toledo.

—Y para Su Majestad...

—Claro, en realidad pensaba en Su Majestad al decir Toledo. Así pues, si Toledo sufriera un hipotético cerco, el agua, que es lo único que le falta intramuros, ya no sería un problema. Se trataría simplemente de proteger el ingenio, de por sí protegido pues no en vano hablamos del «castillo del agua»...

—No os capto enteramente, Juan. ¿Es que se avecina guerra?

—Un imperio siempre está en guerra.

—Ya, pero me refiero a una guerra de invasión.

—Nunca hay que descartar esa hipótesis cuando todos te odian y envidian tu grandeza. Te pueden invadir o bien puedes tú invadir el feudo del enemigo —explicó Herrera acompañándose de un curioso desorbitamiento de los ojos.

Se hizo un breve silencio. Al exterior de la ventana, pegada contra el cristal, se advertía la frailuna coronilla de don Antonio. Fue Juanelo el que primero habló.

—Dejémonos de evasivas y de niñerías, Herrera. Hace largo tiempo que nos conocemos y hemos compartido muchas cosas.

—Sed justo, he aprendido mucho de vos y con vos. Casi toda la mecánica que sé y buena parte de los fundamentos aritméticos...

—Parad, parad, voy a morir ahogado en un mar de elogios.

—Me hago cargo, Juanelo, todo hastía en este bajo mundo, también el éxito.

—Vos queréis hablar acerca de él —dijo Juanelo, señalando a don Antonio.

—Es cierto, pero permitid que deje cerrado mi argumento anterior. Toledo, quizá la más fortificada de las grandes ciudades castellanas, garantizada el agua, sería prácticamente inexpugnable. Pero habría que defender el ingenio, ¿y quién mejor que don Antonio para hacerlo?

El aposentador mayor de Su Majestad y su matemático mayor, que parecía no quitarse la arrugada gorra de paño negro ni para dormir, se quedaron mirando al bueno de don Antonio, que por un instante pareció sonreír satisfecho de la atención que se le prestaba.

—En realidad, según mis informes, ya ha demostrado suficientemente que es capaz de hacerlo: *ya lo ha hecho*, cierta noche agitada en que hubo de todo: asaltos, un secuestro, interesantes duelos y un espectacular incendio. Claro que lo más espectacular de todo fue la actuación de vuestro Hombre de Palo.

—Sí, fue una verdadera noche toledana —apostilló Juanelo con ironía, mientras por su mente desfilaban los rostros de Aurelio *el Comunero* y de la bella Fabiola, su musa de un crepúsculo mágico y pronto su «renuera» o como quiera que se llamara a la esposa de un nieto. Le parecía inimaginable que cualquiera de los dos trabajara como informante de la inteligencia de Su Majestad. Sólo quedaba una explicación: los agentes al servicio de Herrera habían estado siguiendo muy de cerca los pasos de Nero y desde luego todas las actividades del propio Juanelo relacionadas con el Hombre de Palo.

—¿Teníais agentes espiando lo que pasaba aquí la noche en cuestión?

—No quiero daros detalles del operativo ni puede que os convenga conocerlos —respondió Herrera.

—¿Y permitieron que ardiera el armazón del ingenio?

—Eso salvó vuestra reputación y al ingenio mismo, puesto que los cazos resultaron dañados, como pudisteis comprobar más tarde. Nunca hubiera funcionado según las previsiones y la ciudad se hubiera retirado al instante del proyecto.

—¿Hubiera consentido vuestra gente que degollaran a mi futura nieta, a Fabiola?

El arquitecto desvió la mirada. Era una forma de decir que sí.

—Por desdicha, los intereses de Estado legitiman algunas desgracias personales notoriamente injustas. Amigo Juanelo: aquello fue, bajo la apariencia de un enredo de comedia de rufianes, un sabotaje en toda regla contra vuestro, contra nuestro ingenio. Sólo que se toparon sin pretenderlo con aquello que buscaban realmente: con el arma secreta anhelada por todas las potencias enemigas, con vuestro, nuestro don Antonio.

—¿Y si hubieran conseguido reducirlo o desactivarlo? ¿Hubieran intervenido entonces vuestros hombres? —preguntó Juanelo.

—Sólo en ese caso. El capitán Nero jamás habría podido llevarse al autómata de Toledo.

Juan de Herrera salió al exterior por la puerta abierta de la terraza. El río bajaba ligeramente crecido y embarrado. Habrían descargado en su cabecera las tormentas del final del verano. Llegó hasta don Antonio y se arrodilló mirándolo fijamente.

—Ciertamente fue un magnífico golpe de mano por vuestra parte. Hubo un tiempo en que llegamos a pensar que no habíais acatado el último encargo del César.

—No comprendo eso que decís sobre un golpe de mano.

—Fue genial. Enmascarar lo más secreto con lo más público. Rehacer un muñeco célebre de las rúas toledanas y en su interior desarrollar toda una ingeniería nueva de incalculable valor. Ciertamente despistó a nuestros enemigos y a nosotros nos tuvo en jaque largos meses.

—Cuando habláis en plural, ¿es que os habéis vuelto mayestático como corresponde a vuestro alto rango o es que habláis en nombre del Rey?

—Si os referís a si Su Majestad conoce el proyecto, debo deciros que por el momento hemos preferido no comunicárselo. Tampoco nos consta que su padre se lo comentara en ninguna de sus cartas postreras.

Juanelo miró a don Antonio y después a su amigo, aposentador mayor y jefe supremo del espionaje español, según le estaba demostrando. Sin duda, el plural se refería a la cúpula de esa inteligencia que él comandaba, pero excluía al rey Felipe, por el momento al menos. Era un dato importante que le convenía retener.

—Desde luego —prosiguió Herrera—, el Rey sabe que trabajamos en un arma nueva, como hacen los ingleses. ¿Sabéis que han contratado a Giambelli?

Juanelo torció el gesto al escuchar ese nombre. Sus procedimientos eran toscos, carecía de escrúpulos y en el pasado le había plagiado algunas invenciones en materia de fortificaciones y sistemas de defensa portuarios.

—Sus artificios son rudimentarios, piensa todavía en clave medieval: barcos incendiarios, cargados hasta reventar de pólvora; cadenas defensivas para estorbar el acceso de las grandes naves...

—De acuerdo, pero la Reina inglesa lo ha contratado y confía en sus diabólicos mecheros. El procedimiento es tosco pero la artillería actual y la pólvora no tienen nada que ver con las de siglos pasados. Son mucho más peligrosas. Y hay que saber neutralizarlas.

Herrera se levantó y sacudió a la altura de los hombros el capote que cubría su jubón: un capote negro en esta ocasión.

—Volviendo a don Antonio, del informe que he manejado se desprende que su actuación en aquella agitada noche fue impecable. Disfruté leyendo sus duelos igual por lo menos que, cuando joven, leía los grandes combates de la *Ilíada*.

—Hacéis que me sienta un nuevo Homero.

—Bajad de la nube, Juanelo. Valoramos cómo se desenvolvió el autómata y, antes que nada, vuestro talento, que ha sido capaz de crear y ejecutar a un soldado artificial capaz de ello. Sin embargo, también apreciamos puntos débiles, cosas que deben mejorarse.

—No existe el guerrero invencible.

—Lo sabemos, amigo; sin embargo, la lesión en la muñeca que le provocó el tajo del capitán Nero y el hecho de que ardiera evidencian flancos vulnerables susceptibles de ser mejorados.

Juanelo nada dijo. Se limitó a mirar alrededor con sendos giros de su cabeza para comprobar que no acechaba nadie. El crepúsculo estaba avanzado y ya la gente se estaba retirando a sus casas, a las iglesias o a las tabernas. Luego manipuló algo en la parte baja de la espalda del Hombre de Palo. Don Antonio se incorporó con cierta solemnidad, se encaró con Juan de Herrera e inició una rápida transformación en soldado: el yelmo, la armadura, el espadón en el flanco, el guante metálico esgrimiendo la pistola... Todo como la primera vez, sólo que ahora no había huecos en las junturas por donde asomara la madera: todo el cuerpo de don Antonio estaba recubierto de chapa, perfectamente blindado de metal.

—Fue la gran lección de esa noche. En la medida de lo posible hay que permutar la madera por metal. Tanto en el ingenio como en el Hombre de Palo.

El relojero se agachó y levantó ligeramente la rodillera metálica del soldado.

—Aun así, hay zonas donde la movilidad ha exigido que el metal bascule; esto podría dar lugar a microfisuras por donde el fuego podría deslizarse hasta el cuerpo de madera del autómata. Ahí hemos recubierto la madera con materiales ignífugos. Nada nuevo: la farmacopea y la ciencia de las hierbas y tinturas son casi tan viejas como la humanidad.

—Las grandes batallas del futuro inmediato serán navales, en la mar océana o en este río que queremos hacer navegable. Sin duda, en caso de un hipotético cerco de Toledo, que ni podemos ni queremos descartar, lo primero que querrían destruir los enemigos con sus brulotes cargados de pólvora sería este artificio.

»Convendría pues que nuestro soldado artificial supiera nadar.

—¡Don Antonio! —gritó entonces Juanelo, señalando hacia el río con su mandíbula salpicada de crespa barba entrecana.

Con paso solemne pero decidido, el autómata bajó hasta la plataforma junto a la cual la gran rueda motriz giraba en su perpetuo movimiento. Desde allí se lanzó al río de cabeza. Nadaba a una velocidad increíble, tres o cuatro veces más deprisa que un nadador avezado. Tras cruzar el río hasta la ribera opuesta, a la altura del castillo de San Servando, retornó a la plataforma sin que la fuerte corriente que el rápido provocaba pareciera capaz de desviarlo un milímetro de su rumbo.

Entonces se oyó un grito.

A pocos metros de la plataforma entre unos juncales apareció uno de los muchos borrachines que salpicaban el paisaje humano de la ciudad. Seguramente, se estaba desperezando de una buena siesta entre los juncos cuando se había dado de bruces con el refulgente soldado que salía del Tajo.

—¡Diantre! El marido de la Tarasca... —exclamó el hombre, y echó a correr ladera arriba en dirección al puente de Julio César y en busca del abrigo de Zocodover.

Un poco alarmado, Herrera estuvo a punto de hacer un gesto para que alguien que Juanelo no alcanzaba a ver interceptara al borracho.

—Dejadlo —intervino Juanelo—, conozco a ese hombre: es un borracho al que nadie otorga el menor crédito. Además, nunca asociaría al ser metálico que ha visto emerger del río con nuestro don Antonio. Suele contar que una vez vio salir del río a la Tarasca, ese dragón que procesionan para el Corpus, y que luego se transformó en una bellísima mujer con la que hizo el amor entre carrizos...

—Sí, ha dicho algo de «tarascas»...

—Claro, ahora dirá que el marido de la Tarasca salió a vengarse del deshonor que le infligió yaciendo con su esposa. Nadie le prestara la menor atención.

—No obstante, haré que mis hombres lo tengan bajo observación. Comprended, Juanelo, que este asunto es demasiado importante para que los delirios de un borracho lo pongan en peligro.

Ambos hombres caminaron juntos hasta alcanzar el puente. Antes de despedirse, Juanelo preguntó cortésmente por doña Inés, la esposa de Herrera. Éste le contestó que estaba bien, gozando de buena salud, y añoró a la entrañable *signora* Antonia, la esposa de Juanelo, que en el cielo estaría, recordando su bondad y los magníficos guisos de pasta que tuvo el placer de probar en un par de ocasiones en la casa del Lavapiés.

—Juanelo, hay otros asuntos que debo tratar con vos pero por hoy basta. Sólo quiero que tengáis la certeza de mi afecto y mi amistad. Por cierto, tengo entendido que preparan un busto con vuestra efigie para instalarlo en el acueducto.

—Sí, se han empeñado y la idea ha prosperado.

—Soy poco amigo de asuntos no santos en los cuadros, pero si me autorizáis encargaré a algún pintor que traslade al óleo vuestra efigie. Estaréis en mi despacho al lado del otro maestro mío, el gran Raimundo Lulio, maestro en la distancia del tiempo, al que no pude llegar a tratar como a vos.

Con un abrazo, el aposentador y el relojero se separaron, en medio de un fragor de pájaros que parecían celebrar el advenimiento de las sombras sobre el río.

V

Bastos

Capítulo

1

Juanelo, con una dilatada experiencia profesional al servicio de la corte, no era tan ingenuo como para esperar un pago inmediato por parte de ninguna de las dos administraciones implicadas en el proyecto del ingenio: la Corona y la ciudad de Toledo. Sin embargo, nunca pensó que las trabas y dilaciones fueran a ser tantas y de tal envergadura que pronto el mayor éxito de su trayectoria como ingeniero fuera a convertirse en el gran problema de su vida, en un saco sin fondo donde a las deudas antiguas se agregaban las nuevas que ocasionaban los intereses acumulados de los préstamos que se veía obligado a contratar.

Revisando el documento fechado en abril de 1565 por el cual se acordaba entre la ciudad y el relojero la subida de aguas desde el Tajo, el lombardo constató que se fijaba un plazo de quince días para la percepción de los honorarios que le correspondían, una vez acarreada el agua con éxito:

Ítem que habiendo el dicho maestro Juanelo subido la dicha agua en la cantidad, lugar y parte que está dicho y visto que el dicho instrumento es cierto por la dicha experiencia, se haya de hacer y haga luego el edificio todo y obra que para las partes por donde ha de ir desde el río hasta el Alcázar será menester, acabando y poniendo esto en concierto, lo cual hará y acabará el dicho maestro Juanelo a su costa, dándosele por Su Majestad y por la dicha ciudad 8.000 ducados en los cuales entre y se cuente lo que el dicho maestro Juanelo hubiere gastado en el subir del agua y queriendo Su Majestad y la dicha ciudad encargarse de hacer la obra, se le pague al dicho maestro Juanelo lo que, como dicho es, hubiere gastado hasta subir la dicha agua, como él lo declarare por su juramento y memorial que diere, sin que en ello haya otra tasa ni averiguación por manera que queriendo Su Majestad y la dicha ciudad dar al dicho maestro Juanelo los 8.000 ducados quince días después de como corriere la dicha agua en la parte y lugar sobredicho, sea obligado el dicho maestro Juanelo a hacer a su costa los demás edificios de paredones y otras cosas que fueren necesarias para la guarda y conservación del dicho edificio e instrumento desde que comienza en el río hasta que viene a caer en la dicha plaza y lugar, y que no siendo aprobados Su Majestad ni la dicha ciudad de darle los dichos 8.000 ducados dentro del dicho tiempo, que cumplan Su Majestad y la dicha ciudad con pagarle los gastos que hubiere hecho en la dicha obra por el dicho memorial y juramento, como arriba va dicho, y que los demás edificios que restaren de hacer para la conservación de la dicha obra, como es necesario, Su Majestad hará merced a la ciudad en les dar licencia y facultad y el favor de ayuda que para el dicho efecto sea necesario y conviniere...

Era evidente, releyendo estas cláusulas, que Juanelo, si el ingenio funcionaba —y ya quedaba demostrado que así era—, percibiría el pago de su inversión, de su proyecto y de su esfuerzo en el término de quince días, bien fueran los ocho mil ducados que incluían el revestimiento posterior de paredones a su costa, bien el coste acreditado de la fábrica, incluyendo naturalmente su autoría. Sabía que quince días era un plazo formal, un recorrido óptimo, un *desideratum* administrativo; pero si no se movía con diligencia y tino, pronto no serían quince días sino quince meses lo que el pago se iba a dilatar.

Al principio, los banqueros que le habían financiado el proyecto parecieron satisfechos al recibir noticias del éxito y de la gran fama alcanzada por el novísimo ingenio que ellos habían contribuido a alzar en la vieja capital de España. Juanelo tuvo mucho cuidado en invitarlos a los actos principales de la inauguración y en destacado lugar dentro del protocolo. Estar entre consejeros y altos dignatarios del Rey, marqueses, corregidores y representantes del patriciado urbano era un orgullo para aquellos prestamistas nómadas, tan deseados como socialmente aborrecidos. En general, entre los financieros pesaba todavía el recuerdo genético del desprecio con que la mentalidad medieval acogía sus servicios, tildándolos de «usureros», actividad pecaminosa a la luz de los libros sagrados. Todavía recordaban aquellos usos y disposiciones que les impedían ejercer su negocio intramuros de la ciudad, relegándolos como apestados a las puertas y puentes, apenas franqueados los arrabales más míseros. Pero la paciencia se agota y pronto el deslumbramiento del oro y los oropeles dio paso al escepticismo y a la desconfianza. Los crecientes intereses penalizaban la demora y Juanelo comprobaba, eterna paradoja humana, cómo el mayor triunfo de su carrera se entenebrecía hasta privarlo del más elemental de los derechos humanos, el derecho a reparar fuerzas mediante el sueño.

Cierto que durante un tiempo le había ayudado a la manutención de la incesante prole familiar de nietas el pago, también dificultoso y ralentizado por Pedro de Santoyo, maestro pagador del Alcázar de Madrid y de la Casa del Pardo, del gran reloj de cristal ejecutado para Su Majestad el Rey y tasado en una cantidad que oscilaba entre los dos mil quinientos y los tres mil ducados.

Pero no bastaba, como no bastaba su sueldo de relojero y cortesano mayor, que permitía la subsistencia familiar pero no la devolución de los capitales prestados por los banqueros para alzar el ingenio y ahora multiplicados cuantiosamente a causa de los intereses de demora. Para eso lo único que bastaba era el cobro de los ocho mil ducados pactados en las capitulaciones de 1565.

Desde el comienzo, se vio que el agua era casi íntegramente acaparada por las obras del Alcázar. El agua ingresaba en el palacio del Rey a través de una última torreta y era complicado redistribuirla desde los aljibes reales a las fuentes públicas. Por razones de seguridad y por estricta economía, no sobraba tanta agua como para afrontar por el momento la ejecución de las obras; el agua seguía subiendo para uso exclusivo del Alcázar, esto es, de la Corona, de una sola de las partes firmantes del encargo. Tampoco, por cierto, el pago de la parte correspondiente a Su Majestad parecía estar activándose con la presteza debida.

En cuanto a la ciudad, sólo algunos se beneficiaban de un cierto trapicheo con la venta por menudo de cántaros, que salía sensiblemente más barata que la que vendían los azacanes; éstos seguían subiendo el agua en sus enjaezadas monturas desde la Huerta del Rey y hasta parecían haber lustrado sus arreos, trajes y jaeces como reafirmando la perpetuidad de su ancestral oficio. El diabólico artificio había funcionado pero no garantizaba, como hacían ellos, el suministro de agua al pueblo de Toledo y a sus muchos visitantes.

Desde luego, había gente más osada, desesperada incluso, que practicaba hurtos nocturnos, profanando el recinto sagrado de los alcázares, cuyas obras ofrecían innumerables puntos de acceso. Cada cierto tiempo y sin previo aviso, se sacaba al exterior una tubería «por caridad» desde el depósito interior de palacio.

Contrastaba el pesimismo de los responsables municipales de Toledo con el optimismo de la Corona. Consciente del problema, esta última proponía alzar un nuevo «orden» junto al ingenio recién puesto en marcha; es decir, otro ingenio. Y alzar nuevos ingenios en otros puntos de Toledo; en particular, el proyectado junto a San Juan de los Reyes, en la zona del otro gran puente toledano, el de San Martín, parecía estar bastante avanzado, incluso en fase de estimación de materiales y presupuesto precisos. Naturalmente, todo se haría según la traza y bajo la batuta de Juanelo Turriano.

En carta del Rey al corregidor de Toledo de octubre de 1570, fechada en El Escorial, se lee: «Sabed que habiendo tratado con Juanelo Turriano, nuestro relojero, que añada y acreciente otra orden al ingenio del agua que hizo en esa ciudad y que haga otros dos ingenios de nuevo en las partes y lugares que se ha acordado para que haya más copia y cantidad de agua, se ha encargado de entender y ocuparse en ellos y se ha asentado y concertado con él lo que para la conclusión de ello ha sido necesario...».

El entorno del Rey parecía más interesado en garantizar un suministro masivo de agua a Toledo que el propio Ayuntamiento, más receloso y mohíno que nunca, tras la confirmada frustración del primer ensayo.

Juanelo, entretanto, padecía el desgaste de verse acosado por las deudas mientras el dinero que legalmente le correspondía se encontraba inmovilizado en las impredecibles y oscuras arcas del poder. El ingenio, «caminando» majestuosamente el agua desde el hondo Tajo hacia el azul del cielo, seguía concitando la admiración de propios y extraños. Su artífice lombardo era un héroe para los toledanos de a pie, alguien que había sido capaz de culminar una proeza que disuadió mucho antes a romanos, godos y muslimes.

Cuando atravesaba el distrito comercial o se encaminaba a la casa consistorial a alguna gestión o asistía a las ceremonias religiosas en la parroquia de su barrio, en San Isidoro, era objeto de constantes demostraciones de afecto: todo el mundo lo saludaba efusivamente; Juanelo percibía claramente que era querido por la gente. Y eso le hacía olvidar las oscuras maniobras que había padecido y hasta el incumplimiento de los pagos quedaba relegado a un segundo término, por un rato al menos.

El éxtasis se produjo un día que Juanelo decidió que don Antonio lo acompañara al mercado. Bárbara Medea estaba algo indispuesta y ninguna de las nietas se encontraba en casa en aquel momento. Así que don Antonio le sería muy útil para ayudarle a cargar la mercancía. Aunque ya Fabiola y su nieto homónimo Juanelo vivían juntos en una casa propia, todavía eran muchas las bocas que tenía que mantener. En el último momento, se les agregó Aurelio, que seguía erre que erre con su manía del parche. Se diría que la nueva personalidad había eclipsado a la antigua y se había apoderado por completo del Comunero.

Cuando alguien le reprochaba esa querencia, pues ya había sido amnistiado por Su Majestad gracias a la intercesión de Juanelo y a sus leales trabajos para asegurar la fábrica del ingenio, Aurelio seguía haciéndose el italiano y, desde luego, nunca se quitaba el parche. Era como si el mundo fuera más habitable para él, menos ambiguo, más rotundo bajo el prisma de un ojo único.

—Pero Aurelio, si ya te han redimido de galeras, si no tienes necesidad de ocultarte, ¿cómo es que sigues con ese disfraz y con ese parche?

—¡Ah! —contestaba entonces el Comunero con esa lacónica exclamación y un gesto de sus dedos a la manera meridional.

—Pero si íbamos juntos a la misma escuela de pequeños, si éramos uña y carne a la hora de cazar pajarillos y de hacer otras diabluras infantiles, ¿es que no te acuerdas ya?

—Mi fa honore el siñore ma si trompa, trompa, trompa. Se confunde de persona. E si me lo permete, debo comunicarle que é cosa mala eso de andare matando pajaritos, pum pum, per quí e per lá... Io nunca ho fato tal cosa.

—Será... ¡Rediós! Pero si eres más toledano que el mazapán, Aurelio...

—Dopo tutto questo mi sento toledano anche, mi sento bene in questa città, grazie, grazie...

Era de ver la expectación que envolvía por las rúas del Alcaná al trío que formaban Juanelo, el Comunero y el Hombre de Palo. En especial, don Antonio concitaba la algazara de niños y mayores. Juanelo tuvo entonces la sensación de restituir a aquella ciudad algo que le pertenecía. Don Antonio, portando sobre sus brazos extendidos una gran hogaza de pan recién horneado, dobló la esquina de la calle de la Lonja, el mismo lugar que su antecesor había ocupado durante lustros, llegando a formar parte del paisaje urbano de la vieja ciudad.

En cierto modo, se cerraba un ciclo; ellos tres juntos, después de tantos años, habían conseguido una cierta cuadratura del círculo. Como decían que había hecho Juan de Herrera con la traza de San Lorenzo.

Pero Juanelo Turriano dormía mal. No podía evitarlo.

Capítulo

2

Acabado el ingenio y pendiente, además de de su cobro, de la posible construcción de un segundo ingenio junto al primero, Juanelo Turriano fue empleado por la Corona en algunas misiones de ingeniería y aprovisionamiento de materiales fundamentalmente destinados al proyecto más grandioso asumido por la monarquía católica: el alzamiento del monasterio de San Lorenzo de El Escorial.

En otoño de 1570, recibió el mandato de inspeccionar el metal que pudiera haber en Toledo para destinarlo a la fabricación de las campanas de El Escorial. Junto a uno de sus sobrinos, Juanelo visitó todos los talleres y herrerías de la ciudad y pudo comprobar que no había en toda ella el suficiente metal campanil para unas campanas de la envergadura que correspondía a las de El Escorial. Hasta cien quintales se precisaban para ello y la recomendación de Juanelo a los agentes del Rey fue enviar por ellos a lugares donde sin duda habrían de encontrarse: Medina del Campo, Laredo o Bilbao. Él se ofrecía a hacer personalmente la gestión, si así se decidía, aunque recomendaba dar traslado de la misma a los ministros que Su Majestad tenía en esas partes. Desde luego, desaconsejaba de plano encargar el asunto a ciertos mercaderes que se habían ofrecido para ello pues esa mediación resultaría bastante onerosa para las arcas del Rey.

Lo que parecía podía ser el premio a toda una carrera de servicios y de deslumbrantes logros coronada por la aventura del ingenio toledano —aventura felizmente rematada— se convirtió en una pesadilla en acción. Sin cobrar nada de lo que se le adeudaba por ambas partes, Juanelo tuvo que acometer estudios sobre emplazamientos de nuevos ingenios y asumir, enteramente a su costa, la planificación y el alzado del segundo ingenio. Esto sin contar con el mantenimiento del primero y la vigilancia permanente ante los pequeños sabotajes de los molineros del Tajo, proclives a inutilizar determinados canales, los robos de agua de las balsas o el vertido de desperdicios y basuras que estaban convirtiendo el entorno del artificio en un auténtico muladar.

Naturalmente, las obras de revestimiento con paredones de la estructura del ingenio, imprescindibles para evitar su deterioro, saqueo y ruina, tuvo que acometerlas a su entera costa. Sólo un atrasado libramiento real a cuenta de lo que se debía alivió un tanto su empeñada bolsa.

Por si fuera poco todo eso, también se requerían su pericia y sus informes para acometer o rematar ciertas obras hidráulicas de envergadura en el eje del Tajo: canal de riego

de Colmenar de Oreja, presa de Ontígola, fuente de Ocaña —una de las obras maestras, por cierto, de Juan de
Herrera—... Teniendo en cuenta que rebasaba los setenta
años, era insólito ver a Juanelo desplegar sin desfallecer
tan variada y constante actividad.

Una tarde, en su casa, sintió un golpe de frío que lo
dejó casi sin respiración. Era como si el corazón se le hubiera congelado. Bárbara Medea estaba ausente, solucio-
nando algo relativo a sus casas del Lavapiés, en la corte.
Trató de gritar para ser asistido por alguna de las nietas, que
estarían en alguna dependencia de la parte baja de la casa.
Pero su boca no fue capaz de proferir sonido alguno. Se
tendió en una gran banca y rezó. Confiaba en la magna-
nimidad del Sumo Hacedor: sólo viéndonos apurados,
parecemos capaces de acordarnos de él. Poco a poco, empezó a respirar profundamente a través de sus poderosas
y velludas fosas nasales.

Todavía presa de aquel dolor violento y helado, Juanelo alcanzó un librito en doceavo que estaba sobre la
mesa. Era una compilación de poetas italianos y españoles
que hacía tiempo que no leía pero que le había dispensado
grandes placeres en el pasado. Alguien, una de sus nietas
quizá, lo estaba leyendo actualmente.

Sus gruesos dedos repasaron al azar las páginas y algo
cayó al suelo. Algo seco pero ligero que apenas hizo ruido
al impactar contra la alfombra. Como una pluma o una
hoja. Tanteando sin cambiar su posición recostada en la
banca, el relojero del Rey recogió del suelo aquello que
acababa de caer. Lo alzó y volvió a ver la flor que había

tomado de la habitación de Fabiola aquella noche inolvidable y secreta, muchos años antes.

Estaba seca y oscura pero, si se aguzaba la vista, podían advertirse restos de su primitiva belleza y simetría. Era una momia de flor, pero una hermosa momia. Entonces entró ella, Fabiola. También el tiempo había empezado a pasar por ella, aunque estaba preciosa en su madurez de mujer joven, más bella quizá que cuando la conoció.

«No —se contradijo Juanelo al instante—; nunca nadie, ni ella misma, estaría más bella que aquella noche».

Hacía casi tres años que se había casado con su nieto Juanelo. Fue en la época de gran esplendor y optimismo que siguió al pesaje del agua y a la puesta en marcha del ingenio en mayo de 1569. La ceremonia resultó muy lucida y el banquete, que se hizo en las dependencias del ingenio, duró todo un día, con almuerzo y cena salpicados de música, bailes y toda clase de entretenimientos. Una boda digna de Fabiola. Juanelo y Fabiola ya le habían dado dos bisnietos que engrosaban la incesante prole de los Torriani.

Sabía que la joven ayudaba a Bárbara en infinidad de tareas, pues desde el principio habían mantenido una excelente relación, pero no esperaba verla allí, cuando más necesitaba de una mano amiga. Fabiola se hizo cargo al instante de la situación. Incorporó a Juanelo, lo descalzó y acomodó sus pies en la banca hasta que estuvo completamente tendido en ella. Luego le hizo beber agua de un tazón y permaneció a su lado, tomándole de las manos, hasta que fue recobrando el color y su respiración dejó de ser jadeante.

Fabiola miraba la flor seca que Juanelo había dejado junto al libro de poesías.

—¿Estáis leyendo esas poesías? —preguntó Juanelo—. Hubo un tiempo en que no me cansaba de leer ese libro; sus versos me ponían a soñar, a recordar.

—Siempre que vengo a ayudar a vuestra hija, al acabar me entretengo un rato con él.

—¿Os gusta?

—Me encanta. He comprobado que la mayor parte de los poemas versan de amores. Los que más me gustan son los de Petrarca y Garcilaso.

—Un toscano y un toledano, no está mal. ¿Es que echáis de menos el amor pues tenéis que buscarlo en los libros?

—Por Dios, Juanelo, soy muy feliz con vuestro nieto.

—Lo sé, perdonad. Fabiola, ¿reconocéis esa flor?

Fabiola la tomó, la examinó brevemente y volvió a introducirla al azar entre dos páginas del libro, que cerró y dejó sobre la mesa.

—Creo que sí, qué viejecita está. Es el único testigo de aquella escena. Pero sabrá callar, nunca nos traicionará, Juanelo.

Fabiola besó la frente del relojero y se levantó para dejarle descansar.

—Esto ha sido un aviso; debo poner orden en mis cosas.

—Ante todo, debéis cuidaros. La salud es el tesoro más valioso. Si necesitáis algo de mí, estaré abajo, sólo tenéis que hacer sonar esta campanilla —dijo Fabiola.

Y salió de la habitación.

* * *

Recuperado del incidente, Juanelo decidió que había que coger al toro por los cuernos. Y cogerlo significaba básicamente escribir a la Católica Real Majestad:

> ... Y hasta ahora no se ha cumplido conmigo como se me ofreció y asentó porque, habiéndome de pagar ocho mil ducados dentro de quince días después de que hiciese subir el agua al Alcázar por caños, como estaba acordado, para ayuda de pagar la obra hecha y para proseguir en lo que había de hacer...
>
> Y habiéndoseme de anticipar esta paga, no se me ha pagado por la dicha ciudad cosa alguna, aunque le requerí pronto que me pagase y después muchas veces.
>
> Y porque mis acreedores me fatigan mucho y, teniendo la esperanza de que me pagarían, me vi obligado a tomar ocho mil ducados a cambio para pagar lo que debía y, por no haber podido cumplir, me los han cambiado y recambiado muchas veces y me han deshecho los intereses y daños que he recibido; por no cumplir conmigo, debo otros ocho mil ducados y más y estoy destruido.
>
> Y aunque vuestra merced mucho tiempo después que acabé dicha obra me mandó dar a buena cuenta hasta siete mil ducados, no pude remediarme con ellos porque me mandó hacer otros ingenios y obras para subir más agua, en lo cual los he gastado con muchos más.
>
> Y estando también obligada la ciudad de Toledo de darme y pagarme mil y novecientos ducados de renta cada

año perpetuamente, a razón de treinta mil maravedíes el millar pagados por tercios del año, de cuatro en cuatro meses, una vez que subiese el agua conforme al dicho asiento, tampoco han cumplido ni quieren cumplir con esto, y hace cinco años que acabé la obra y la he entretenido y entretengo a mi costa como si me pagaran, por lo cual padezco extrema necesidad.

Y aunque muchas veces he suplicado a vuestra merced que me mande pagar y, para tratar de ello, me remitió al doctor Velasco (no lo pudo hacer nunca por sus muchas ocupaciones), si vuestra merced no lo remedia, no puedo sufrir más dilación y me acabaré de perder y se perderá también la obra por no tener yo con qué poder sustentarla.

Suplico humildemente a vuestra merced que, acatando lo susodicho y que por su orden y mandado entendí en esta obra y he comenzado y hecho mucha parte de la otra que me ha mandado y que por más servirle gasté en la primera que he acabado mucho más de lo que gastara si ocupara las casas y sitios que pudiera, las cuales estaba vuestra merced obligado a pagar, mande a la dicha ciudad de Toledo y a su Ayuntamiento que sin dilación alguna me paguen cuatro mil ducados que de su parte se me deben de los ocho mil que se me tenían que haber pagado hasta quince días después que subí el agua al Alcázar o, si así lo prefiere, se me pague la mitad de la costa de la obra conforme a lo que yo jurare haber gastado.

Y que me consignen y paguen los mil novecientos ducados de renta cada año desde el día veintitrés de febrero de mil quinientos sesenta y nueve hasta ahora y en adelante, perpetuamente, conforme al dicho asiento.

Y por los daños que he recibido en no pagarme y los intereses que debo, mande vuestra merced pagar doce mil ducados más por el daño que he recibido al no haberse cumplido conmigo de parte de vuestra merced lo que me ofreció enteramente en tiempo y por la costa que hice de más en la dicha obra por no ocupar sitios y casas y por lo que excusé a vuestra merced en esto y por la obra nueva que hago por su mandato, suplico me haga merced de manera que yo pueda remediar la mucha necesidad que tengo.

Asimismo digo que, como quiera que yo era obligado a hacer las paredes para conservación del dicho ingenio hasta que fuese satisfecho de todo lo sobredicho conforme al dicho asiento, todavía he hecho la mayor parte de ellos sin haberse cumplido conmigo y conviene que se acabe porque, si no se hacen las que faltan, se perderá lo hecho y el edificio, por ser de madera.

En la confianza de que hallen ser todo lo expuesto justo y conforme a razón, recibiré en ello mucha merced y en que se acabe este negocio antes que me muera, porque, según ando afligido, bien podría suceder.

Repasó Juanelo la carta; dudó brevemente acerca de algunos pasajes que parecían demasiado exigentes, pero un leal criado como él, con décadas de servicio al Rey y a su padre, el difunto Emperador, tenía derecho a reclamar con energía sus derechos incumplidos. Aflicción, deudas, necesidad, destrucción, ruina, se preguntó si el escrito no era demasiado negativo en su conjunto. No, no lo era, reflejaba con bastante exactitud y sin crudeza de detalles lo esencial de su situación; a veces, Dios sabría perdonarlo, pensaba en la muerte no como un mal sino como una liberación. Juanelo firmó la carta.

Capítulo

3

El tiempo de la ilusión había pasado. Unos podrían decir que Juanelo Turriano era eso: un iluso. Juanelo, dentro del creciente agobio y su gran desengaño, agradecía a su destino, a Dios y a la diosa Fortuna el haberle permitido soñar hasta tan viejo; y, muy especialmente, el haber sido capaz de hacer ese sueño realidad.

Las cosas de nuestro pequeño gran mundo son duales, escurridizas, engañosas en una primera impresión. La misma ciudad que mostraba con orgullo su ingenio o castillo del agua, adquiriendo renovado prestigio e ingresando en el selecto círculo de las ciudades *modernas* de Europa, era incapaz de recompensar a su inventor y hacedor. La babélica burocracia que rodeaba a Su Majestad, impulsor del proyecto y hasta la fecha beneficiario principal del mismo, estorbaba o difería los pagos de manera que, cuando éstos finalmente se producían, ya apenas bastaban para afrontar una parte de la última deuda sobreañadida.

Juanelo, desde luego, nunca descuidó el mantenimiento y reparación de la colección de relojes del Emperador, entregada a su custodia y que él mismo había incrementado para Felipe con el Cristalino. También seguía trabajando en la parte más secreta de su taller y, a altas horas de la noche, en mejorar el aspecto guerrero del Hombre de Palo. Herrera, su amigo, el hombre más poderoso del entorno del Rey, así se lo había pedido. Permanecían las dudas, su reticencia a contribuir a la destrucción y a las matanzas entre hombres, que eso es la guerra, con otro ingenio: el más poderoso y letal.

—Herrera, el autómata será una máquina de matar, matará personas, hombres de carne y hueso.

—Herejes, no lo olvidéis. La Reina inglesa no dudaría en emplearlo masivamente si tuviera este ingenio a su alcance —replicaba el aposentador.

¡Qué le iba a hacer! Los dioses habían querido que tuviera que ser en su vejez cuando afrontara los proyectos más difíciles, admirables y también terribles. Si las rodillas le crujían espantosamente cada vez que se levantaba del asiento, su mente estaba sin embargo más lúcida y despejada que nunca, a pesar de la losa constante de las deudas y del agobio de los acreedores. Era un viejo y sabía más que nunca, con la serenidad y el temple necesarios para tomar las decisiones más acertadas. En cierto modo era lo lógico y natural: la plenitud se alcanza en la edad más avanzada y le parecía un derroche de recursos y de talento la tendencia de los jóvenes a desplazar a sus mayores de los puestos decisorios y arrinconarlos en las galeras de los retiros prematuros.

Tras relevar Herrera a Juan Bautista de Toledo al frente de las obras de San Lorenzo de El Escorial aplicó en muchos aspectos de la descomunal fábrica los principios, entre la historia y la leyenda, que habría aplicado Hiram, el arquitecto del Templo de Salomón. No sólo en cuanto a las proporciones, las formas y el contenido simbólico de todo ello, también en los aspectos materiales y de índole más práctica. Así, había decidido implantar el sistema de llevar la piedra labrada ya al entorno de la fábrica, lo que ahorraría tiempo y dinero y evitaría el constante fragor y el ruido que acompañan a la labra de la piedra. Herrera aseguraba que una obra de esa envergadura, con el procedimiento usual de labrar la piedra in situ, podría durar hasta ochenta años, mientras que con el ancestral sistema bíblico que él proponía implantar esa duración habría de reducirse a menos de diez. Como quiera que Juanelo había localizado en las proximidades de Toledo un afloramiento de piedra granítica de primera calidad en las inmediaciones de la villa de Orgaz, le fue encomendado labrar unos cuantos pilares de gran tamaño, unos doce metros de altura, con destino a la fábrica de El Escorial.

En el límite norte de los Montes de Toledo y a los pies de éstos, Juanelo había constatado la existencia de un inmenso afloramiento granítico que emergía del suelo en pacífica coexistencia con los pastizales y los campos de cultivo, viñedos, frutales y olivares. Sólo hubo que escoger un paraje especialmente rocoso. Bajo la dirección de Juanelo, que tenía instrucciones muy precisas de Juan de Herrera, se fueron labrando aquellas pilastras ciclópeas y pronto comenzaron a marchar hacia El Escorial, perfectamente labradas, encaramadas a sólidas carretas gracias a un artilugio inventado por el arquitecto cántabro. Y las gentes de la comarca, inclinadas al chascarrillo y a la copla, comenzaron a cantar aquello de:

Los postes de Juanelo ya van marchando,
llegarán a El Escorial Dios sabe cuándo...

Los maestros de la cantera recibieron el encargo de labrar cuatro monolitos de una sola pieza de 11,2 metros de altura y con un diámetro de 1,45; su peso se estimaba en unos 50.000 kilogramos cada uno. Cuando recibió la noticia de que el encargo estaba cumplido, Juanelo sintió la alegría de seguir siendo útil a Juan de Herrera y al gran proyecto de San Lorenzo.

Antes de cargarlos en carros, Juanelo quiso que uno de ellos fuera puesto en pie. La majestuosidad del poste y su verticalidad impresionaron incluso a su ideador y a los hombres que lo habían labrado porque aquello parecía una aguja cósmica que cosiera el cielo a la tierra. Sin la más mínima sujeción al suelo, el equilibrio de la pieza era tal que, al menor toque, basculaba de un lado a otro pero nunca caía. Juanelo, las manos mesando la crespa y desigual barba que ya raleaba en algunos rodales, observaba con enorme atención estas basculaciones del bloque granítico mientras pedía a los hombres que aplicaran mayor o menor fuerza en sus empujones al monolito.

Juanelo se había rodeado a su pesar de cierta aureola mágica y nigromántica. La proeza del ingenio causaba pasmo en propios y extraños; pero los propios, a pesar de que tenían delante de los ojos a un hombre viejo que sacaba adelante con esfuerzo a sus nietas y nietos, que mandaba a su muñeco, el Hombre de Palo, cada mañana a la tahona a que llevase a su casa de la Antequeruela un par de hogazas de pan, a pesar de todo ello, no acababan de ver en él a un ser de carne y hueso, sino a alguien prodigioso, caído del cielo y que cualquier día volvería a volatilizarse.

Una especie de mesías de la técnica, de sumo sacerdote del progreso. Así era visto el italiano. Por ello, el asunto de los *juanelos* dio lugar a toda clase de rumores y conjeturas.

También se llegó a decir que, si bien algunos postes llegaron hasta El Escorial, los más estarían destinados a un nuevo palacio secreto que el Rey había ordenado trazar sobre las aguas del río, a unos treinta pies de altura, como una especie de hórreo majestuoso inasequible a las crecidas de las aguas. Este proyecto, como tantos otros, el Rey lo mantendría en secreto pues formaba parte de las medidas en ejecución para prevenir el ataque conjunto de los enemigos de España y de la religión verdadera y también una catástrofe natural, acaso provocada por los incesantes pecados de la humanidad toda.

Asimismo se contaba con el relojero del Rey, como no podía ser de otra forma, en el asunto de los relojes y campanas de San Lorenzo, donde asesoró, diseñó y presupuestó todas las fases de su incorporación a la fábrica. El relojero proyectó un complejo y sutil conjunto de campanas dedicadas al Rey y con su efigie tallada en la superficie del metal. Con mucho primor y estudio, decidió el peso de las dos campanas para tiples («que pesen la una cinco y la otra seis quintales porque difieran en algo las voces y que sean escalonadas»); otras dos para contralto y tenor; una para contrabajo y dos campanas pequeñas para el refectorio y la portería del santuario, palacio, iglesia y panteón del rey Felipe.

Juanelo desechó en su informe la necesidad, que se barajaba, de una enorme campana de treinta quintales: «Ni ahora ni después —escribía en él— son menester más ni mayores porque en todas las iglesias, catedrales y monasterios son dobladas las voces de las campanas».

Las campanas, manejadas por manos expertas, estaban concebidas para transformarse en una gran orquesta. A la manera flamenca o alemana, con sus teclas como órgano podrían tañerse con la mayor perfección y darse en ellas conciertos de una espectacular magnificencia, particularmente en aquel recinto cargado de resonancias y concebido sobre la proporción áurea.

Por aquel tiempo se entrevistó más veces que nunca con el trazador mayor y aposentador Juan de Herrera, tanto en Toledo como en Madrid o en el propio monasterio en construcción. Una de esas veces...

* * *

Llovía aquella tarde en que el verano boqueaba dando paso al otoño y corrían las mujeres y los críos sobre el barro de las callejas del Lavapiés, sorprendidos por la furia del repentino aguacero. Las empinadas cuestas del barrio se habían vuelto torrentes marrones y las mozas se descalzaban para no echar a perder sus zapatos mientras algunas mujeres mayores se arremangaban las haldas mostrando tal vez un poco más de lo que el decoro recomienda.

Venía el relojero de acordar algunas cuestiones con el nuevo inquilino de una de las dependencias de su casa madrileña y necesitaba recapitular con Herrera el sinfín de cosas en que se le había tenido ocupado en los últimos tiempos. Sonaban truenos bastante horrísonos y los relámpagos en la revuelta tarde, mezclados con la luz del día que todavía reinaba, producían una sensación de irrealidad. Pensando en cómo ordenaría los asuntos que deseaba tratar con el arquitecto del Rey, deambuló por los alrededores del Alcázar y los edificios de los Consejos con su legión de consejeros, escribientes y ujieres, a los que imaginó como un enjambre de abejas revoloteando alrededor de la gran reina. Y no pudo dejar de sonreír a solas cuando se dijo que, tal vez, no fuesen sino zánganos.

El efluvio de la Casa de Campo, una suma de aromas empapados de lluvia de tormenta, le ensanchaba los pulmones. Cuando un rayo cayó no demasiado lejos, tal vez tras el barranco en la ladera opuesta del río Manzanares, miró con aprensión la torre que se estaba acondicionando en el Alcázar de Madrid para acoger la colección de relojes que él mantenía actualmente en su taller de Toledo. Rogó al cielo que la librara de rayos como ése. Los rayos sentían predilección por las torres.

Bordeó la parroquia de Santiago, bastante próxima a palacio. En una casa buena pero sobria vivía Juan de Herrera. No lujo pero sí clase había a raudales en aquellos aposentos que Próspero, paje del arquitecto, le hacía atravesar, mientras que un criado recogía y doblaba cuidadosamente el capote empapado de Juanelo. Herrera estaba donde solía, en su espacio preferido: la biblioteca, quizá la mayor biblioteca privada de Madrid con sus casi mil volúmenes; según algunos, la mayor de toda España. Algunos instrumentos astronómicos y náuticos se desperdigaban por mesas y estantes. Herrera, que era hombre más bien bajo pero de complexión fuerte y muy moreno de piel y de cabello como suelen serlo algunos montañeses, estaba enfermizamente pálido y tenía la nariz inflamada y muy roja como persona aquejada de un fuerte catarro.

Juanelo, siempre de negro, sostenía su gorra de paño, que se había convertido en una esponja, entre las manos. Saludó a Herrera con una franca sonrisa. Éste excusó su postración:

—¡Malditos catarros! Soy tan propenso. En cuanto cambia el tiempo, ya está... ¡Qué tedio! ¡Con la cantidad de cosas que tendría que estar haciendo, obras que inspeccionar, que ejecutar...!

Antes de sentarse, Juanelo disfrutó echando una ojeada a los lomos de pergaminos impecablemente ordenados en los estantes de la biblioteca de Herrera. Se sintió atraído muy especialmente por la sección de aritmética y matemáticas. Herrera tenía sólidos fundamentos en esa materia, tan cara a él, y había puesto en marcha una academia de élite en el corazón de la corte, para la que había hecho contratar a los mejores doctores y maestros.

Hizo un rápido recorrido de los estantes. Allá estaban el álgebra de Pedro Núñez y la de Bombel; la aritmética íntegra de Michael Estiphelio; el libro de Feliciano; la práctica de Gualigo, en lengua toscana; una aritmética en francés..., prácticamente todo en esta materia. Pero también los diez libros de arquitectura de León Bautista Alberti en latín; el cuarto libro de Vitrubio; una copia del tratado que se hizo del templo de Salomón; libros sobre astronomía, calendarios, invenciones mecánicas, artes bélicas, viajes, lenguas... La curiosidad y el ansia de saber y documentarse de aquel hombre parecían no tener límite porque también estaban allí las fábulas de Esopo y las comedias de Terencio. Con cierta vanidad y agrado, Juanelo comprobó que había una obra suya en dos volúmenes, eficientemente encuadernados en pergamino español: el discurso de Juanelo sobre la nueva reformación del año y su traducción manuscrita al italiano.

Herrera estornudaba y tosía debajo de una frazada de lana ligera, sentado en un sillón de cordobán repujado al que ayudaban a hacer algo más confortable mullidos almohadones. Juanelo tomó asiento en uno idéntico que estaba frente al de su anfitrión.

—¿Un chocolatito, Juanelo?

—Casi prefiero vino, seguro que me calienta antes los huesos y la sangre.

—Sin duda, brava elección —asintió Herrera—. «Para el catarro, dadle al jarro, / y si es reumatismo, más de lo mismo...».

—Suele ser extraordinariamente veraz la intuición popular...

—Yo no la llamaría intuición —matizó el cántabro— sino sabiduría, o mejor, restos de la gran sabiduría ancestral. Pero vayamos a lo práctico. Mandaré traer una jarra de vino de Yepes. Ese néctar de la malvar autóctona era el preferido del Emperador, ¿os acordáis?

—Cierto, en Yuste le ayudaba a sobrellevar los latigazos de la gota y las horrendas llagas que le descarnaban las pantorrillas. Casi le gustaba tanto como la cerveza de Flandes.

Trajo una criada el vino. Lo sirvió. Brindaron y bebieron, sintiéndose alegres por encontrarse de nuevo aunque fuera en medio de graves ocupaciones y negocios. Tras preguntarle Juanelo por su esposa y Herrera a Juanelo por Bárbara Medea y por su ingente prole de nietas y bisnietos, disertaron sobre los libros.

—Afortunada o desafortunadamente, los libros sí ocupan lugar. Acabo de elevar un memorial a Su Majestad sobre una especie de biblioteca ideal, que constaría de tres salas: la de los libros propiamente dichos, otra de mapas y artilugios y una tercera, la más secreta por así decir, que sería el archivo. Como veis no predico con el ejemplo y por aquí anda todo un tanto entremezclado.

Juanelo echó una ojeada a los instrumentos. Como él, Herrera era inventor, aunque en esto se declaraba aprendiz del lombardo si bien manifestaba un legítimo orgullo por su muy cotizado invento de las «longitudines» náuticas y por el hecho de ser *desengañador* oficial de máquinas falsas, cuya toma en consideración por la Corona hubiera supuesto un derroche en hacienda, tiempo y reputación. Ante los ojos del relojero, desfilaron, salpicando los cuerpos biliosos de los libros, un gran compás de hierro, un reloj equinoccial de latón, astrolabios, cuadrantes, esferas armilares, globos terráqueos, globos celestes, compases de madera, escuadras...

Sin embargo, el instrumento que con más fuerza atrajo la mirada de Juanelo fue el más sencillo y humilde de todos: un reloj de sol en madera con aguja hecho en un tronquito de madera con su gnomon de metal.

—El verdadero imperio no puede sustentarse sólo en el oro y en las armas. Debe aspirar a una síntesis entre lo antiguo y lo nuevo. Eso lo da el saber, y el saber está en los libros.

Entre carraspeos y estornudos, Herrera añadió:

—Es más: sin libros no hay imperio capaz de sostenerse. Otros darán el modo de labrar atarazanas y casas de armas, yo he ofrecido a Su Majestad cómo aderezar la sala de los entendimientos, con los cuales se han de gobernar las armas.

Contó Herrera a su amigo las recomendaciones que en el memorial había dado al Rey sobre los lugares y la manera más adecuada para adquirir los mejores libros del mundo; pues la biblioteca española habría de contarse entre las mejores de todos los tiempos. Las plazas más surtidas en Italia eran Roma, Venecia y Florencia; también las abadías de Sicilia y de Calabria, con su gran copia de libros griegos; por su parte, en la isla de Mallorca aún perduraba la memoria y la enseñanza del gran Raimundo Lulio, autor de una síntesis insuperada entre la cultura griega y la cábala hebrea, y sus libros se manejaban en diversos estudios y monasterios.

—A veces —añadió Juan de Herrera—, los libros están expuestos a la acción de las goteras y de los ratones, mal ubicados, desatendidos. Los frailes ya no los usan pues no los entienden como los entendían cuando allí los pusieron o copiaron. Yo vi estando en Roma que los mismos abades y archimandritas traían muchos libros a presentar a los cardenales y trataban de vendérselos, a menudo con éxito.

Desde fuera resonaba el fragor de los truenos y los relámpagos iluminaban intermitentemente aquel recinto consagrado a los libros. Juanelo estaba algo impaciente por abordar el asunto del ingenio y su incertidumbre acerca de los usos y pago del mismo; uno de los propósitos de aquella visita, el más importante desde su punto de vista, era sensibilizar a Herrera de su situación económica en el límite de la desesperación. Pero el arquitecto parecía más inclinado a seguir hablando de libros y de bibliotecas, y del gran papel, imprescindible, que habrían de jugar para consolidar el Imperio. Por eso había promovido a Arias Montano, un hombre sabio y venerable, al cargo de bibliotecario de El Escorial.

—Se avecinan tiempos difíciles, amigo Juanelo; hay que luchar mucho para garantizar la paz perpetua en la tierra, única forma que los humanos tenemos de glorificar al Sumo Hacedor. Un monarca verdadero debe tener la fortaleza de David y la sabiduría de Salomón.

—¿Las tiene el rey Felipe?

La pregunta de Juanelo, sin contener malicia, era profunda, desnuda de retórica, basada en la distancia —generacional, física, de afectos— que caracterizaba a su relación con el hijo de su gran mentor, el emperador Carlos.

Herrera miró al relojero a los ojos y contestó con voz pausada y grave:

—Sin duda, y en mucha mayor proporción de lo que piensan nuestros enemigos y la mayoría de nosotros mismos. Su curiosidad es inmensa en cuestiones de astrología, de ciencias, de náutica, de historia... Trató a fondo en Inglaterra con el gran ocultista sir John Dee; puede decirse que es más culto que su padre el César, que en gloria esté. En cuanto a la guerra, se dice que no le interesa y eso no es cierto. Al contrario, es un apasionado de la estrategia; sólo que no soporta el campo de batalla, el olor de la pólvora, la fetidez de los cadáveres embarrados ni el graznido de los buitres. No es un soldado como su padre, pero es un militar, no nos cabe duda sobre eso. Sin embargo...

—¿Sin embargo?

Herrera dejó en suspenso la pregunta de Juanelo y su propio relato. Como el vino de la jarra se había acabado, esperó a que la criada lo repusiera y escanciara sendos vasos para volver a hablar.

—Sin embargo, es un hombre, sujeto a las pasiones y vicios de los hombres, susceptible por tanto de cometer graves errores. No es el Papa el que importa, importa la cristiandad. No es el monarca el realmente importante, sino la monarquía católica... El enemigo no es sólo exterior.

Todos libramos un sordo y permanente combate contra nosotros mismos. Ahí no sirven tiaras ni cetros ni guardias pretorianas.

Continuó el aposentador vaticinando los duros combates que se avecinaban y los sombríos pronósticos que circulaban. Había facetas de los proyectos que trascendían al Rey, detalles que se le ocultaban; un núcleo de doctos varones garantizaría la continuidad en caso de desastre. Los ataques militares, las insurrecciones internas —principalmente de los moriscos aliados con el Turco y con los piratas de la Berbería— y las catástrofes naturales —plagas, riadas, terremotos— justificaban la fortificación de Toledo, que volvería a ser la capital de España, una ciudad mucho más segura y menos abierta que Madrid. Pero incluso si Toledo se perdía, habría un lugar secreto e inaccesible, una gran cueva junto al Tajo cuya traza él mismo había diseñado, donde se refugiaría ese núcleo de hombres sabios y poderosos preparados para la Restauración.

—Os estoy refiriendo cosas muy graves y peligrosas por el mero hecho de decirlas y de conocerlas, Juanelo. Manejamos un escenario apocalíptico en que el Rey ya no esté, por muerte, renuncia o prisión. Hay incluso un rey encubierto, un Trastámara, de sangre real española.

Un relámpago se coló de repente en la estancia y encandiló los ochocientos cuerpos de libros de la biblioteca de Herrera y el rostro del arquitecto, muy congestionado ya por la gripe, adquirió un aire sobrenatural que aterró a Juanelo, aunque no tanto como la frase que acababa de pronunciar.

—Claro que —prosiguió el aposentador— confiamos en que nunca se llegue a esa situación desesperada. Confiamos especialmente en vuestros servicios, Juanelo. ¿Cómo está don Antonio? Todo el mundo en la corte se hace eco de él, parece que se está haciendo célebre deambulando por las calles de Toledo.

—¿Es don Antonio uno de esos «detalles» que Su Majestad desconoce?

—Desde luego, cuando estén listos los presupuestos para su multiplicación y estemos preparados para fabricar un ejército de soldados autómatas, entonces se le informará de todo con el máximo detalle. Entretanto, Su Majestad sólo sabe que trabajamos en un arma secreta y letal, y que vos estáis en el proyecto.

—¿Me dais vuestra palabra de que nada sabe el Rey de los detalles?

—Os la doy. Imaginad, Juanelo, una armada de hombres de palo bajo la dirección de un marino de la pericia de, digamos, don Álvaro de Bazán. De nada servirían las culebrinas ni los brulotes de ingleses y holandeses...

Por un instante, Juanelo visualizó una enorme batalla naval en un mar septentrional. Anochecía entre olas furiosas y ocasionales disparos. En su repentina visión, frente a un silencioso galeón español repleto de hieráticos soldados mecánicos cruzaba una barcaza inglesa con la cubierta repleta de cadáveres. Del castillo de proa de esta última salió el fogonazo de un disparo de arma corta. Un soldado igual que don Antonio cuando se transformaba disparó su pistolón hacia el castillo. Sonó un grito seco y el silencio fue total.

—Herrera, no me gusta resultar penoso ni patético. Debo confesaros que a veces es tal mi penuria económica, al no cobrar lo que se me debe por el ingenio y estar acosado estar por las deudas, que no dejan de crecer y de sangrarme con sus intereses, que he llegado a pensar en ponerlo a pedir, en recuperar al fraile mendicante que limosneaba para la construcción del Hospital de Inocentes o de orates. —Herrera calló. Parecía meditar algo, atravesar una encrucijada de su mente—. Para orate, yo, ya me veis —prosiguió Juanelo—. Meterme en la locura del ingenio, arriesgándolo todo sin verdaderas garantías, hasta la fortuna que no tengo. Me preguntáis por don Antonio, pues ¿cómo va a estar? Como toda mi familia, preocupado, confuso, asustado...

—Ja, ja, ja —Herrera estalló en sonoras carcajadas—. Graciosa ocurrencia: el Hombre de Palo asustado... Dispongo de informes y valoraciones en contrario, pero no creáis, a mí me parece bien que don Antonio salga y se mezcle con la gente por las rúas toledanas: es una forma de publicar que se trata de un divertimento más, de un simple autómata sin trascendencia. Un enjambre de espías, nacionales y extranjeros, buscan «el arma secreta» de nuestro Rey en Toledo. Saben que se trata de algo asociado a la fábrica del Alcázar y al ingenio, barajan vuestro nombre en los mensajes que hemos interceptado, pero dan golpes de ciego. Hasta ahora nada relevante se menciona del Hombre de Palo. Dejad que don Antonio siga fatigando las calles, excitando la imaginación de niños y mayores, provocando la algazara de las gentes. Cuanto más visible esté, más oculto será su secreto.

—De acuerdo, Juan, pero ¿y mi situación económica? Es francamente insostenible.

—Haré lo posible por activar la lenta y oscura maquinaria burocrática de los Consejos para que el de Hacienda acabe de pagaros la parte que es de la Corona; os lo prometo. Sobre el Ayuntamiento, poco puedo hacer si desoyen las continuas cédulas reales del monarca para que cumplan lo pactado. Instaré a los consejeros a que redacten nuevas cédulas exigiendo el pago de lo vuestro.

—En cierto modo, les asiste una buena parte de razón a los de Toledo: ¡se han beneficiado tan poco del agua que sube el ingenio!

Herrera, por primera vez, se mostró enfadado. Saltó de la butaca de cordobán exclamando algo sobre la grosería y poco primor de los españoles... Para añadir a continuación, algo más sosegado:

—Cierto, el agua no se distribuye en las proporciones pactadas, pero el ingenio es algo bueno para Toledo, una atracción que todos desean visitar, lo primero que hemos de mostrar a los embajadores. El segundo ingenio en que ahora trabajáis solucionará el problema y les estamos señalando además los emplazamientos idóneos para futuros artificios en San Juan de los Reyes y en otros puntos del Tajo. No tienen por qué sentirse contrariados. Al contrario, deberían estar agradecidos y pagaros lo que os deben, pero el agradecimiento no es virtud que se cultive en España. —Como viera al viejo relojero mohíno y desconfiado, insatisfecho de sus palabras, el aposentador decidió franquearse—. Es duro el servicio de los reyes.

Ambos amamos la aritmética y la mecánica; vos sois el mejor relojero de Europa y sobre mi valía se exagera sin tasa... Pero los dos somos, ante todo, criados de Su Majestad, criados privilegiados pero criados al cabo... Escuchad, Juanelo, hasta para mí, con todo el poder que se dice que he acumulado estos años, hay gestiones que resultan arduas y complejas. Incluso yo estoy sujeto a las pesquisas de la Inquisición. Os confesaré algo: anduve desde mozo con el Rey, en Italia, en Flandes, hasta la última batalla que libró el Emperador contra la muerte en Yuste. Con todo ello aminoré en dos terceras partes mi patrimonio familiar en la montaña, que no era escaso. He ganado miles de ducados pero gastado otro tanto en viajes y protocolos, que corren de mi cargo como el acueducto de Toledo corre del vuestro. Voy a hacer el monasterio de El Escorial en ocho años, cambiando una traza que duraría ochenta, con el ahorro consiguiente. Son muchos y grandes los servicios prestados y no tengo asegurada todavía ni mi vejez ni, mucho menos, el futuro de mi descendencia. Es duro el servicio de los reyes. Pero ni vos ni yo podemos desfallecer en el ánimo y fidelidad del real servicio al que nos debemos.

—Pasará lo mismo con el segundo ingenio, ¿verdad, Herrera? El agua nunca llegará a los toledanos y yo tardaré en cobrarlo; en realidad, no lo cobraré nunca. Queda ya poca arena en mi reloj.

—La prioridad es fortificar la ciudad y asegurar el suministro del Alcázar.

—Se habla de derivar agua para un jardín de recreo.

—El recreo del Rey es prioritario también. Pero recordad todo lo que acabo de contaros. Ésas son las verdaderas prioridades. Ni siquiera el Rey, España o el Imperio importan finalmente. Es el orden divino lo que hemos de defender.

—Os comprendo, Juan, pero tengo una familia que me sobrevivirá. Ellos me importan. Ellos son mi prioridad.

—Nunca debisteis concebir los ingenios como negocio, Juanelo.

—¿Cómo si no?

—Como inversión, sí, mas no como negocio. Dejadme deciros: yo recibí la merced real por treinta años de todas las minas de cobre y plomo del Principado de Asturias; como el Consejo de Hacienda no autorizaba el gasto para asegurar el beneficio que esas minas podrían darnos al Rey y a mí, las dejé para que Su Majestad dispusiera de ellas a su antojo...

—No entiendo adónde queréis llegar, Herrera. ¿Qué tienen que ver vuestras minas con mis ingenios?

—Vienen a ser la misma cosa. Os obsesiona la idea de gestionar uno al menos de los ingenios para legarlo en propiedad a vuestra hija y a su prole abundante. El mantenimiento del ingenio, ya lo estáis comprobando, genera gastos, deudas y zozobras sin fin. Para vos principalmente pero también para las arcas reales. Haced donación a la Corona de los dos ingenios, una vez cobréis lo que os costaron. El Rey nunca desamparará a vuestra hija ni a vuestros nietos.

Cuando Juanelo salió, los relámpagos y el temporal habían amainado, pero el aguacero y la hora nocturna habían barrido a la gente de las calles. A solas con su zozobra y sus proyectos, Juanelo, sintiéndose más viejo y cansado que nunca, se encaminó a su casa del Lavapiés.

Capítulo
4

D urante los años que siguieron, un Juanelo exhausto e hiperactivo, en la edad en que todo anciano llevaría ya varios años de retiro, tuvo que hacer frente simultáneamente al alzado del segundo ingenio, mucho más lento por falta de liquidez, y al mantenimiento del primero, que a los pocos años de funcionamiento estaba muy maltratado y comenzaba a hundirse.

Particularmente deteriorado se encontraba el tramo entre la plaza del monasterio del Carmen y el río, y fueron necesarios medio millón de maravedíes y un sinfín de oficiales y peones para hacer de nuevo la armazón. Tablas de chilla, seiscientos pies de alfarjía y seis mil clavos chillones fueron empleados.

Juanelo comprendió demasiado tarde que hubiera sido mucho más rentable a la larga haber empleado más metal y menos madera. Lo hizo parcialmente al permutar por metal los caños de barro por donde bajaba en cañada el agua desde el castillo de los ingenios hasta el Alcázar. Los oficiales de las obras del palacio habían constatado que esos caños de barro se quebraban con mucha facilidad y que el agua se derramaba y se perdía, dañando las bóvedas.

Entretanto, el modesto patrimonio adquirido en décadas de esfuerzo tanto en España como en Lombardía se iba esfumando para poder hacer frente a las bodas de las nietas y a las necesidades más perentorias de la familia. Así sucedió con ocasión de la boda de Emilia Felipa de Viana Turriano, su nieta, hija del difunto Orfeo de Viana y de Bárbara Medea, la hija milanesa del relojero. Emilia Felipa se desposó con Ludovico Besozo, milanés, y a tal fin su abuelo le traspasó como dote las dos pensiones vitalicias de doscientos ducados que habían librado a su favor el difunto Emperador y el rey Felipe. Y tuvo que señalar en lo tocante a bienes dotales «unas casas que yo tengo por mías y como mías de la dicha ciudad de Milán, en la parroquia de San Nazario en la calle Ancha». A todo ello añadió setenta y cinco mil maravedíes que tenía de pensión sobre la panadería de la puerta de San Antonio en Milán.

Había que poner en valor todo lo que había, traducir en rentas y, por consiguiente, en liquidez todo aquello que poseía, pensando en salir de la penuria y tratando de asegurar el futuro. En los años setenta y comienzos de los ochenta, Juanelo ya no pensaba en su propio futuro. Como decía a menudo, «la arena de su reloj se estaba acabando». En 1580 dio poderes a Jorge de Diana, residente en Madrid, para cobrar de don Hernando Enríquez, arcediano de la misma villa, veinticinco mil maravedíes del alquiler de sus casas que le tenía arrendadas en el distrito del Lavapiés.

Recibida la merced real de asumir el cargo de alcalde de la cárcel de Ocaña, inmediatamente la puso en venta. Logró venderla a Alonso García de Haro, familiar del Santo Oficio de la Inquisición de Toledo, por ochocientos ducados. Pensando en un futuro no lejano en el que él iba a faltar, solicitó algún cargo administrativo, «oficio de papeles», para Diego Joffre, casado con una de sus nietas; el objetivo era asegurar para cuando él faltara el amparo de su hija Bárbara Medea, que ya tenía una cierta edad y a la que empezaban a flaquear las fuerzas, después de años de trabajo dentro y fuera de la casa.

Pocos años atrás, en carta al Papa, a quien había orientado previamente en relación con los fundamentos astronómicos de la reforma del calendario, había escrito: «... He estado impedido por mi ancianidad y por una enfermedad más grave, además de mi indisposición ordinaria, que en la mayoría de las ocasiones y no sin peligro de mi vida me ha tenido cogido muchos meses». Para «remediar tantos siniestros accidentes de mi grave y malsana edad», le suplicaba al Pontífice una pensión anual o cualquier otra renta simple para consuelo de «mis pobres herederos».

En medio de tantas penurias y agobios económicos, el alzado del segundo ingenio, que discurría pegado al primero, se hacía sin la ilusión y el empuje del primero. Desengañado Juanelo, poco esperaba ya de la nueva fábrica y sólo deseaba terminarla cuanto antes, subsanando desde luego las debilidades advertidas en el primero. En cuanto a la ciudad, ya se había disipado el afán de la novedad y, además, resultaba poco espectacular la duplicación del viejo trazado. Apenas algunos viejos y desocupados se dejaban caer por el entorno de la obra y no todos los días.

Por aquel tiempo, Aurelio *el Comunero* le solicitó a Juanelo una reunión privada en su oficina. Últimamente, se habían visto poco. El viejo rebelde había estado muy maltratado por unas tercianas malignas. Aurelio parecía compungido. Rehusó tomar asiento y doblaba con cierto nerviosismo la gorra entre sus manos. Había accedido finalmente a quitarse el parche y había desistido de seguir chapurreando su jerigonza a la italiana.

—¿Y bien, caro Aurelio? —preguntó Juanelo.

—Me voy —respondió el Comunero mirando hacia las baldosas.

—¿Os vais? ¿Adónde?

—Me retiro, se acabó.

—¿Es por los atrasos? Precisamente ahora ya puedo pagaros, no debéis preocuparos por eso.

—Míradme, Juanelo, ¿qué veis?

—Veo a mi buen amigo toledano, a Aurelio *el Comunero*.

—Pronto cumpliré los setenta y cinco; el reúma está ya a punto de impedirme levantarme pues apenas puedo doblar las rodillas. Mi tiempo se agota, Juanelo. De poco podría serviros si alguien entra a robar material o intenta un sabotaje: no es que no pueda correr, es que no puedo ni andar.

Juanelo examinó a su viejo amigo. En el día a día no había reparado en los progresivos signos de deterioro que se manifestaban en su cuerpo. Encorvado y artrítico, era como si se estuviera secando a la manera en que una uva se convierte en pasa.

—Mi niña Fabiola me ha abierto los ojos, que ahora vuelvo a tener dos tras quitarme el parche. Me caí el otro día en su presencia. No sé, me dio una especie de mareo, una flojedad de piernas que no pude controlar. Por cierto que me dijo que a vos, Juanelo, os pasó algo parecido en presencia suya. Desengañaos, Juanelo, somos viejos y estamos viejos. Es ley de vida. Nos arrugamos como manzanas olvidadas en un rincón de la alacena. Tocan a retirada: adiós las correrías, adiós las noches de jarana y borrachera, adiós las luchas y fatigas de la juventud... Figuraos, Juanelo, que ya ni siquiera tengo ojos para las jacarandosas mozas que transitan las rúas de la ciudad. Sólo deseo un poco de tranquilidad y de tiempo para ponerme en paz con mi espíritu y pedir perdón por mis pecados.

Cuando Juanelo conoció al Comunero, éste ya era mayor, casi un viejo probablemente; pero las ganas de vivir, esa jovialidad que siempre se manifestaba en él y que había sobrevivido a derrotas, prisiones, fugas y ocultamientos, hacían que uno no reparase en su edad exacta. De repente, se había vuelto un anciano.

Juanelo se miró en él como en un espejo. Probablemente, tenía más edad que Aurelio, dos o tres años más; probablemente, era cierto que también él era un anciano con un pie en la decrepitud.

Sólo que, a diferencia del Comunero, no podía permitirse el lujo de retirarse todavía.

* * *

Sin celebración ni algazara popular, de un modo frío y técnico, se inauguró en 1584 el segundo de los ingenios. Simplemente se puso en funcionamiento con la asistencia de los oficiales del Alcázar y una discreta representación municipal. ¡Qué lejanos quedaban el esplendor y la alegría de aquella jornada luminosa de 1569!

La misma cosa, se dijo Juanelo, depende de la percepción del que las vive. Lo que quince años antes había sido la culminación de un sueño, se había convertido en una pesadilla de la que convenía despertar cuanto antes. Ante todo porque Juanelo, experto en relojes, sabía que al de su propia vida le quedaba poco tiempo.

«Más nos parecemos los humanos a un reloj de arena que cae incesante a su matriz, la tierra, que a los sutiles engranajes de metal que hemos concebido para medir esa caída», pensaba y decía a veces.

De manera que, a poco de haberse celebrado la puesta en marcha del segundo ingenio, el relojero del Rey tomó papel y pluma y, recordando el consejo de Juan de Herrera de ofrecérselo todo a Su Majestad, se puso a escribir:

Sacra Católica Real Majestad:
Juanelo Turriano, criado de Vuestra Majestad, digo que yo he acabado de todo punto los dos ingenios con que sube el agua al Alcázar de Toledo y que, conforme a lo que últimamente conmigo se acordó, Vuestra Majestad se ha de servir del que de ellos escogiere y el otro ha de que-

dar para aprovechamiento mío. Y pues he ocupado la mayor parte de mi edad en servicio del Emperador Nuestro Señor y de Vuestra Majestad y por su mandado he hecho estos ingenios, no me parece justo que cosa de tanta grandeza esté en poder de otro que Vuestra Majestad y así he venido a ofrecerle también el mío para que se sirva de los dos, y a dar cuenta a Vuestra Majestad de que deseo, con su licencia, venir aquí de asiento a acabar de escribir algunas cosas que he comenzado tocantes al gobierno de ellos y de otros de importancia para el servicio de Vuestra Majestad y beneficio común de sus reinos, y a enmendar el libro de los relojes que he acomodado conforme al calendario nuevo y a saber de Vuestra Majestad dónde desea que sean puestos los relojes con la seguridad que conviene. Y pues Vuestra Majestad ve mi edad y sabe mi necesidad y que, por no haber cumplido Toledo lo que conmigo acordó, estoy tan pobre que no puedo pagar las deudas que tengo ni cumplir con la dote de tres nietas huérfanas que he casado ni darles a otras dos que me quedan por remediar, no tengo más que representar a Vuestra Majestad sino suplicarle que, considerando el amor y la afición con que le sirvo, y lo deseo hacer mientras viva, me haga por ello la merced que fuere servido.

Sintió un gran descanso cuando puso en el correo la carta. Su hija, nietas, nietos y bisnietos no quedarían desamparados; antes o después, el monarca acordaría unos miles de ducados y una pensión vitalicia como contraprestación al presente de Juanelo.

Sabía por lo demás que no habría una respuesta directa: los funcionarios áulicos y los oficiales del Alcázar especularían con la propuesta, dilatarían los tiempos, tomarían un sinfín de precauciones en el puro estilo de la lentísima burocracia de los Consejos de la España imperial. Primero dilucidarían cuál de los dos ingenios era el del Rey, si el viejo o el nuevo. Lo que significaba cuál priorizarían, a cuál de los dos destinarían más dinero y recursos en reparos y mantenimiento, porque, ahora lo veía con claridad, ambos habían sido siempre del Rey. En eso había sido mucho más ingenuo que el ayuntamiento: él sí pensó, incluso después de la conclusión del primer ingenio, que el agua llegaría en buena parte a las fuentes públicas de la ciudad, conforme a lo acordado en los contratos.

Don Antonio había vuelto a las calles plenamente. Como Juanelo se encontraba cada vez más torpe, lo acompañaba a todas partes, ayudándolo a remontar las súbitas cuestas y revueltas de las tortuosas calles toledanas, generalmente desiguales y mal pavimentadas. El viejo relojero se apoyaba en su bastón por un lado y en el Hombre de Palo por el otro.

La estampa se hizo habitual y pronto pasó a formar parte del paisaje urbano de la ciudad del Tajo. A pesar del fiasco del agua y de que los azacanes, junto con los pozos de los patios, seguían siendo la fuente principal de abastecimiento de agua en la ciudad, el pueblo toledano tenía muy a gala sus ingenios del agua y se sentía orgulloso de ellos, equiparándolos a sus grandes monumentos y tesoros artísticos. Además, de la Corte, de todos los reinos de

España y aun de lejanas naciones seguían llegando visitantes con el reclamo principal, si no único, de visitar tan asombrosa novedad tecnológica. Las posadas y figones se beneficiaban de ello y la gente, incluidos los vistosos y multicolores azacanes con sus cántaros a lomos de las enjaezadas mulas, mostraba una y otra vez su agradecimiento a Juanelo Turriano, cuyo derrumbe físico y estrecheces económicas saltaban a la vista de todos.

—Adiós, micer Juanelo, ¡y qué buen apoyo tiene en su don Antonio!

Todo el mundo tenía una frase amable con el viejo relojero y con su muñeco andarín, quien contestaba muy gentil y cumplidamente a los saludos y requiebros con expresivas inclinaciones de cabeza. Siempre había algazara de niños detrás del Hombre de Palo. Nunca acabarían de incorporarlo a la tediosa rutina: para ellos era siempre novedad y les alucinaba y hasta lo temían un poco, aunque sabían que era de natural amable y tranquilo. Los más osados le tocaban un hombro y salían huyendo por la siguiente esquina.

Algunas veces don Antonio salía solo con algún encargo de intendencia doméstica: a la tahona a por la hogaza cotidiana o a casa de Fabiola, quien cocinaba muchos días también para Juanelo y ponía sobre sus firmes antebrazos una cacerola cargada de algún humeante guiso.

Don Antonio parecía encontrarse particularmente a gusto en la casa de Fabiola y del hijo de Bárbara Medea, rodeado de los hijos e hijas del matrimonio, que ya estaban a punto de alcanzar la media docena. Tan extasiado parecía, mirando siempre a la bella Fabiola, cuya hermosura en vez de ajarse parecía asentarse con los años, que ésta, temerosa de que «se le hubiera gastado la cuerda», tenía que darle un toquecito en el hombro para que el muñeco volviera en sí y se levantara de la banca para cargar las provisiones y viandas de Juanelo.

En el transcurso de aquellas comisiones, el Hombre de Palo procuraba recorrer la calle de la Lonja, junto a la catedral, en el corazón del viejo Alcaná, y una vez recorrida, se demoraba un largo espacio de tiempo en la esquina con la calle del Nuncio, justo en el punto donde había estado plantado su antecesor.

Allí entraba en un trance parecido a los que experimentaba en presencia de Fabiola y permanecía inmóvil y extático, ajeno a los saludos y comentarios de los que pasaban. Era como si recordara a su antepasado, como si una secreta memoria lo uniera a él.

Una de esas veces, el día de la festividad del Corpus, la Tarasca atravesó con su desfile la esquina donde don Antonio solía quedarse sumido en su trance. Un niño lo tomó de la mano y él se sumó al cortejo con total docilidad, acompañando al dragón de madera con su loca brujita giróvaga todo lo que restaba de recorrido hasta que lo encerraron en un almacén municipal. Incluso llegó a dar el bueno de don Antonio unos torpes pasitos de baile, que finalmente resultaron muy graciosos, al son de la alegre y bullanguera dulzaina.

Fue el año en que el Hombre de Palo acompañó a la Tarasca y si bien el hecho no lo recogerían los anales oficiales de Toledo, sí perduró en la memoria no escrita pero viva y palpitante de las gentes sencillas de la ciudad.

Capítulo
5

Dicen que Toledo, como Roma, se asienta sobre siete colinas.

Las veces que Juanelo había visitado la capital del Imperio romano no había tenido ocasión de comprobarlo pues, al formar parte del séquito imperial o invitado por el propio Papa para cuestiones de ingeniería o de calendario, siempre se desplazaba en cómodo carruaje. En cuanto a Toledo, no siete, setenta le parecían sus colinas; llevaba cuatro lustros fatigando y fatigándose con sus muchas cuestas. Si no fuera por don Antonio, ya no podría con ellas. Sus rodillas crujían al menor movimiento como si estuvieran a punto de romperse.

En uno de aquellos paseos, apoyado en su bastón y en el Hombre de Palo, un criado le comunicó que su amo deseaba saludarlo y que los invitaba a subir a su coche, a la sazón estacionado a un lado de la plazuela. Podrían conversar y tendría mucho placer en conducirlo allá donde se dirigía, ahorrándole el penoso esfuerzo de subir y bajar las empinadas rúas.

Juanelo miró el coche y, a través de su difuminada y acuosa visión, alcanzó a distinguir una notable carroza, bien lustrada y reluciente, tirada por dos briosos y grandes jacos oscuros igualmente pulidos y relucientes; sin duda ese coche pertenecía a alguien muy principal. Desde los ya lejanos asaltos del capitán Nero y sus secuaces, el relojero no era consciente de haber sufrido ningún ataque, al menos directamente dirigido contra su persona. Pero estaba lejos de su casa y del ingenio, y en compañía del Hombre de Palo. No tenía ninguna razón para pensar que aquellos poderes que buscaban con tanto denuedo y sin tregua el arma secreta de su majestad hubieran desistido de hacerlo.

De repente, Juanelo se sintió solo: solo, desamparado, viejo. Al fondo de aquella plaza estrecha y alargada unos hombres jugaban a la pelota, jadeando a uno y otro lado de una cuerda que cruzaba el ancho de la plaza. Sintió Juanelo cómo hacían un alto momentáneo en la partida para comentar algo sobre su presencia y sobre don Antonio.

Sintió porque no vio; la visión de Juanelo se emborronaba por momentos; uno de sus pensamientos más optimistas en aquellos días era el de que la muerte, que por fuerza no habría de tardar, le libraría al menos de la humillación de la ceguera. El roce, el contacto físico del mensajero lo había sacado de sus melancólicas meditaciones.

Pero ¿quién era el amo de aquel lacayo? ¿No era apremiante e intimidatorio el ligero empujón que le acababa de dar? ¿Por qué no le decía a quién servía? ¿Por qué razón él mismo no era capaz de preguntarle qué caballero deseaba saludarlo de un modo tan ferviente?

Mientras atravesaban la plaza en dirección al carruaje, Juanelo tuvo miedo y añoró la compañía de alguien a su lado; la del Comunero, por ejemplo, claro que hubiera tenido que tratarse del Comunero de, como poco, cinco o diez años atrás. Estaba don Antonio, sí. Efectivamente, en caso de peligro extremo, podría actuar de modo contundente y definitivo. Pero los secretos dejan de serlo cuando se exhiben en mitad de una plaza.

Llegaron al fin el Hombre de Palo y su creador al coche. Mientras el sirviente subía de ágil brinco al pescante para sentarse al lado del cochero, una de las dos portezuelas del coche se abrió y Juanelo apenas pudo distinguir la silueta de un hombre, imposible de identificar con lo poco que veía y sobre todo por estar a contraluz de la que entraba por la ventana junto a la que estaba sentado.

—Entrad, Juanelo. Es un honor teneros en mi carroza. A vos y a vuestro Hombre de Palo. No se habla de otra cosa en todo Toledo.

Ya habían tomado asiento el renqueante Juanelo y el hierático y circunspecto don Antonio; ya el coche había arrancado a un silbido del cochero y bajaba la cuesta que conducía fuera de aquel laberinto urbano.

Entonces, más por la voz que por lo que veía, Juanelo comprendió al fin qué clase de invitación había aceptado.

—¡Vos! —exclamó, al comprender que ese coche era el del marqués.

* * *

El tiempo había pasado también por el marqués. Sus rizos revoloteaban completamente blancos, como su cuidada perilla, por debajo del gorro de terciopelo carmesí. Parecía realmente emocionado de su reencuentro con Juanelo.

—Toledo es un insondable laberinto en un limitado perímetro. Hace meses que deseaba tener un encuentro como éste con vos. —El relojero estaba desconcertado y se limitó a saludar con un asentimiento de su cabeza—. No parece, a juzgar por vuestro aspecto, que las cosas os vayan demasiado bien, Juanelo.

—¿Os referís a mi indumentaria? Hace años que no la renuevo. Cuando se llega a mi edad y con las circunstancias que me rodean, están fuera de lugar ciertas vanidades.

—Me dejaré de rodeos y de hipocresías. Sé que os acechan las deudas justamente en la edad en que deberíais estar disfrutando de vuestros grandes trabajos y de la genialidad de vuestras invenciones. España no es un país agradecido.

—Ya me cubrieron de honores, señor, cuando el ingenio colmó todas las expectativas. Me hubiera conformado con que se me pagara a tiempo lo acordado. Por ambas partes, por la Corona y por el Ayuntamiento...

No escapó al marqués la mirada acusadora que acompañó a la alusión de Juanelo de la responsabilidad municipal.

—Dejadme deciros, Turriano; hace años, como sabéis, que no ostento el cargo de corregidor. Me he retirado a una vida de estudios y de edificación, alejada de las intrigas políticas. Sin embargo, no deseo exculparme de mi cuota de responsabilidad, que no es pequeña. —El marqués parecía esforzarse por encontrar las palabras y el tono adecuados. Se veía que había acariciado la idea de ese encuentro con Juanelo con harta frecuencia. Era como si desease aliviar su conciencia de una carga insoportable—. Durante años mi admiración por vuestro talento corría pareja al odio que sentía por vos. Un extranjero, un osado italiano, ejecutando por orden del Rey lo que ningún emperador romano, lo que ningún califa pudo lograr. No sólo recelé de los planes reales, cosa que desgraciadamente se cumplió, sino que patrociné descalificaciones y sabotajes sin fin contra los ingenios. Afortunadamente, vuestro tesón triunfó de todas esas celadas.

—Siempre supe que no contaba con vuestro afecto —se limitó a decir Juanelo.

—No busco sólo el descargo de mi conciencia, ni siquiera pretendo un perdón que sé inviable.

Se produjo en el interior del coche una ráfaga de incómodo silencio. Parecía como si el marqués escrutase en el rostro impenetrable de don Antonio alguna palabra de consuelo. El coche cruzaba a toda velocidad el puente de Alcántara en dirección al camino real que circunvalaba la ciudad al otro lado del río.

—Mirad el ingenio, vuestra gran obra; con qué pautada armonía eleva el agua del río a través de esa sabia tramoya de cazos y de maderos.

El coche se había detenido justo enfrente del castillo del agua, como las gentes sencillas llamaban a los artificios desde que fueron revestidos de ladrillo. Ciertamente era un bello espectáculo. Pero Juanelo apenas dedicó a su obra una mirada esquiva y fugaz.

—Tengo que luchar por evitar odiarlo. A veces pienso que no es obra mía sino del mismo diablo. Y en lugar de agua, imagino que sube cazos con mi sangre y con la sangre de los míos.

—Creo que os comprendo, Juanelo. Pero debéis combatir esa visión trágica.

—¿Qué otra puedo ya tener? Lo empeñé todo en el proyecto; para hacerlo, me traje a España a mi hija y a toda su familia. Era un sueño hermoso y posible, un gran reto tecnológico que no pude resistirme a acometer. Pero fue una iniciativa de palacio. Nunca saldré vivo de esta trampa. Lo que me preocupa es el futuro de mi familia.

—Juanelo: deseo declararos mi admiración. Como el agua no acaba de llegar a la ciudad, el mantenimiento de esta magnífica obra, que es costoso, bien lo sabéis, empezará a descuidarse. Puede que funcione unos años, con suerte unas décadas, pero acabará arruinándose. El tiempo lo devorará.

—Lo sé, marqués, también yo tengo ese presentimiento. Sólo que no quisiera que su ruina arrastrase a mis infortunados herederos y colaboradores.

—Nuestro monarca, como hombre que es, comete algunos errores y tiene al parecer sus debilidades. Pero entre sus defectos me consta que no se cuenta el de la ingratitud, esa hidra tan común por estos reinos. Él los amparará. Vos ya no podéis hacer más por ellos de lo que habéis hecho. Aunque desaparezca el artificio, nunca desaparecerá su memoria. Vuestra es la gloria de haber concebido y ejecutado esta proeza. Nadie puede quitaros eso.

El coche del marqués regresó a Toledo franqueando las puertas de Bisagra, del Sol y de Alarcones. En el Zocodover se detuvo para que se apearan Juanelo y el Hombre de Palo.

—Gracias, Juanelo, por escucharme. Formáis parte de la mejor historia de esta ciudad y también, como ella, seréis leyenda. Quiero declararos mi admiración y mi inmensa gratitud. En cuanto a lo que el Ayuntamiento todavía os adeuda, presionaré para que se os pague hasta el último maravedí; conservo aún alguna influencia. Dios os guarde, Juanelo.

—Dios os guarde, corregidor.

—Os dije que yo ya no soy el...

El fragor de la plaza donde los vendedores de carne desmontaban sus puestos y regaban con agua de los cántaros el pavimento para retirar los restos de sangre apagó la última frase del marqués. Y sobre los afanes humanos se extendió el manto del estrépito de miles de pajarillos saludando el atardecer desde las copas de los árboles.

* * *

Juanelo Turriano hizo testamento el 11 de junio de 1585 ante el escribano de Toledo Juan Sánchez. Como criado de Su Majestad, vecino de Toledo y «buen y fiel católico cristiano», se declaraba enfermo del cuerpo pero en su

buen «seso, juicio y entendimiento natural» y pasaba a
declarar sus últimas voluntades. Tras encomendar su alma
a Dios Nuestro Señor, disponía que, una vez muerto, su
cuerpo fuera depositado en el monasterio de Nuestra Señora del Carmen, precisamente el que se encontraba próximo al arranque del ingenio, en una cota superior. Mandaba ser enterrado vistiendo el hábito de los carmelitas y que
dijeran los oficios los clérigos de la iglesia de San Isidoro,
de la que era parroquiano en su casa de la puerta del Vado.
También disponía que se pagasen todas las deudas en que
pudiera haber incurrido y que se cobrase todo lo que a él
se le debía conforme a lo que dejaba consignado en un
memorial transcrito por Diego Joffre.

Tras suplicar al Rey que liberase de huéspedes su casa
de Madrid, que él no había podido gozar, para que su hija
y universal heredera Bárbara Medea pudiera habitarla o
beneficiarse de sus rentas, disponía la entrega a través de
su hija de la colección de relojes «de Su Majestad y el libro de ellos». Lo más sustantivo de su testamento y el núcleo del mismo se refería a los ingenios y a la súplica de
amparo a Su Majestad a cambio de ellos y de todos los servicios prestados en una larga vida de dedicación a la Casa
Real. Juanelo meditó cada palabra antes de que el escribano activara la pluma.

En lo que toca a los negocios de los artificios que por
mandado de Su Majestad tengo hechos en esta ciudad, lo
dejo en sus reales manos para que, como se lo tengo suplicado, haga de ellos lo que fuere servido. Y le suplico

que sea servido de que sea la dicha Bárbara Medea mi hija, y sus hijos y sucesores, amparados y defendidos en ellos, no consintiendo que se les haga agravio, como me lo tiene prometido, porque no les queda otra hacienda.

Ítem, por cuanto hace cuarenta años poco más o menos que yo he sido y soy criado así de la Cesárea Majestad del Emperador Nuestro Señor, que sea en gloria, como del rey don Felipe Nuestro Señor, su hijo, le suplico que porque yo quedo tan pobre y adeudado como parecerá por un memorial que de ello hará la dicha Bárbara Medea, mi hija, y con dos nietos y dos nietas huérfanas, hijas de la dicha Bárbara Medea, que tiene por remediar, sea servido porque no les queda otro amparo ni remedio sino el que espero de su real liberalidad y grandeza, le suplico humildemente que se sirva de remediarlos y ampararlos, haciéndoles la merced que fuere servido, atento a mis servicios, para que no pasen la gran necesidad con que quedan.

Juanelo murió rodeado de su hija, sus nietas y nietos; entre ellos, naturalmente, Juanelo Turriano de Diana y su esposa, la bella Fabiola, desconsolada y atenta hasta el final a confortar al moribundo, humedeciéndole los labios resecos por la agonía y tomándole las manos para transmitirle calor y compañía. También Aurelio *el Comunero* acompañó a su amigo aquella noche terrible y se dice que, por primera vez, se vio una lágrima rodar por su curtida mejilla sembrada de arrugas. Frente a la cama, muy circunspecto, había querido Juanelo que sentaran al Hombre de Palo. El rostro de don Antonio le resultaba sedante, una especie de bálsamo para el terrible trance que se le echaba encima.

Ya no quedaba arena en el vaso de arriba. Ya las ruedas quedaban inmóviles y las agujas comenzaban a frenar su marcha. Su reloj se paraba. Decían que en el cielo no había tiempo, que ésa era su cualidad y su esencia: la inexistencia del tiempo, que pauta la vida y señala la muerte. De lo que Juanelo dudaba era de que, incluso allá arriba, no hubiera relojes.

Capítulo
6

Capítulo
6

Cargando sobre sus antebrazos a don Antonio, Herrera franqueó la puerta principal del monasterio. Podía haber hecho que siguiera caminando a su lado pero eso habría resultado más llamativo. No quería que algún monje deseara averiguar más de lo conveniente sobre el autómata. De la manera como lo llevaba, aparte de la fácil evocación crística, nadie se sentiría sorprendido; estaban demasiado acostumbrados a ver al aposentador encaminarse a la torre de la Botica o a la biblioteca con los más bizarros y extravagantes artilugios y modelos.

Lo que más le gustaba al arquitecto del Rey era que, a pesar de ser artífice decisivo en la concepción y ejecución de El Escorial, el santuario —que era iglesia, palacio, convento y panteón— seguía obrando efectos en él, provocándole sensaciones nuevas y cada vez más intensas; transmutando en celestes y grandiosas todas sus bajas y terrestres energías. Era una doble lección de éxito y de humildad: había conseguido, en conjunción con otros ideadores, empezando por el propio Rey, y una legión de canteros y operarios de todos los oficios, un magno espacio que mediaba entre el inframundo y la pureza sideral; y al tiempo que eso engrandecía su espíritu, le recordaba —*memento mori*— su inmensa pequeñez, su insignificancia, su frágil caducidad.

Herrera sintió esa sensación algo oprimente del angosto vestíbulo, cuya altura superior a los sesenta metros duplicaba su anchura, y dirigió su mirada en busca de alivio primero a la cruz negra que señalaba la última piedra del monasterio, puesta en 1583, y después al imponente frontis de la basílica. Pronto ascendería cada uno de los siete anchos escalones que se alzaron como metáfora de las siete esferas celestiales. Las altísimas torres de setenta y dos metros a uno y otro lado reforzaban con eficiencia esta idea ascensional.

Sobre la puerta principal su mirada se posó una vez más en los seis reyes bíblicos esculpidos por Monegro. A la izquierda, Josafat y Ezequías; a la derecha, Josías y Manasés; en el centro, David y Salomón. Los seis relacionados con el Templo jerosolomitano. Con ser bello y armonioso el conjunto, resultaba demasiado explícito. Era uno de los pocos asuntos en que había chocado con Benito Arias Montano, asesor del monarca y bibliotecario del monasterio; por lo demás, gran amigo suyo.

Inicialmente, la idea era haber alzado seis de sus grandes obeliscos. Juanelo los había hecho labrar en las canteras de Orgaz y el repentino cambio de criterio del Rey había paralizado su transporte, por lo que ahora yacían tirados en una era de Nambroca y en el cruce del camino de Checa; uno se quedó a medio labrar en el suelo granítico de la propia cantera. Quizá sirvieran en un futuro para las obras del palacio de Aranjuez o para la cueva secreta de Sopeña sobre el Tajo, donde se refugiarían los hermanos supervivientes de la Congregación de la Restauración, en caso de una catástrofe que él menos que nadie deseaba que sucediera.

Dentro ya del templo, Herrera caminó, sintiéndose una vez más sobrecogido en el interior de su propia obra, hasta situarse debajo de la bóveda plana que él personalmente había ideado y trazado. El hecho de llevar consigo al Hombre de Palo y de estar a punto de desentrañar su secreto, que podría resultar decisivo para el triunfo de la monarquía católica y para la restauración de la paz en todo el orbe conocido, acentuaba su sobrecogimiento.

Bajo la bóveda, se paró unos instantes para sentir la gran fuerza vibratoria que emanaba de aquel punto, al que había trasladado sutilmente el eje que debería normalmente haberse manifestado debajo del cimborrio. Aunque don Antonio pesaba lo suyo, pues bajo su cáscara de madera escondía otro cuerpo de metal, el aposentador real se dijo que podría salir volando hacia la bóveda junto al Hombre de Palo a poco que alzara los pies del suelo. Tal era la atracción celeste que tiraba de él.

Los ocho ventanales del cimborrio derramaban una espectral luz crepuscular. Tintineaban en las capillas y hornacinas laterales de la nave algunas velas y candelas. La visibilidad era escasísima pero Herrera todo lo veía. Junto a los muros, como fantasmas, sentía el deslizarse ocasional del ropón de algún fraile que volvía del refectorio o se dirigía a sus rezos.

Ante el retablo, apenas visible ya, se arrodilló sin desprenderse en ningún momento de don Antonio. Había anhelado tanto aquel momento; si no hubiera sido por su perseverancia, por sus presiones incluso, el bueno de Juanelo Turriano habría dejado de trabajar en el proyecto del arma secreta, del soldado artificial, nada más fallecer en Yuste el César. Era como si temiera que las manos de un demonio invisible pudieran hurtarle aquel cuerpo yacente de madera y esconderlo en un infernal laberinto o, peor todavía, hacérselo llegar a la Reina inglesa.

Apenas era visible el ciclópeo retablo. Pero Herrera se sabía de memoria las figuras que él mismo había dispuesto y trazado: los Padres de la Iglesia en el nivel inferior, los Evangelistas encima, Santiago y san Andrés, y en el nivel superior un calvario con san Pedro y san Pablo flanqueando al Crucificado. Lo que sí destacaba y se veía a pesar de las tinieblas que se adueñaban vorazmente del templo era el maravilloso Tabernáculo que Jacobo Trezzo había tardado siete años en modelar a partir de un diseño suyo. Se trataba de un templete donde Cristo remataba las ocho columnas coronadas por ocho de sus apóstoles. Era tan duro el mármol de Aracena que se empleó para hacerlo que Jacome tuvo que aplicar polvo de diamante para pulimentarlo.

Como sucedía con el Patio de los Evangelistas, Herrera se sentía especialmente orgulloso de esta pequeña joya arquitectónica. A veces lo más grande se cifraba en lo más pequeño. En las dos obras, a través del cálculo, la razón y la mística se hermanaban. Ambos templetes eran puertas abiertas entre Dios y los hombres.

Dudó Herrera entre llevar a don Antonio a la torre de la Botica o a la librería. El hecho de ser un experimento, con mayor precisión un prototipo experimental, recomendaba hacer el examen en la torre; ése era el espacio donde se realizaban las mixturas botánicas y los experimentos alquímicos. Pero Herrera se decidió finalmente por la biblioteca.

Juanelo Turriano, como él mismo y como Benito Arias Montano, que había ordenado primorosamente todos aquellos libros y había viajado comisionado en varias ocasiones a Amberes y otros puntos con el objetivo de adquirir buena parte de ellos, había sido una especie de autodidacta. Ciertamente, Juanelo tuvo maestros en mecánica y aritmética, pero había aprendido aquí y allá su ciencia, no en un estudio reglado ni en una universidad. Ante todo, había aprendido en los libros. Era una especie de último homenaje: examinar su invención póstuma en la más deslumbrante y completa biblioteca del mundo.

Desde el zaguán de entrada al Patio de los Reyes, una sencilla y estrecha escalera conducía a la biblioteca. Se trataba de un guiño deliberado de Herrera el provocar ese contraste entre la pobre, pero útil, escalera y los deslumbrantes tesoros de la biblioteca y el lujoso recinto de la misma. Sólo a través de la humildad se logra acceder a los tesoros de la sabiduría. Cargando dificultosamente a don Antonio, el aposentador subió los peldaños y pasó bajo el letrero que amenazaba con pena de excomunión a los ladrones de libros.

Comparada ya con la Vaticana, con la Marciana de Venecia o con la legendaria biblioteca de los Médicis en Florencia, la biblioteca de El Escorial era el templo dentro del templo: una gran sala de más de cincuenta metros con los libros ordenados en las estanterías que él mismo había diseñado, primorosamente talladas sobre maderas nobles por un artífice italiano. No faltaban las bolas de naranjo en los remates. Marca de la casa, se dijo Herrera.

Para armonizar con el pan de oro omnipresente en la decoración de la sala, los libros estaban ubicados con el lomo al fondo, de manera que eran visibles las cantoneras doradas. La bóveda, dividida en siete zonas, representaba mediante siete alegorías femeninas las artes liberales del *trivium* y el *cuadrivium:* la gramática, la retórica, la aritmética, la música, la geometría, la astrología y la filosofía. La teología presidía la entrada: la representaba una hermosa joven portadora de las Sagradas Escrituras delante de una edificación.

Todavía en fase de desarrollo, la biblioteca poseía ya más de ocho mil volúmenes o «cuerpos de libros». Desde el manuscrito de san Agustín, el más antiguo, a recientes impresos ocultistas adquiridos por Arias Montano en sus viajes a Flandes, la biblioteca se había enriquecido con las particulares del propio monarca, del conde de Tendilla, del arzobispo de Tarazona, de Ambrosio de Morales y del bibliotecario mismo, Benito Arias Montano. Por deseo expreso de Herrera, ferviente seguidor de la filosofía de

Raimundo Lulio, se habían incorporado obras del maestro depositadas en los monasterios de Poblet y la Murta. Había unos doscientos cincuenta libros escritos en lengua arábiga.

Sobre la larga mesa de consultas, en una de sus esquinas, Herrera depositó cuidadosamente el cuerpo del Hombre de Palo. Sintió un gran alivio al desprenderse de una carga que empezaba a hacerse insoportable. Pero la verdadera satisfacción que experimentaba respondía al hecho de haber cumplido una misión: salvaguardar la confidencialidad de un proyecto que ponía en alto riesgo la seguridad de la nación y de la monarquía católica. Fácilmente, podía haber solicitado el concurso de algún criado o paje, incluso de algún monje, para que transportara el cuerpo de madera y metal del autómata hasta el recinto de la biblioteca.

Pero había preferido hacerlo por sí mismo. Incluso entre los monjes se sospechaba que había espías infiltrados. Desde que la noticia de la Gran Armada se había difundido, el enemigo había multiplicado sus esfuerzos por conocer todos los secretos de la Corona y de España.

Herrera contempló la obra maestra secreta de Juanelo Turriano. Él había asistido a la transformación militar del pacífico fraile. Lo había visto disparar, batirse en duelo, arrojarse al río y nadar más deprisa que un delfín. Pero entonces estaba acompañado de su «padre», de Juanelo. Ahora se encontraban solos los dos, el Hombre de Palo y él.

A punto de acceder a su mecanismo oculto, Herrera se dijo que sin duda en Toledo iban a echar en falta la figura de don Antonio y sus paseos por el distrito comercial del Alcaná. Herrera pensó que, una vez multiplicado el prototipo, lo restituiría, naturalmente despojado de su mecanismo militar oculto, a la esquina de la calle de la Lonja, donde había estado en otro tiempo y desde donde había inspirado al ingeniero lombardo.

El arquitecto, después de unos cuantos tanteos infructuosos, consiguió localizar la clavija que separaba en dos la carcasa del artilugio. Antes de activarla, aproximó una gran palmatoria con siete velas que le procuraría la máxima visión posible. La noche había caído ya por completo sobre San Lorenzo.

El interior del Hombre de Palo quedó expuesto a la exploración de Herrera.

Lo primero que tocó éste fue una flor seca. La examinó brevemente y con el mayor cuidado pues daba una impresión de extrema fragilidad, como si pudiera deshacerse en polvo a la menor presión. Se preguntó cómo habría llegado hasta allí y concluyó que era improbable el azar: Juanelo la había colocado allí deliberadamente. El porqué era algo que se había llevado a la tumba. Prosiguió su exploración a la luz de las velas sintiendo una extraña ansiedad; algo no encajaba, algo no estaba en su sitio: engranajes de ruedas, tirantes de metal, exactamente las mismas cosas que había visto en el interior de los pequeños autómatas que su amigo le había mostrado en el taller de Yuste hacía décadas, sólo que de mayor tamaño. Por ningún lado había rastro de armas, ni blancas ni de fuego, ni se veían las láminas metálicas que, desplegadas, habían formado la armadura y el yelmo del soldado artificial.

Finalmente comprendió: Juanelo había retirado todos esos elementos; de hecho, había destruido por completo el prototipo de soldado automático. En la Gran Armada sólo combatirían hombres de carne y hueso, soldados expuestos a los arrecifes y acantilados del Canal, a las inclemencias del tiempo septentrional, a la artillería inglesa y a sus rápidas naves. Herrera pensó que nunca debió decir a Juanelo Turriano que el monarca no conocía el proyecto; esto hizo que se sintiera legitimado para desactivar un encargo que siempre repugnó a sus principios.

En un ángulo del reverso de madera del muñeco Juan de Herrera distinguió unas palabras talladas con punzón. ¿Habría firmado el relojero su última y más irónica invención? ¿Habría querido dejarle algún mensaje? Tomando una de las velas del candelabro, la aproximó a la caja abierta del muñeco y pudo leer:

VIRTUS NUNQUAM QUIESCIT
(«LA VIRTUD NO DESCANSA NUNCA»)

Herrera cerró cuidadosamente el cuerpo de don Antonio, que recobró su apariencia de pacífico fraile errabundo, y evocó nuevamente a su amigo Juanelo sin poder reprimir una sonrisa.

Epílogo
Las memorias

Yo nací en Toledo un día del final de la década de 1560, algún tiempo antes de que una multitud entusiasmada aplaudiera la primera subida de agua del ingenio de Juanelo.

Juanelo fue mi padre, mi creador, el que me hizo.

En realidad, hasta yo mismo dudo en el fondo de estos datos. Pues, ¿vine al mundo entonces o ya existía cuando, con el mismo rostro y bajo semejante hábito de fraile aunque privado del don del movimiento y de bastantes otras cosas, me dedicaba a pedir en el cruce de la Lonja para la construcción del Hospital de Inocentes? Y, en realidad, ¿me creó el relojero del Rey o soy una creación colectiva, la concreción de miles de sueños de niños y de viejos traducidos por un carpintero anónimo mucho antes que por un famoso ingeniero lombardo?

El propio Juanelo Turriano, al que no cesaré de llamar mi padre porque así me lo piden las leyes del corazón —sí, creo tener corazón, no sé si de latón o de madera—, Juanelo Turriano mismo acabaría ingresando, junto a mí, el Hombre de Palo, y la mágica ciudad donde residió sus veinte años postreros, en el país de la leyenda, donde la niebla es transparente. Arruinados los dos ingenios que alzó en la capital de los godos, expoliadas o estragadas sus obras maestras en el campo de la relojería, dispersos los graciosos autómatas, esos mis pequeños hermanos mayores, que construyó para distraer las lacerantes postrimerías del emperador Carlos V, toda su obra y su vida misma, rigurosamente históricas, se nimban con el halo de lo legendario y sólo la literatura puede intentar reconstruir la gran aventura que emprendió cuando tantos otros sólo piensan en un retiro plácido desde el que ver pasar sus últimas horas tras una vida plagada de trabajos.

En cierto modo, ironía de las cosas, yo, que nací leyenda, he venido a ser el más real de los inventos de Juanelo, el más perdurable; en efecto, en un gesto que habla bien de sus munícipes y compensa un poco los grandes apuros económicos que sus ancestros hicieron pasar a mi padre, el Ayuntamiento me dedicó hace más de un siglo la calle de la Lonja, donde en tiempos alzaran mi versión primera. Se llamó primeramente calle al Hombre de Palo, como si de una dedicatoria u homenaje se tratara; pero la costumbre y el cariño de la gente hicieron que pronto y para siempre pasara a llamarse como se denomina ahora: calle del Hombre de Palo. Son legión los viandantes que atraviesan diariamente esta angosta rúa en uno y otro sentido, tanto paisanos como turistas, y a muchos llama la atención su curiosa denominación, por lo que no dejan de preguntar y de preguntarse acerca de su origen. Toda clase de cábalas, conjeturas y explicaciones se dan a propósito del mismo. Que si Juanelo tuvo casa en esa misma calle, que si me mandaba al palacio arzobispal a recoger una hogaza diaria porque su extrema pobreza lo hacía acreedor de esas caridades, que si el Hombre de Palo era el mismo Juanelo armado con unas piernas mecánicas que habría inventado para moverse con agilidad y rapidez a pesar de su fuerte reúma... Lo cierto y verdad es que, como la Tarasca del Corpus, ese simpático dragón junto al que desfilé y dancé un jueves luminoso, y el Cristobalón pintado en el muro meridional de la catedral, he formado parte de los sueños de generaciones de niños y de niñas, y éste ha sido mi mayor estímulo, mi principal razón de ser y de existir.

¿O acaso no fue un juego de niños lo que permitió a Juanelo y a Aurelio *el Comunero* conocer a mi antepasado y en cierto modo concebirme a mí mismo aquella noche en que toda la ciudad celebraba el himeneo de los reyes? Juego de niños era, si bien macabro, eso de prenderle fuego a mi pobre antepasado, don Antonio el de la Lonja. Pero los muchachos no hacen sino recrear las cosas que ven hacer a sus mayores y en aquel siglo de luces y de sombras éstos eran aficionados en exceso a la carne chamuscada.

Crecí pendiente de cómo crecía el primer ingenio, rodeado de la ilusión expectante de toda una ciudad. He dicho «crecí»: mi tamaño y mi aspecto exterior ya no se modificarían desde el último barniz que me diera el viejo carpintero, aquel maese Pedro que había construido también a mi antepasado don Antonio y que se encargaba de reparar las tramoyas de los gigantones al tiempo que fabricaba graciosas cunas policromadas y caballitos de madera: todo para que los niños entrasen a la vida por las puertas de la ilusión y la aventura.

Recostado de día contra el muro enjalbegado de la casa de fábrica, enhiesto como un espantajo de noche y acodado contra la baranda para ahuyentar intrusos con mi extraña silueta, presencié cómo el artificio iba trepando por la arriscada ladera, salvaba calles y plazas, alzaba sus torres y abocaba por último a lo más alto, la explanada del Alcázar de Su Majestad.

Fueron cuatro años de expectación y de lucha, con mi amo y su proyecto siempre en la picota de la duda, el escepticismo o la descalificación más o menos encubierta. Sobre los sabotajes y los ataques directos creo que ya se ha dado suficiente noticia.

En cierto modo, la ciudad se dividió en dos bandos: los que creían a Juanelo capaz de subir el agua y los que no. Pero la expectación no era menor en unos que en otros. Una efervescencia que la ciudad no vivía desde los siglos en que su catedral fue alzada se propagó como la pólvora. Hubo trabajo, directo o indirecto, para casi todos los gremios y por primera vez en medio siglo la ciudad volvió a creer en sí misma, en sus oportunidades de progreso para poder seguir alineada entre las grandes capitales de Europa.

Incluso entre los patricios de la ciudad, a los que se suele tener como hostiles a Juanelo y a su idea de subir el agua, me consta que los había francamente afectos al proyecto de acueducto. Otra cosa hubiera sido tirar piedras al propio tejado. De quien recelaban los munícipes era de la Corona misma y el tiempo demostró que no les faltaba razón en ello. Las cicatrices de la derrota comunera, revuelta en que tanto decían se había significado mi ciudad, todavía escocían a muchos toledanos de todos los estamentos.

Cuando el éxito coronó la empresa y el agua empezó a llenar los aljibes de palacio, mi padre fue elevado al trono de la gloria y reconocido como un héroe de la técnica, capaz de lograr aquello que ni romanos, ni moros ni cristianos habían conseguido y ni siquiera intentado. Y tomó fuerza la idea de que quizá pudiera andar en tratos con fuerzas y poderes no del todo claros; una idea que, por cierto, arrancó de mi propia creación pues, al verme fatigar las rúas y las cuestas mal empedradas mis paisanos, sobre todo los descendientes de judíos, me asimilaban entre medrosos bisbiseos al mítico Golem de sus leyendas. No es casual que la calle que lleva mi nombre sea el eje de su distrito comercial, el Alcaná.

Nada me unía al Golem, o quizá sí. El hecho de no articular palabras, mi secreto desdoblamiento y transformación que me volvía capaz de matar eran cosas que me aproximaban al ser creado por un rabino de Praga para defender el gueto de asaltantes y para barrer en tiempo de paz la sinagoga. En su frente figuraba la palabra «Emet» (Verdad); si su amo borraba la E inicial, entonces quedaba sólo «Met» (Muerte) y eso le autorizaba para ejercer la violencia en defensa de su gente. Yo también debía vigilar la casa de obras y el gabinete de Juanelo de saboteadores y asaltantes. Y tuve que quitarme la E de la frente cuando Nero y sus secuaces acometieron el asalto final. Y hube de matar, no quedaba otra salida. Me dolió mucho tener que arrojar a aquel muchacho al río, pero estaba en juego mucho más que el ingenio si confiaba en su improbable silencio.

He dicho «me dolió». El Golem dicen que era masa moldeada, una tosca mole animada por el mago que ni siente ni padece. De hecho, en algunos dialectos hebreos ha venido a significar «tonto», «torpe» o «burro». Yo sí he sido capaz de sentir: afecto por mi padre y por el resto de la familia, fervor por los intrépidos niños —aunque a veces se asustaran de mí y rompieran a llorar al verme— y amor por Fabiola. ¡Ah, la bella Fabiola, la ninfa de las Tenerías! Nunca me importaron la mala fama que arrastraba ni las habladurías acerca de su pasado, que no se disiparon del todo a pesar de su liberación del burdel de la Josefa. Vi en aquel tiempo y he visto a lo largo de estos cuatro siglos largos en que el mundo sigue representándose delante de mis ojos a muchas mujeres hermosas, pero ninguna impactó a mi alma como Fabiola. La recuerdo cada día, puede que cada instante de mi vida. Y así será hasta que cese mi mecanismo, como cesan antes o después todas las cosas.

«Mi alma». No me pregunten cómo ni de qué manera insufló en mí ese prodigio el bueno de mi amo. El secreto se pudrió con él en la tumba del Carmen. Aunque don Juan de Herrera esperaba encontrar muchas más cosas en mi interior cuando me examinó en San Lorenzo, dentro de mí sólo hay ruedas de latón y listones de madera. ¿Dónde tengo, pues, el alma?

Tras la autopsia de El Escorial, el aposentador podía haberme arrojado al trastero de los enseres inservibles o bien haberme incorporado a una cámara de las maravillas, junto a árboles enanos y toda clase de pájaros exóticos disecados. Sin embargo, en un detalle que no sé si agradecerle o reprocharle, me devolvió a Toledo, al Alcázar. Con qué propósito, nunca llegué a saberlo. Como las obras no estaban terminadas, fui depositado en una antigua mazmorra muy escondida y ya en desuso. Tuvieron la deferencia los operarios que me trajeron de ubicarme junto a una ventana y aquí sigo, década tras década, siglo tras siglo, contemplando cómo el mundo no cesa nunca de cambiar ni de ser el mismo.

Desde mi tronera, que da al este, contemplé la ruina y la práctica desaparición de los ingenios. Como desde finales del siglo XVIII empezaron a utilizar mi celda para almacén de papeles viejos, periódicos y libros gastados y roídos, me he ido poniendo al día, siempre con algún retraso, de un sinfín de cosas y noticias. A pesar de la ruina y del olvido, nunca dejó de hablarse ni de escribirse acerca de Juanelo Turriano; incluso de mí se escribían toda clase de fábulas y de historias, a cuál más disparatada. Pero eso no dejaba de halagarme y poblaba mis soledades, sólo aliviadas por el recuerdo —renovado cada día— de Fabiola y de mi padre.

Esos pocos lustros, a caballo entre los siglos XVI y XVII, en que el ingenio se mantuvo en funcionamiento y su castillo trepaba hasta el Alcázar como sierpe de ladrillo cargado de cazos de agua, Toledo tuvo un atractivo adicional para los viajeros y la fama de Juanelo y su artificio no dejó de crecer. En apenas treinta o cuarenta años, la desidia administrativa, la falta de reparos consiguiente y el olvido creciente de Toledo por parte del entorno del Rey hicieron que el ingenio se parara primero y enseguida comenzara un proceso de deterioro y progresivo derrumbamiento sometido a las inclemencias de la intemperie y al saqueo de los hombres.

Pero la ruina requiere su tiempo y es perdurable y tenaz. Durante décadas asistí desde mi observatorio en la celda del Alcázar al expolio y desmoronamiento progresivos del ingenio de Juanelo. Capaz de activar el propio mecanismo que me mueve, apenas lo hago tan sólo para extender la mano y poder tomar un viejo libro con el que entretenerme. Como mucho, me levanto para estirar un poco las piernas —hay que ver hasta qué punto he hecho mías las palabras y giros de los hombres—, poniendo la mayor atención en retornar a la posición habitual que ocupo frente a la ventana, no sea que pueda llamar la atención y a alguien se le ocurra tirarme por un rodadero entre escombros o astillarme para servir de leña en una estufa.

Sin embargo, aunque pronto fue abandonado y dejó de funcionar, ese medio siglo en que floreció y fue pasmo y motivo de admiración para propios y para extraños convirtió al ingenio en literatura. Y literatura de gran categoría.

En *La ilustre fregona*, de Miguel de Cervantes, el personaje de Avendaño se propone ver las cinco cosas maravillosas que Toledo atesora: el Sagrario de la catedral, el artificio de Juanelo, las Vistillas de San Agustín, la Huerta del Rey y la Vega.

En *El amante agradecido*, Lope de Vega escribe en un pasaje de la comedia:

> *A Toledo volveremos.*
> *Veré la Iglesia Mayor,*
> *de Juanelo el artificio...*

El gran Góngora, llamado el Oscuro por quienes no lo han leído o no han sabido ver la luz que emanan sus versos, compuso este diálogo:

> —¿Qué artificio es aquel que admira al cielo?
> —Alcázar es real que señalas.
> —¿Y aquél quién es, que con osado vuelo
> a la casa del rey le pone escalas?
> —El Tajo, que hecho Ícaro, a Juanelo,
> Dédalo cremonés, le pidió alas.
> Y temiendo después al Sol el Tajo,
> tiende sus alas por allí debajo.

Don Francisco de Quevedo también conoció y recreó los ingenios de Juanelo en algunas de sus poesías satíricas. Aunque parece tildar a mi padre de gran bebedor —«sorbedor de lo puro»—, cosa en que no puedo estar más en desacuerdo pues, si bien gustaba del buen vino, nunca se le vio perder el sentido y desde luego no fue flamenco sino lombardo, creo que merece la pena recordar estos versos suyos:

Vi el artificio espetera,
pues en tantos cazos pudo
mecer el agua Juanelo
como si fuera en columpios.
Flamenco dicen que fue
y sorbedor de lo puro;
muy mal con el agua estaba
que en tal trabajo la puso.

Cito a estos cuatro monstruos de las letras como muestra excelsa del prestigio del ingenio; sería prolijo mencionar a los numerosos ingenios mal llamados «menores» —o se tiene ingenio o no se tiene— que también tocaron el acueducto toledano en sus versos, novelas o comedias. Tan sólo recordaré por su acierto en la descripción el entremés titulado *El mago*, de Luis Quiñones de Benavente, ingenio por cierto natural de la ciudad del Tajo:

El agua viene recia:
donde el rodezno anda,
la máquina se mueve
de bombas y cucharas;
las unas van subiendo
cuando las otras bajan;
desde el profundo abismo

a las esferas altas
van recibiendo unas
lo que las otras vacían,
hasta que el agua viene
a dar en el Alcázar.

Sabemos, por último, que el gran Gustavo Adolfo Bécquer, a quien Toledo dio el amparo de su niebla y de su literatura, tuvo el proyecto, nunca realizado pues demasiado corta fue su intensa vida, de componer una de sus leyendas sobre el asunto de Juanelo con especial atención a mí, al Hombre de Palo. No puedo sino agradecer tamaña deferencia y lamentar que no se materializase el proyecto.

Así pues, el artificio devino ruina, mas ruina tenaz, al menos hasta la voladura de sus restos —arcos, muros y cubiertas— el año de 1868. Parece ser que el ingeniero Escosura pretendía volver a elevar agua desde el mismo punto de arranque del ingenio y que los restos de la obra estorbaban su proyecto. Tuve el triste privilegio de presenciar un acto que fue como el negativo, el reverso de aquel día jubiloso de 1569 en que todo el pueblo y las autoridades de Toledo vitorearon el primer acarreo de agua hasta el Alcázar. Con el mayor séquito y pompa posibles el alcalde corregidor presidió el acto, al que, movida por la curiosidad, acudió prácticamente toda la población. Debo decir con legítimo orgullo que los treinta barrenos que hicieron explotar los técnicos el primer día apenas si hicieron mella en lo que quedaba del antiguo castillo del agua. El segundo día se vino al fin abajo y todo se redujo a polvorientos cascotes, mientras que yo no pude evitar llorar por dentro, ya que era incapaz de hacer que las lágrimas regasen mis resecas mejillas de madera despintada.

Y volvieron a florecer por las rúas y plazas de Toledo, en realidad nunca decayeron, aquellos enjaezados y coloridos mulos de los azacanes que subían cargados a reventar de cántaros de agua las pinas y retorcidas cuestas hasta lo más alto de la ciudad. Sólo bien entrado el siglo XX, con la implantación del alcantarillado y la extensión del agua potable a todas las casas, desapareció aquel gremio que tanto había recelado de Juanelo y de sus ingeniosas máquinas elevadoras. Pero el agua, bastante salobre, llega de distantes pantanos; tampoco el progreso ha podido hacer lo que Juanelo hizo: algo tan simple y al tiempo heroico como subir el agua del río que fluye a los pies de Toledo. Sobre la calidad de estas aguas, contaminadas por los vertidos industriales desde los años sesenta del siglo XX, no es cuestión de ponerse a razonar aquí y ahora.

Muchas cosas he visto estos siglos acurrucado en mi escondrijo. He presenciado revueltas y guerras; asedios y bombardeos, salvajes carnicerías en que unos humanos cazaban a otros humanos. ¡Cuánto he agradecido al bueno de mi padre que me despojara de esa terrible capacidad de matar que en otro tiempo tuve! ¡Cómo resuenan en mis oídos los desgarradores gritos de los niños agonizantes y el llanto de sus madres, el metálico silbido de las balas, los insultos de los hombres, el estruendo de los cañonazos! Cambian las armas y los usos, pero la guerra es siempre la misma y su señor se llama dolor, ultraje, muerte.

Al menos en estos años últimos el Alcázar se ha convertido en foro para los libros y los pacíficos debates. Por una vez, parece que las letras triunfaron sobre las armas.

En 1949 vi cómo cruzaban el puente Nuevo camino del Valle de los Caídos algunos de aquellos postes, los míticos juanelos, que hizo labrar mi padre. Como pesaban cincuenta toneladas cada uno, oí decir a los que pasaban que habían reventado una y otra vez las ruedas de los camiones en que los cargaban en el cruce de Checa. Hasta que idearon transportarlos en remolques de veintidós ruedas de las que se emplean para el despegue y el aterrizaje de los aviones. Pasaron parsimoniosos y solemnes, a menos de diez kilómetros por hora, rumbo al panteón que el Dictador disponía para sí en las montañas de Madrid.

No sé qué destino me aguarda, no me da miedo la destrucción, llegar al final de mi existencia material. En realidad, siempre fui un anacronismo, una anomalía, un candidato permanente a ser atracción de feria. Por eso agradezco que mi padre me tratase como a un hijo de verdad, sobre todo cuando se apoyaba en mí de viejo y yo le servía de báculo y guía para sus incesantes paseos por el laberinto de la antigua ciudad. Sueños me quedan pocos, pero sé que yo mismo soy materia de los sueños de los hombres y de las mujeres y, sobre todo, de los niños. Puede que ya no recuerden mi nombre pero estoy dentro de sus sueños, y soy un puente, una especie de enlace entre la zona oscura y terrible de las pesadillas y el reino de los sueños maravillosos.

Antes de abrazar el benigno olvido de mí mismo, me gustaría desfilar por última vez junto a la Tarasca y danzar cómicamente emulando a la traviesa brujita o Reina inglesa que corona su rugoso lomo. Acaricio una última ilusión: divisar entre el público un rostro que me recuerde a Fabiola, esa mujer a la que he amado en silencio por espacio de más de cuatro siglos.

Este libro
se terminó de imprimir
en los talleres gráficos de
Dédalo Offset, S. L. (Pinto, Madrid)
en el mes de diciembre de 2008

Suma de Letras es un sello editorial del Grupo Santillana

www.sumadeletras.com

Argentina
Avda. Leandro N. Alem, 720
C 1001 AAP Buenos Aires
Tel. (54 114) 119 50 00
Fax (54 114) 912 74 40

Bolivia
Avda. Arce, 2333
La Paz
Tel. (591 2) 44 11 22
Fax (591 2) 44 22 08

Chile
Dr. Aníbal Ariztía, 1444
Providencia
Santiago de Chile
Tel. (56 2) 384 30 00
Fax (56 2) 384 30 60

Colombia
Calle 80, 10-23
Bogotá
Tel. (57 1) 635 12 00
Fax (57 1) 236 93 82

Costa Rica
La Uruca
Del Edificio de Aviación Civil 200 m al Oeste
San José de Costa Rica
Tel. (506) 22 20 42 42 y 25 20 05 05
Fax (506) 22 20 13 20

Ecuador
Avda. Eloy Alfaro, 33-3470 y Avda. 6 de
Diciembre
Quito
Tel. (593 2) 244 66 56 y 244 21 54
Fax (593 2) 244 87 91

El Salvador
Siemens, 51
Zona Industrial Santa Elena
Antiguo Cuscatlan - La Libertad
Tel. (503) 2 505 89 y 2 289 89 20
Fax (503) 2 278 60 66

España
Torrelaguna, 60
28043 Madrid
Tel. (34 91) 744 90 60
Fax (34 91) 744 92 24

Estados Unidos
2105 N.W. 86th Avenue
Doral, F.L. 33122
Tel. (1 305) 591 95 22 y 591 22 32
Fax (1 305) 591 74 73

Guatemala
7ª Avda. 11-11
Zona 9
Guatemala C.A.
Tel. (502) 24 29 43 00
Fax (502) 24 29 43 43

Honduras
Colonia Tepeyac Contigua a Banco Cuscatlan
Boulevard Juan Pablo, frente al Templo
Adventista 7º Día, Casa 1626
Tegucigalpa
Tel. (504) 239 98 84

México
Avda. Universidad, 767
Colonia del Valle
03100 México D.F.
Tel. (52 5) 554 20 75 30
Fax (52 5) 556 01 10 67

Panamá
Vía Transísmica, Urb. Industrial Orillac,
Calle Segunda, local 9
Ciudad de Panamá
Tel. (507) 261 29 95

Paraguay
Avda. Venezuela, 276,
entre Mariscal López y España
Asunción
Tel./fax (595 21) 213 294 y 214 983

Perú
Avda. Primavera, 2160
Surco
Lima 33
Tel. (51 1) 313 40 00
Fax. (51 1) 313 40 01

Puerto Rico
Avda. Roosevelt, 1506
Guaynabo 00968
Puerto Rico
Tel. (1 787) 781 98 00
Fax (1 787) 782 61 49

República Dominicana
Juan Sánchez Ramírez, 9
Gazcue
Santo Domingo R.D.
Tel. (1809) 682 13 82 y 221 08 70
Fax (1809) 689 10 22

Uruguay
Constitución, 1889
11800 Montevideo
Tel. (598 2) 402 73 42 y 402 72 71
Fax (598 2) 401 51 86

Venezuela
Avda. Rómulo Gallegos
Edificio Zulia, 1º - Sector Monte Cristo
Boleita Norte
Caracas
Tel. (58 212) 235 30 33
Fax (58 212) 239 10 51